彼女が好きなものはホモであって僕ではない　再会

角川文庫
22861

目 次

Track1：Is This the World We Created…?　005
Interlude #1：九重直哉の憂鬱　078
Track2：Fat Bottomed Girls　083
Interlude #2：佐々木誠の逡巡　168
Track3：We Are The Champions　173
Interlude #3：小野雄介の成長　250

Bonus Track :
Too Much Love Will Kill You　257
Postlude：細川真尋の後悔　410

Track1 : Is This the World We Created…?

1

目が覚めた。

後ろの窓から教室に風が吹き込む。はためくカーテンの音が沈黙に響く。おれを含めたクラス全員が、時間を止められたように固まっている。止めたのは教壇の前に立つ、大人しそうな風貌（ふうぼう）の転校生。

「特別扱いして欲しいわけではないです。ただ、言いたかっただけ。それで何が変わるわけでもないので、あまり気にしないで下さい」

無理やろ。

常識的に考えろや。東京もんは頭イカれとるんか。それともお前がイカれとるだけか。なあ、おい。

「趣味は読書。あとクイーンというロックバンドが好きです。もし好きな人が居たら語り合いましょう。あ、そうだ。クイーンのボーカルであるフレディ・マーキュリーは同性愛者だと言われていますが、僕がクイーンを好きな理由とそれは関係ないです。そこは勘違いしないで下さいね。前の学校でそれ言われてキレちゃったことあるんで」

転校生が照れくさそうにはにかんだ。いや、そこ、はにかむとこちゃうやろ。ツッコミ待ちか。

「とにかく今は引っ越したばかりで、右も左も分かりません。土地のこと、学校のこと、これから色々と教えて頂ければ嬉しいです。よろしくお願いします！」

転校生の頭が勢いよく下がる。隣に立つコバリンこと担任の小林先生が「はい、拍手ー」と手を叩き合わせた。つられて教室中から拍手が沸き起こり、衝撃の告白を受け入れられた転校生が嬉しそうに笑う感動的な絵面が出来上がる。なんやこれ。

「んじゃ、お前ら、なんか質問あるかー」

コバリンの問いかけに、一人の女子が高々と手を挙げた。おい、お前。まさか。

「じゃあ、榎本」

「はい！　あの、彼氏はいるんですか！」

――やりやがった。

アホか。そんなん言えるわけないやろ。おれらは色恋の話なんか――

「今はいない、かな」

教室が軽くどよめいた。女子の黄色い声も混ざっている。呆気に取られるおれを尻目に、転校生が淀みなく語り出した。

「昔はいたけど、カミングアウトしてない人だし、言えません。それでいい？」

「うん。おっけー。あんがと」

榎本が席に着いた。続けてコバリンが質問を募り、今度は大勢の手がバッと挙がる。コバリンに「人気者やなあ」とからかわれ、転校生が困ったように笑った。

何人かの質問が終わり、コバリンが「ここまで！」と手を打った。そして胸を張り、みんなに向かって力強い声を放つ。

「ええか、お前ら。俺はお前らのこと信じとるけどな、下らん理由で転校生イジメるようなダサい真似しおったら根性叩き直したるからな。覚えとけよー」

「「はーい」」

元気の良い返事の後、転校生が空いている席に座った。ホームルームが進む中、おれは転校生の横顔を凝視する。あまりにも、あまりにも堂々としている。おれの聞き間違いだったのだろうか。いや、そんなはずはない。こいつは確かに言った。

自分は同性愛者だと。

おれと同じなのだ、と。

＊

「別にええやろ」

公園のベンチに座り、コンビニで買ったアイスコーヒーを飲みながら、九重直哉は事も無げにそう言い放った。そうなれば放課後、愚痴りたい一心で直哉を呼び出したおれとしては面白くない。むすっと唇を尖らせ、隣から文句を垂れる。

「よくないやろ。初手カミングアウトやぞ」

「やるなら初手やろ。何が気に食わんねん」

改めて問われると難しい。黙るおれに代わって、直哉が口を開いた。

「お前、転校生くんが羨ましいんやろ」

直哉が空のカップを傍のゴミ箱に放り投げた。そして学生鞄からタバコを取り出し、百円ライターで火をつける。人気のない公園とはいえ、制服姿でよくやる。

「自分がやりたくてもできないことをやられて、羨ましいんや。五十嵐明良はその……なんやっけ……安藤純？に負けたと思っとんの。東京もんへの嫉妬や、嫉妬」

「そんなんちゃう。おれはただ……変に思われるのがイヤなだけや」

「はあ？」

「あんな変なことされたら、ゲイ全体が変だと思われるやろ。風評被害や」

右手にタバコを挟み、直哉がぽかんと口を開けた。それから再びタバコを口につけて離し、煙と言葉を同時に勢いよく吐き出す。

「ちっさ」

辛辣な評価が、胸にぐさりと突き刺さった。地面に落としたタバコをローファーで踏みつけ、直哉が大きなため息をつく。

「ケツの穴の小さいやつやなあ。ウケできへんぞ」

「関係ないわ！　っていうか、小さないわ！」

「んじゃ、ウケできんの？」

「そういうことやなくて――」

唇が重なる。

タバコの味が唾液を通して伝わる。苦い。こいつとのキスはいつもそうだ。苦み走る大人の味がして、抗えなくなる。

直哉が顔を離し、長い前髪の向こうで不敵に笑った。おれの耳元に近づき、囁く。

「エロい話してたら、興奮してきた」

おれの股間を直哉の右手が撫でた。おれたちはベンチから立ち上がり、公園のトイレに向かって歩き出す。いつもと同じことをするため、いつもと同じように。

数ヶ月前、おれと直哉はゲイ用のマッチングアプリを通して知り合った。

授業中、アプリに「俺も二年」というメッセージが届いた時、おれは心臓が止まるかと思うぐらいビックリした。性的な接触を目的としたアプリは当然、十八歳未満は利用できない。だからおれは年齢を偽っていた。興味本位でインストールしてみただけで、顔写真すら載せていない。なのに「俺も二年」だ。固まるしかない。

続けて「放課後、体育倉庫裏」というメッセージが届き、口止めしなくてはという一心でおれは出向いた。いくらまでなら金を出せるだろうかとか、そんな算段まで立てていた。今考えるとアホな話だ。相手だって仲間の可能性が高いのに。

　そのとき体育倉庫の裏に居たのが、隣のクラスの直哉だった。

　直哉がおれに連絡を寄こした流れはこうだった。学校にいると近くに現れるアカウントがある。そのアカウントが二年生だけの校外学習中も近くにいる。じゃあこの学校の二年生に違いないという論理。つまり呼び出しに応じなければ特定はされなかったということだ。説明されたおれは唸り、直哉はおかしそうに笑った。

「ちょっと位置情報ずらしただけで安心しとるからそうなんねん」

　言い返せない。おれは直哉をじろりと睨んだ。

「で、何の用や」

「用なんかないわ。会ってみたかっただけ」

　直哉がおれの背中に手を回した。そしてすぐさま唇を重ねてくる。苦味のある唾液からタバコを吸っていると分かり、相手の隠された一面に少し気圧された。

「タイプなら、こうしよ思って」

　直哉の唇が歪んだ。やられてばかりなのが癪に障り、今度はおれから直哉に口づけをやり返してやる。唾液の跳ねる音が頭蓋骨に響き、脳の奥を熱くさせ、放たれた熱は頭から身体に、身体から股間へと伝わっていく。

　そこに仲間がいる。だから抱き合う。お互いがそうであることを確かめる。

おれたちは、おれたちのような人間はよく、そういう身体の重ね方をする。

＊

家に帰ってリビングに入ると、学校のジャージを着た一つ上の姉ちゃんが、フローリングの床にへばりついてスマホを弄っていた。長い髪がべったりと床に広がり、新手の妖怪のようだった。「なにしとんねん」「暑いんやもん」と会話を交わしつつ奥に向かう。冷蔵庫からペットボトルのお茶を取り出したおれに、姉ちゃんが話しかけてきた。

「明良。クラスにゲイの転校生来たやろ」

危うく、手からペットボトルが滑り落ちるところだった。どうにか抑え、仰向けに寝転がる姉ちゃんの傍まで行く。

「なんで知っとん」

「部活の後輩から聞いた。なあ、どんな子？」

「ふっつーの、地味な男」

「明良のタイプ？」

——顔面に茶ぁ落とすぞ。

落ち着け。こいつは弟がゲイビ観てシコってる部屋にノックなしで突撃して身内にゲイがいることを知った女。今さらデリカシーを求める方が間違っとる。

「ぜんぜん。自己紹介でカミングアウトかますドアホ、むしろ嫌いやな」

「ドアホどうし仲良くすればええのに」

「姉ちゃんにだけは言われたないわ！」

大股で、ズカズカとリビングの入口に向かう。ドアを少し開いたところで、姉ちゃんがおれの背中に話しかけてきた。

「明良」真剣な声色。「転校生くん、何かあったらちゃんと助けてやり」

何か。その意味は、言われなくても分かった。

「……そんなん、自業自得やろ」

冷たく言い捨て、リビングから出る。階段を上って二階にある自分の部屋へ。学生鞄を放り投げてベッドにダイブし、仰向けになって天井を眺める。

鼻にツンと刺激が走った。直哉から移ったタバコの臭い。あの転校生も彼氏がいたと言っていた。なら経験はあるのだろうか。想像して、硬くなって、死にたくなる。

でも、これが普通だ。

男が好きと聞けば、必ずセックスを想像される。男と女、父ちゃんと母ちゃん、じいちゃんとばあちゃんでは連想されないことが、当たり前のように連想される。そして気味悪がられる。知人のセックスなんて平均的に気持ち悪いのに、みんなそんなことしてないし、したくもないみたいな顔をして、おれたちを蔑む。

あの安藤純とかいう転校生も、きっとそうなる。初日は勢いで上手くいったけれどあんなのはそう長く続かない。すぐに排斥と排除が始まる。

それを、おれが助ける？

――知るか、んなもん。

自殺したようなもんやろ。勝手に死ねや。おれは弁えとる。弁えとるんや。

目を閉じる。まぶたの裏に朝の転校生の姿が浮かぶ。どうしてあんな顔で、あんなに堂々と、あんなことが言えるのだろう。久しぶりに直哉の相手をして疲れたおれの意識が、眠気に呑まれて消えるより前に、その答えが出ることはなかった。

2

「じゃあ安藤は、ホンマに大阪経験ゼロなんやな」

弁当の卵焼きを口に運びながら、おれの友人の稲葉秀則がそう口にした。同じく友人の原史人が「その割には堂々としとるなあ」としみじみ呟く。そして、いつの間にか友人ということになってしまった安藤純が、パンをかじりながら答える。

「まあ、おどおどしても意味ないし、出たとこ勝負でいいかなと思って」

「はー、度胸ありすぎやろ。明良も見習えや」

おれがこいつの度胸を見習う。――冗談。

「なんで」

「だって明良、ビビりやし」

「五十嵐くん、そうなんだ。あまり見えないけど」

イガラシクン。けったいな呼び方すんな。ナメとると犯すぞ。

「ビビりちゃうわ」

わざとらしく弁当箱の米を掻き込む。狙い通り話が逸れ、安藤純がまた秀則や史人と談笑を始めた。和やかで、健全で、イライラする。

面倒見の良い秀則が「転校生くんと昼メシ食おう」と言い出したのも、ノリのいい史人が「ええよ」と同意したのも、意外ではなかった。意外ではなかったけれど、イヤではあった。わざわざイジメるつもりはないけど、おれらのグループに入れることはないやろ。そう思った。

転校から一週間。おれの予想を裏切り、安藤純はクラスのみんなと急速に打ち解けていった。特に女子から話しかけられることが多い。安藤純もゲイのくせに満更でもなさそうで腹が立つ。妄想のネタにされとるだけやぞ。気づけや。

「そういえば、関西人はみんなたこ焼き器持ってるって本当なの？」

「んなわけないやろ。関西人だって色々おる。まあ、うちにはあるけど」

「そやな。みんな持ってるはさすがにないわ。まあ、うちにもあるけど」

ああ、イライラする。いっそおれが出ていってしまおうか。こいつと仲良くするならおれは抜けると。でもさすがに、それはダサすぎ――

パン！

「ノれや！」

史人がおれの頭を叩いた。うっさい。お前も犯すぞ。おぼこすぎて、ぜんぜんタイプとちゃうけど。

「そや、安藤。今日タコパしよ」

唐突に、秀則が呟く。安藤純が「え？」と目を丸くした。

「タコパ。たこ焼きパーティー。知らん？」

「知ってるけど……今日？」

「こういうのは後回しにするとやらんからな。学校終わったら明良んち行こ」

明良んち。いきなり会場指定され、おれは慌てて口を挟んだ。

「なんでおれんち？」

「タコパはいつもお前んちやろ。なんか予定でもあんの？」

ない。断る口実も思いつかない。詰んだ。

「そういうわけやないけど……」

「ならええやん。史人は？」

「オッケー。安藤は？」

「じゃあ、行かせてもらうよ。ありがとう」

安藤純が嬉しそうに笑った。――やめろ。おれが悪人みたいやろ。

「……トイレ行ってくるわ」

席を離れ、教室から出る。トイレの個室に入り、便器に腰かけてスマホを取り出すと、直哉からＬＩＮＥに新着があった。指を動かしてメッセージを読む。

『今日、やろう』

送信時間は五分前。もう少し早く読めていれば「別の友達と遊ぶ用事がある」と言えたのに。惜しいやつ。

『今日は予定あるから無理』

『なにすんの？』

『転校生くんとタコパ』

『めっちゃ仲良しやん』

『ダチが勝手に決めただけや』

返事が止まった。おれは形だけ水を流して立ち上がる。そしてスマホをポケットにしまおうとした瞬間、新しいメッセージが届き、おれは手を中空で止めた。

『なあ』

短い呼びかけ。それから、本題。

『それ、俺も行くわ』

＊

どうしてこうなる。

直哉、秀則、史人、そして安藤純を我が家に案内する道中、おれの脳内にはひたすらその言葉がリフレインしていた。おれは今まで、直哉と他の友達を近づけるような真似はしなかった。裏の顔と表の顔は使い分けたかったから。それが、なぜこうなる。どうしてこうなる。あの転校生のせいで、おれの日常が変わっていく。

「じゃあ、九重くんと五十嵐くんはゲーム仲間なんだ」

「せや。安藤クンは格ゲーやる？」

「東京に幼馴染（おさななじみ）がいるんだけど、そいつが格ゲー好きで、たまに一緒にやる」

「じゃあ今度ゲーセン行こうや。稲葉クンは？　やる？」

人懐っこく語る直哉に釣られ、すっかり昔からの友達みたいな雰囲気が出来上がっている。お前ら、おれの友達やろが。なんでおれがハブなんや。しばくぞ。

家に着いた。玄関に姉ちゃんのローファーがあるのを見て気が沈む。安藤純をあのデリカシーを天竺（てんじく）に置いてきた女と会わせたくない。どうか自分の部屋にいてくれ。おれはそう神に祈りながら、リビングのドアを開けた。

「おかえりー」

――神は死んだらしい。あるいは、死ぬほど性格が悪い。

「えらい大所帯やな。なんかやんの？」

「タコパ。邪魔だから出てけや」

「はいはい。言われんでも出てくわ」

姉ちゃんがソファから立ち上がった。そしておれたちとすれ違う直前、ふと足を止めて安藤純を見つめる。マズい。

「知らん顔がおるなあ」

「別にええやろ。弟の友達、全部把握しとる方がおかしいわ」

「あ、僕、最近こっちにやってきた転校生なんです。よろしくお願いします」

姉ちゃんの瞳(ひとみ)が輝きを増した。くそっ。認識された。

「じゃあ噂の安藤くんって君なん？」

「噂なんですか？」

「そらそうやろー。えらい根性すわった転校生が来たって有名やで」

姉ちゃんが安藤純の背中を叩いた。安藤純は怯(おび)えたように肩を竦(すく)ませる。ああ、初手カミングアウトのお前でも、姉ちゃんは無理か。

「頑張ってな。あたしも、明良も、応援しとるから」

おれは応援しとらん。そう言い返す間もなく、姉ちゃんがリビングから出ていった。

安藤純がどこか困惑した様子でおれに話しかけてくる。

「……元気なお姉さんだね」

「素直にぶっとんだ女って言うてええぞ。さっさと始めようや」

みんなでキッチンに向かう。おれがホットプレートを出してテーブルに運ぶと、直哉たちが冷蔵庫を開けてタネや具材の準備に入った。さすが、何度も来ているだけあって手慣れたものだ。戸惑っているのは、安藤純のみ。

「九重くん、何すればいいか教えてくれない？」

「ゲストやし、何もせんでええよ。あと九重くんは止めよ。直哉で頼むわ」

「あ、俺も秀則でよろ」

「俺も史人でオッケー。ちょっと呼んでみ」

「えっと……じゃあ、直哉、秀則、史人……」

安藤純がこっちを向いた。真っ直ぐにおれの目を見据え、大きく口を開く。

「明良」

血管が、ほんの一瞬、激しくうねった。

「……おれは、呼んでええって言ってないやろ」

顔を逸らす。直哉が「マジちっさ」と、聞こえよがしに呟いた。

＊

「いくらなんでも下手すぎやろ。貸してみ」

秀則が安藤純からピックを奪い、プレートのたこ焼きをひょいひょいとひっくり返した。ついさっき同じことをして失敗した安藤純が感嘆の声を上げる。大したことないやろ。これだから東京もんは。

「一回で一気にやろうとするからあかんの。細かく回していくのが正解」

「そういうの、どこで覚えるの？」

「俺は家やな。弟と妹が五人いて、これやんの俺の役目やから」

「五人はすごいね。史人は兄弟いる？」

「兄ちゃんが二人。純はおらんの？」

「うん。直哉は？」

「妹が一人おるよ。そんだけ」

名前呼びが定着している。勘弁して欲しい。抗えなくなってしまう。

「純も秀則に教わっとき。うちのクラスの文化祭の出し物、聞いたやろ」

「たこ焼き屋でしょ。よく競合しなかったよね」

「したに決まっとるやろ。コバリンがじゃんけんで勝ったんや」

約一ヶ月後の文化祭の話。こうなる前はそこそこ楽しみにしていたのに、今は億劫な気持ちの方が強い。それもこれも全て安藤純のせいだ。くそ。

「……トイレ行ってくるわ」

テーブルを離れ、リビングから出る。困ったらトイレ。最近、学校でもこのパターンが多い。安藤純に「あいつすげえ頻尿」とか思われているかも——

——ちっさ。

頭を振る。止め、止め。思考の中心が安藤純になっとる。気にせんとこ。

トイレに行き、小便を無理やり絞り出す。トイレから出ると二階から姉ちゃんが下りてきた。シカトしてリビングに戻ろうとするおれに、姉ちゃんが声をかける。

「明良」

「ん？」

「安藤純くん、ええやん」

——せっかく忘れようとしていたのに。ええかげんにせえよ。マジで。

「どこが」

「穏やかで丁寧やけど裏ありそうなとこ。ああいう陰ある系男子タイプやわ」

「なら告れや。姉ちゃん、ガサツで男っぽいから、付き合ってくれるかもしれんぞ」

ぶっきらぼうに答える。姉ちゃんがやれやれと首を横に振った。

「明良、もうちょい大人になり」

「は？」

「安藤くんは安藤くん、明良は明良。仲間が違う生き方しても別にええやろ」

「あんなやつ、仲間とちゃうわ！」

リビングのドアが開いた。

出てきたのは渦中の人物、安藤純。おれは固まり、きょとんとする安藤純に姉ちゃんがおそるおそる声をかける。

「安藤くん、今の聞いてた？」

「今の？」

「いや、聞いてないならええわ。じゃ」

姉ちゃんが二階に戻る。火種だけ残して逃げよった。あのクソアマ。

「お姉さん、何が言いたかったの？」

「知らん。ところで、何しに来た？」

「トイレ」

「なら、あっち」

廊下の奥を指さす。安藤純が「ありがとう」と言っておれとすれ違った。その背中を眺めているうちに、得体のしれない衝動が生まれ、声となって飛び出す。

「安藤」

安藤純が振り返った。何考えとるか分からんくせに、瞳はやけに綺麗。そんなところも腹が立つ。

「お前、なんでホモなん？」

電灯が消えるように、ふっと安藤純の顔に翳りがさした。何かに触れた表情。視線を床に落とし、物憂げな声で呟く。

「なんでだろうね」

くるりと踊りを返し、安藤純がトイレに消えた。おれはリビングに戻る。焼けた小麦粉にソースを重ねた香ばしい匂いと、史人の「長かったな。クソ？」という汚い台詞が同時に飛んできて、実に複雑な気分になった。

＊

夕方、パーティーが解散になった後、直哉だけが家に戻ってきた。「忘れ物した」と言って抜けてきたらしい。どうしてそんなことをしたのか聞くおれに向かって、直哉が意味深な笑みを浮かべる。

「今日、やろうって言うたやろ」

三十分後。

おれと直哉は裸になり、部屋のベッドに並んで横になっていた。あまり家でこんなことをしたくない。だけど押されると、つい流されてしまう。本当にこいつ、今日に至るまでどれだけの男を喰ってきたのか。気になるけれど、怖くて聞けない。

「なあ」

直哉がおれの胸に頭を寄せてきた。おれは柔らかい髪を撫でながら答える。

「どした？」

「今度、純と3Pしようや」

——こいつ。おれは「アホか」と直哉の頭を叩いた。ベッドを出て、脱ぎ捨てたボクサーパンツを拾うおれに、直哉が不満の声を上げる。

「えー、明良もやりたいやろ」

「やりたいわけないやろ。この性欲魔人が」

「でも明良、純のこと好きやん」

パンツを穿く手が止まった。

とりあえず、穿く。穿いてから「はあ?」と威圧的な声を出す。直哉は何ら動じることなく、布団の中でニヤニヤと笑っていた。

「意味分からんわ。謎な勘違いすんな、アホ」

「じゃあ、俺が行ってもええ?」

返事に詰まる。直哉がベッドから下り、脱いだ制服を身に着け出した。

「ずっと気になっててな。でも明良も気になっとるみたいやし、なら3Pが落としどころと思ったんやけど、明良がええなら一人で行くわ」

「……あいつがお前のこと、バラすかもしれへんぞ」

「ええよ。こないだ親バレしたから、怖いもんないし」

——次から次へと新情報を繰り出すな。ついていけんやろ。

「大丈夫やった?」

「誰が家を継ぐんやって大騒ぎになっとるわ。俺んち、ええとこやから」

「いや、そうやなくて、気持ち悪いとか、そういうの言われんかったか？」

制服姿の直哉と向き合う。長い前髪の向こうの目が、細く柔らかくなっていく。直哉がおれに近寄り、背中に手を回して身体を抱いてきた。

「あんがと」

答えになっていない。だけど黙る。答えないことが、答えな気がした。

「じゃ、帰るわ。また明日な」

直哉が部屋から出ていく。おれはベッドの縁に腰かけ、はーと息を吐いた。肩を落とし、ぼんやりと中空を眺め、ついさっきかけられた言葉を思い返す。

──明良、純のこと好きやん。

「……んなわけないやろ」

安藤純のことを考えながら、薄い布越しに股間を撫でる。反応なし。ほら見ろ、好きじゃない。そんなことを考えている自分が、やけにアホくさくて情けなかった。

＊

次の日の朝、教室に入ると、秀則と史人と安藤純がおれの席で談笑していた。

最近、朝はずっとこれだ。席を使われているから無視もできない。史人あたりが安藤純の地雷を踏んでそのまま仲違いしてくれないだろうか。本当に鬱陶しい。

「おはよう」

安藤純がおれに声をかけてきた。おれは「はよ」と席につく。机に頬杖をつき、秀則たちと話す安藤純を観察しながら、考えを巡らせる。

「昨日は大阪に来たーって感じだったよ」

「なら良かったわ。次は観光やな」

「秀則、USJ行こ。めっちゃ気になるイベントやってんの」

――おれが、こいつのことを好き？

ありえない。現に今、おれは安藤純に苛立ちしか感じていない。へらへら笑って、楽しそうで、腹が立つ。しれっと馴染むな。お前は――

お前はこっち側の――おれ側の人間やろうが。

「あ、直哉」

安藤純が少し遠くに目をやった。視線を追うと言葉通りに直哉がいて、おれたちに歩み寄ってくる。警戒するおれをよそに、安藤純は「おはよう」と挨拶を投げ、直哉はそれに「おはよーさん」と軽く返した。

「なあ。俺、純に言いたいことあんのよ」

「なに？」

「実はな、俺もゲイなんや」

教室の雑音が、一気にボリュームを落とした。

安藤純が自己紹介をした時と同じだ。一言で場の中心を自分に引き寄せた。そして言葉を失う周囲に対して、失わせた当人はマイペースなのも同じ。

「だから気になってな。タコパ参加したんもそういうこと。そんで昨日、純を見とったら俺も自分らしく生きたいと思って、隠すの止めることにしたわ」

直哉が右手を安藤純に差し出した。嘘くさい、無邪気なはにかみを見せながら、照れくさそうに告げる。

「これからもよろしく頼むわ」

安藤純が直哉を見つめる。いつになく真摯な目つき。やがてそれがふっとゆるみ、安藤純が自分の右手を直哉の右手に重ねた。

「うん。こっちこそ、よろしく」

安藤純と直哉が微笑みを交わす。そして直哉は「じゃ、用はそんだけやから」と教室から出ていった。史人が頭の後ろを掻き、困ったように呟く。

「なんか、色々めちゃくちゃやな」

めちゃくちゃ。――そう、めちゃくちゃだ。おれの生活が安藤純によってめちゃくちゃにされていく。秀則に、史人に、姉ちゃんに、直哉まで。

ふざけんな。

おれは立ち上がり、教室の入口に向かって駆け出した。後ろで秀則が何か言っていたけれど、無視して廊下に出る。直哉はまだ教室の近くにいた。追いついて肩を掴(つか)み、「おい!」と振り向かせる。

「ちょっとツラ貸せや」

「なんで。俺、クラスのダチにもカムせなあかんし、忙しいんやけど」

「ええから!」

腕を掴んで引っ張る。どこか人気(ひとけ)のないところを考えて、最初に直哉がおれを呼び出した体育倉庫の裏に思い至った。外に出て、直哉をそこまで連れていく。

狙い通り、体育倉庫の裏に人は誰もいなかった。直哉を倉庫の壁側に追いやる。直哉がへらへらと、人を小馬鹿にするような笑いを浮かべた。

「壁ドン?」

「するか。お前、さっきの何考えとんや」

「自分らしく生きたくなったって言うたやろ」

「お前そんなキャラとちゃうやろ!」

「お前が俺のキャラを決めんな。おかしいやろ」

言葉に詰まる。直哉が腕を組み、背中を体育倉庫に預けた。

「ま、お前の読みも当たっとるけどな。いっちゃんデカい理由は純に近づくため。カムせんと純とつきあう資格が手に入らんからな」

「資格?」

「純はこそこそしたくないからカムしたんやろ。なのに、こそこそしとるやっとつきあったら、またこそこそさせてまうやん」

「こそこそって——」

「隠すのが悪いとは言わん。俺も親バレしとらんかっだら言ってない。ただ——」

直哉が壁から身を起こした。いやに真面目な顔つきで、おれを見やる。

「自分らしく生きたくなったのも、嘘やない。お前も考えたことぐらいあるやろ」

強い目線と、強い言葉。おれは思わず目を伏せた。直哉は小さく首を横に振り、おれから離れながら置き土産の言葉を放つ。

「3P路線に切り替えて欲しくなったら言えや。検討したるわ」

誰が切り替えるか、アホ。そんなツッコミが喉につかえる。やがて直哉が去り、チャイムが鳴っても動けず、おれはホームルームをサボってから、教室に戻った。

3

文化祭の準備期間に入った。

といっても、おれたちのような飲食系は大した準備はない。部活の方が重いやつはそっちに行くし、別に重くなくても居心地がよければそっちに行く。ふらふら友達と遊び回るやつや、人目のつかないところに集まってゲームをやるやつもいる。

そして、どこかに行くやつがいるということは、どこかから来るやつもいる。

「純おる？」

本日三回目の直哉にうんざりしつつ、おれは「そこ」と木材でたこ焼き屋のカウンターを作っている安藤純を指さした。直哉は「サンキュ」と言って安藤純のところに向かい、それからすぐに二人でどこかに消える。これも三回目だ。

「あいつら、つきあっとんのかな」

教室の隅から、嘲笑交じりの男声が上がった。すぐ別の声がそれに答える。

「どっちがウケなんやろな」

「安藤ちゃう？　ウケっぽいし。今もトイレでやっとるかも」

「止めろや。想像するやろ。キッツいわ」

——なら想像すんなボケ。

勝手に想像して、勝手にキツくなって、アホか。だいたいトイレでいきなりそこまではできんわ。女のと違ってお前らにだってついとるんやから、わかるやろ。

こうなるから隠さないとダメなのだ。本当に、あの二人はバカなことを——

「ああっと！　手が滑ったあああ！」

雑巾が、空を飛んだ。

宙を舞う雑巾が、雑談をしていた男子の片方の頭に直撃した。雑巾を投げ飛ばした秀則が、敵意を向けてくる二人にケロッとした表情で言葉を返す。

「そういう陰口、止めーや。ダサいで」

「……ええ子ちゃんが」

「ええ子で悪いことないやろ。んならお前は悪い子ちゃんか」

一触即発。教室のみんなが見守る中、史人が秀則の隣から二人に話しかけた。

「なあ、お前ら昨日シコった？」

唐突なぶっこみに、二人が分かりやすく戸惑った。史人は構わず続ける。

「簡単な質問やろ。シコったか、シコっとらんか。答えたくないんか？」

「当たり前やろ。んなこと、答えたいやつおるか」

「んじゃ、さっき純たちを笑ったの、反省せんとな」

二人がはっと目を見開いた。史人が子どもっぽい、屈託のない笑みを浮かべる。

「男なら誰だって家に帰ったらチンポ丸出しでシコっとる。悪いことやない。でもそれを想像されるのはイヤやし、からかうのは悪いことやろ」

「……そやな」

「だからあんまそういうの、触れんとこうや。俺もお前が素人ナンパもの大好きでインタビューが一番抜けるとか言っとんの、黙っといてやるから」

「全部言っとるやろ！　黙っとけや！」

笑いが起きた。男子が「素人ナンパ好きなん？」と群がり、雰囲気が和らぐ。おれは秀則の投げた雑巾を見やりながら、姉ちゃんにかけられた言葉を思い返す。

――転校生くん、何かあったらちゃんと助けてやり。

「五十嵐くん」

すさまじい勢いで振り返る。

おれの勢いに怯み、安藤純が露骨に身を引いた。しまった。ただ話しかけられただけなのに、とんでもない過剰反応を見せてしまった。

「なんや」

「何か手伝うことないかなと思って」

「ない。おれも暇しとるところ。見れば分かるやろ」

「……そうだね。それじゃ」

安藤純が離れる。おれは何だか悪いことをした気分になり、手持ち無沙汰にスマホを取り出した。そしてＬＩＮＥの新着メッセージを読み、顔をしかめる。

『今日、やれる？』

＊

「あー、生き返る」

放課後、いつもの公園で一戦交えた後、ベンチでタバコを吹かしながら直哉がしみじみと呟いた。俺はその横顔を若干引き気味に見つめる。どうしてこいつはこんなにも自由なのだろう。羨ましくもあるし、恐ろしくもある。

「お前、安藤と付き合おうとしとるんやろ。こんなんしてええのか？」

「セフレと恋人は別やろ。だいたい、まだ付き合っとらんし」

少し、肌寒い風が吹いた。秋の気配。直哉の吐いた煙が揺れる。

「今どんな感じなん？」

「友達以上恋人未満の友達寄りってとこ。なかなか難しいわ。あいつ、たぶんなんかフェチ持っとるぞ。ショタコンとか、老け専とか」

「じゃあ、どんな頑張っても無理やろ」

「そうとも限らんやろ。新しい扉を開かせればええ。策はあるしな」

「策？」

「文化祭で告る」

直哉がタバコを地面に落とした。そして吸い殻をローファーで踏みつける。

「文化祭の『大声コンテスト』、あるやろ」

大声コンテスト。野外ステージに立ちマイクで叫びたいことを叫ぶ、文化祭の恒例行事だ。叫ぶ内容は自由。世の中への怒りをぶちまけたり、自分の悩みをぶちまけたり——誰かへの愛をぶちまけたりするやつがいる。

「あれで告ろうと思ってんの。感動的やろ」

「めっちゃ目立つぞ」

「だからええんやろ。断りづらくて」

直哉が新しいタバコに火をつけた。焦げた草の臭いが、煙に乗っておれに届く。

「全く脈がないわけやないと思うしな。ブログにもよく書いてくれとるし」

「あいつ、ブログなんてやっとんの？」

「やっとんの。アドレス送るわ」

直哉がスマホを弄り、すぐおれのスマホにメッセージが届いた。URLをタップしてブログを読む。テンションの低い文章。日記というよりレポートっぽい。

「これ、ハンネなんて読むんや」

「『ミスター・ファーレンハイト』やって。自己紹介でクイーンっちゅうバンドが好きって言っとったんやろ。そのバンドの曲の歌詞から取ったらしいわ」

ブログを読み進める。直哉だけではなく、秀則も、史人も、見るやつが見れば分かる形でよく言及されていた。おれはタコパの話で「友達の家」という形で触れられたぐらい。一応、友達だとは思っているらしい。

「脈ありそうやろ？」

直哉が笑った。その笑顔が嘘くさくて、おれはなんとなく言葉をこぼす。

「なあ」息を吸う。「お前、本当に安藤のこと好きなん？」

一瞬、直哉から表情が消えた。

まばたきよりも短い、勘違いを疑いたくなるほどの刹那。だけど、確かに見た。へらへらと捉えどころのない笑みを浮かべ、直哉がおれに尋ねる。

「なんで？」

タバコの臭いが強くなった気がした。気圧されて、しどろもどろになる。

「ほら、外国で日本人に出会って親近感覚えて仲良くなる、みたいなのあるやろ。それと同じで、仲間見つけて嬉しいってのが、今は強いんちゃうかなと思って」

「だとしても、それは『好き』でええやろ」

おれは黙った。直哉がまたタバコを地面に落とし、グリグリと踏みつける。

「俺のことをいくら考えても、自分の気持ちは分からんぞ」

――おれはあいつのことなんか何とも思っとらんわ。

頭に浮かんだ言葉を沈ませ、視線を手元のスマホに逃がす。安藤純のブログをブックマーク。親指の先に、じんと小さな熱が走った気がした。

＊

直哉と街をふらついて家に帰ると、おふくろから今日は外食に行くと言われた。

何でもファミレスのドリンクバーのタダ券の期限が切れそうらしい。やがてオヤジが帰ってきて、家族四人で歩いて近所のファミレスに向かう。外食なんていっても、食べるものと食べる場所以外は家の夕飯と同じだ。おふくろと姉ちゃんがぺちゃくちゃしゃべり続け、オヤジとおれはほとんど話さない。

——と、思っていた。

「明良」テーブルの向こうから、オヤジがおれに声をかける。「お前のクラスに、おもろい転校生が来たらしいな」

食っていたハンバーグが喉に詰まりそうになった。オヤジが右手の指を揃え、その甲を左の頬に当てる。

「母ちゃんに聞いたで。こっちなんやろ？」

「……せやな」

「どんな子なんや？」

「……別に、ふつーのやつ」

「女言葉しゃべったりせえへんのか」

「……しない」

「そっか。しかし最近、そういうん増えたよなあ。世の中おかしなっとるわ」

味がしない。息が苦しい。オヤジ、あいつに興味ないやろ。久々の外食でテンション上がってるだけやろ。だったら違う話題にしようや。頼むから——

「増えたんやなくて、昔からおったのが言えるようになってきたの」

おれの隣から、姉ちゃんが強い口調で会話に割り込んできた。

「ゲイがみんな女言葉しゃべるわけないやろ。おとんみたいな見た目で、おとんみたいな性格で、好きになる相手が同性なだけっちゅうのがゴロゴロおるの」

「でも俺が好きなんは母ちゃんやぞ」

「聞いとらんわ！」

姉ちゃんがはあとため息をついた。そして身体を少し前に傾ける。

「おとんは、もし私がレズビアンやったらどうする？」

心臓が跳ねた。オヤジが目を丸くして、姉ちゃんの質問に質問を返す。

「お前、そうなん？」

「もしそうやったらどうするって話をしとんの」

「どうって言われても……なあ」

オヤジが隣のおふくろに目線で助けを求めた。おふくろは淡々と答える。

「別にどうもせんわ。あんたはあんたの人生を好きに生きたらええ」

言葉が、耳にちくりと刺さった。オヤジが腕を組み、うんうんと頷く。

「ん、そやな。俺もそれが言いたかった」

「……調子ええなあ」

姉ちゃんがちらりとおれを見やった。おれは黙々と味のないハンバーグを食べ続ける。

それからオヤジが姉ちゃんに受験勉強の話を振り、威勢の良かった姉ちゃんがしどろもどろになって、ようやくおれの舌に味覚が戻ってきた。

＊

文化祭二日前。

もうここまで来ると、やることはほとんどない。商品開発の名目でたこ焼きを作って食べているだけだ。粉の焼ける匂いが立ち込める教室で床に座ってスマホを弄っていると、史人が秀則と安藤純を連れておれに近寄り、声をかけてきた。

「明良。これ、試食たのむわ」

たこ焼きの入ったプラスチックケースを、史人がおれに差し出す。おれはつまようじの刺さっているたこ焼きを持ち上げて、口に放り込んだ。舌にまとわりつくソースの味、カリカリに焼けた表面の食感、そして――

「――ぶほっ！」

とんでもない辛みが口内に広がり、おれは床に手をついてたこ焼きを吐き出した。史人が「きたなっ！」と叫んで一歩引き、秀則が安藤純に話しかける。

「ほら。入れすぎやろ。八割からしやったで」

「八割は言い過ぎだって。六割ぐらいでしょ」

流れが読めた。咳き込むおれに、史人が機嫌よく話しかけてくる。

「新商品、ロシアンたこ焼きの試食にお付き合い頂きありがとうございます」

「……ぶっ殺すぞ」

「進歩は犠牲の上に成り立つもの……仕方なかったんや……」

「ふざけ――」

声を荒らげようと息を吸うと、喉に残る辛みが刺激された。再び咳き込む俺の耳に、コバリンの能天気な声が届く。

「おー、ええ匂いがするなあ」

顔を上げる。這うおれを取り囲む三人という構図を目にしたコバリンが、眉を寄せておれたちに近づいてきた。

「なんや、イジメか」

「試食です。先生も良かったらどうぞ」

コバリンが史人の抱えているプラスチックケースを見やった。そしておれが口にしたものとは別の、つまようじが刺さっているたこ焼きに手を伸ばす。

「待ってください！」

巨大な声が、教室をびりびりと揺らした。

秀則と史人が驚いたように声の主――安藤純を見やる。「お前、そんな声出せたんか」という表情。分かる。おれも同じ気持ちだ。

「これ、からし入りなんで、こっち食べて下さい」

「からし？　なんでそんなもん作っとんや」

「ロシアンルーレットみたいな、お遊び用に売り出すつもりなんです」

「なるほど。ほんで、このようじ刺さっとんのがハズレっちゅうわけか」

コバリンがようじを抜き、別のたこ焼きに刺した。そしてそれを口に運ぶ。

「美味（うま）いやん。これ、安藤が作ったんか？」

「はい」

「大したもんや。名誉関西人に認定したる」

安藤純が嬉しそうに笑った。珍しく感情剝（む）き出しで腹が立つ。なんやそれ。いつもと態度が違いすぎるやろ。でもそういや、直哉のやつが――

――ショタコンとか、老け専とか。

「お前、コバリンのこと好きなん？」

安藤純の顔から、さっと笑みが引いた。どうやら当たりのようだ。俺は安藤純の肩に手を乗せ、大げさに首を横に振る。

「それは無理やろ。コバリン、所帯持ちのバリノンケやで」

「いや、僕は別に――」

「コバリンもきちんとフッたってや。かわいそうやし」

「おお。俺はお前らのこと好きやけどな、カミさんとガキの方がもっと好きや。離婚されてからまた頼むわ」

軽い返しの後、コバリンが「じゃ、しっかりやれよー」と教室を去った。おれは「フラれたなあ」とからかいながら、安藤純に視線を移す。

　この世の終わり。

　うな垂れて固まる安藤純を一言で表現するならば、まさにそれだった。宝物を壊された子どもの態度。おれは動揺し、思わず声を上ずらせる。

「なにガチでへこんどんねん」

「……いや、別にへこんでるわけじゃないけど」

「へこんどるやろ。ワンチャンあるとでも思ってたんか？」

「そんなわけないでしょ。ちょっと、トイレ行ってくる」

　安藤純が教室から出ていく——と同時に、おれの後頭部に衝撃が走った。振り返ると、おれを叩いた秀則があきれ顔で口を開く。

「アホか、お前」

「はあ？」

「デリカシーなさすぎ。あいつのこと好きなんやろーって、小学生か」

「まあ、しゃーないやろ。明良、ガキやし」

　史人がのっかってきた。おれもムキになって口を尖らせる。

「あんなん、適当に流せばええやろ」

「流せんやろ」

「なんで」

「言わなわからんか？」

「わからんな。教えてくれや」

「……マジでガキやな」

秀則が盛大なため息をついた。史人も半笑いで肩をすくめる。なんや、お前ら。ずっと友達だったおれより、ポッと出の転校生の味方するんか。だいたい――

「あいつがきっしょいホモ野郎なん、おれの知ったこっちゃないわ！」

沈黙。

おれの叫びが、その場の全員を黙らせた。男子も、女子も、動いていたやつも、止まっていたやつも、みんな口をつぐんだ。そしておれを見やる。絶対に言ってはいけないことを言ってしまった。それが分かる視線を、おれに送る。

ホットプレートで油の弾ける音が、教室にぱちぱちと響く。火照っていた脳みそが急速に冷えていく。秀則が頭に手をやり、髪をくしゃくしゃと掻いた。

「誰かが言ったら、注意せなあかんとは思っとったんやけどな」力のない、残念そうな声。「お前がいっちゃん最初か」

秀則が歩いてきた。おれは肩を大きく上下させて身構える。しかし秀則は足を止めることなく、おれを通り過ぎながら、すれ違いざまに一言呟いた。

「頭冷やせや」

秀則が教室から出ていく。おれは何も言えず、できず、立ちすくむ。やがて教室に話し声が戻り、秀則と安藤純が一緒に帰ってきたのと同時に、おれはこっそりと教室を出てあてもなく散歩を始めた。

＊

文化祭前日。おれは風邪を引いた。

正確には、風邪を引いたことにして学校を休んだ。おふくろは間違いなく仮病を見抜いていた。だけどめんどくさそうに「明日(あした)は行き」と言っただけだった。

漫画を読んだり、ゲームをしたりしているうちに、すぐ夕方近くになった。そろそろ姉ちゃんが帰ってきて、夕飯を食べて、風呂(ふろ)に入って、寝て、文化祭初日だ。行けるだろうか。みんな、おれを許してくれるだろうか。

——あいつがきっしょいホモ野郎なん、おれの知ったこっちゃないわ！

おれはなぜ、あんなことを言ってしまったのだろう。おれ自身がきしょいホモ野郎なのに。もしかしたら、だからこそなのかもしれない。おれはあんなやつなんかとは違うと、あいつを否定することで自分自身を守って——

——いや。

違う。だって、あいつは好かれている。あいつを否定しても自分を守れないどころか、むしろ嫌われてしまう。今のおれの醜態が、それをはっきり証明している。

あの時、おれの抱いていた感情は「苛立ち」だ。秀則と史人があいつの味方をする前からイラついていた。どうしておれは、そんなにもあいつにイラついていたのか。から
し入りのたこ焼きを食わされたからというのが一つ。でもそれ以上に、おれは――

あいつがコバリンに褒められて、やたらと嬉しそうなのが――

ピンポーン。

インターホンの音。やがておふくろが階段を上がる音が聞こえ、おれはあわててベッドに潜り込んだ。ノックの後、おふくろが部屋のドアを開ける。

「明良。友達がお見舞いに来とるで」

「誰」

「あんたの友達なんかよう知らんわ。とにかく、下り」

「動くのダルい。あっちから来てもらってや」

「……しゃあない子やなあ」

おふくろが部屋から出ていった。おれは仰向けになって布団を顎の下までかぶり直し、病人っぽさを演出する。やがておふくろともう一人が部屋に近づいてくる足音が聞こえ、それが止んだ後、今度は会話がドア越しに届いた。

「ここです」

「分かりました。案内ありがとうございます」

――は？

自分の耳を疑う。おれはてっきり、秀則だと思っていた。昨日の揉め事をきちんと話すことで解消しに来たのだと。でも、違う。今の声。というか――

今の標準語は――

「……お邪魔します」

遠慮がちに、安藤純が姿を現す。おれは病気ぶるのを忘れ、熱いものに触れた動物のように、身体を勢いよく跳ね起こした。

＊

「体調、大丈夫？」

安藤純が、ベッド近くの床に腰を下ろした。自然と目線が上目づかいになる。おれはそっぽを向き、ぼそぼそと小さな声で答えた。

「ぼちぼち」

「そっか。まあ文化祭は二日間あるし、無理はしない方がいいよ」

小さく頷き、黙る。安藤純も同じように黙り、静寂が部屋に満ちた。十秒で話題が尽きてしまった。気まずい。

「……お前、なんでわざわざ見舞いになんか来たんや」

突き放すような言い方。良くない。分かっているのに、止められない。

「秀則も史人も、風邪ぐらいで見舞いになんか来んぞ。東京の文化か」

安藤純が視線を下げた。そしてそのまま、口を開く。

「昨日のこと、聞いたんだ」

昨日のこと。おれの暴言が世界を止めた、その瞬間の空気が脳裏に蘇る。

「前からそういう気配を感じてはいたんだけど、想像以上に無理させてたことに気づいてさ。それで、謝りにきた。お見舞いよりそっちが本命。本当にごめん」

安藤純が深く頭を下げた。謝罪。安藤純が、おれに。そのためにここに来た。

――なんで？

「僕にだって好き嫌いはある。だから五十嵐くんについても、まあそういう人もいるぐらいに思ってるし、それ自体は正直そんなに辛くないんだ。ただ――」

お前が謝る理由、一つもないやろ。謝らなあかんのはおれやろ。

「僕のせいで五十嵐くんが孤立するのは、辛い。でも僕はこういう風に生まれちゃったから、今さらそれを変えることなんてできない。それに悪いけど、五十嵐くんのために僕が孤立する気もない。僕には僕の人生があるから」

悪くない。お前は何にも悪くない。悪いのは、間違っとるのは、おれや。

「だから、お互いが納得できる形を探したい。まずは五十嵐くんの希望を教えてよ。その中からできること、できないことを考えて、落としどころを探っていこう」

止めろ。

おれから、逃げ道を奪うな。

「安藤」

声をかける。安藤純の頬が柔らかく緩む。ああ、こいつ、ほんと――

――ムラムラする。

「やらせろ」

上体を大きく、ベッドの外に傾ける。

左手で安藤純の後頭部を摑み、唇に唇を押しつける。目を白黒させる安藤純と至近距離で見つめあう。やっぱり、瞳は綺麗だ。えぐり取りたくなるぐらいに。

安藤純が身体を後ろに引いた。おれはその動きを追いかけ、ベッドから落ちる。仰向けに倒れる安藤純に馬乗りになり、自分に言い聞かせるように呟く。

「こうされたかったんやろ?」

頭が火照る。チリチリと焦げつく。風邪は、仮病だったはずなのに。

「仲間がここにおるぞ、一緒にやろうやって、アピールしとったんやろ? だから虫みたいに嫌われんの分かってて、カミングアウトしたんやろ? なあ」

顔と顔を近づける。安藤純の瞳に、下卑た笑いを浮かべるおれが映った。

「ええよ。やろうや。おれも――」

ゴンッ!

骨と骨がぶつかる鈍い音が、鼓膜の内側にじんと響いた。額に衝撃が走り、おれは頭を押さえる。頭突きをくらったと理解し、痛みに顔をしかめるおれの目に、握り拳をおれの腹に叩き込もうとしている安藤純の姿が飛び込んできた。

「止め――」

ろ。

鳩尾に、拳がクリーンヒットした。口にしかけた最後の一音が呑み込まれる。腹を押さえて転がるおれに合わせ、安藤純が口を拭いながらゆっくりと立ち上がった。

「さすがに、そういうオチだとは思ってなかったよ」

学生鞄を肩にかけ、安藤純がおれを見下ろす。まだ走れそうなのに乗り捨てられた自転車を見つめるような、どこか寂しげな視線。

「僕は、虫みたいに嫌われてるかな」

淡々と、感情を込めず、安藤純がおれに問いかける。

「秀則、史人、直哉、クラスのみんな、小林先生、僕を虫みたいに嫌ってるかな」

おれは答えない。答えられない。分かりきっている答えを、口にしたくない。

「カムアウトしてる方がしてない方より偉いなんて言う気は、全くないけどさ」

おれに背を向けながら、安藤純が強く言葉を吐き捨てた。

「自分がビビってるのを他人のせいにするなよ。僕を認めてくれた全員に失礼だ」

部屋のドアが、開いて閉まる。階段を下りる音がドア越しに聞こえる中、ベッドの上で布団をかぶり直す。もう何も考えたくない。おれはその一心で目をつむり、夕飯も食べず、蛹のようにじっとそこに留まり続けた。

4

文化祭初日。おれの風邪は治っていなかった。

部屋まで来たおふくろは、布団から出ないおれに「今日までやで」と言った。はっきりとリミットが設定された。明日は無理だろう。分かっているのに、それでも今日一日をやり過ごせる安堵の方が、やっぱり強かった。

おふくろが去り、眠りに落ちようと試みる。眠気なんか欠片もない。ただ頭を真っ白に――真っ黒にしたいだけだった。だけどやっぱりそう上手くはいかなくて、まぶたの裏側で不安がどんどん大きくなっていく。

問題は何も解決していない。明日はどうしよう。明後日はどうしよう。

おれは――どうやって生きればいいのだろう。

「明良」

ドアの向こうから、姉ちゃんの声が聞こえた。目を開き、上体を起こす。

「なに」

「話あんの。入ってええ？」

「……ええよ」

答えるや否や、制服姿の姉ちゃんが部屋に入ってきた。そして安藤純が昨日座っていた辺りに腰を下ろす。文化祭だから気合が入っているのか、いつもより髪がふわりと広がっている気がした。

「あんた」姉ちゃんの瞳が、おれを見据える。「安藤くんと何があったん？」

固まった。

いきなり急所をぶっ刺されて、何の反応も返せなかった。姉ちゃんが「やっぱり」と呟き、勝ち誇ったように笑う。

「昨日、家の前におったから声かけたんやけど、様子が変でな。そんで、これは明良となんかあったんやろうなあと思っとったんやけど、当たりみたいやな」

姉ちゃんが両手を後ろにつき、身体を仰向けに反らした。

「で、何があったん？」

——言えるか。黙るおれに向かって、姉ちゃんが大きく肩をすくめた。

「どーせあんたのことやし、勝手に溜めたイライラ勝手にぶつけて嫌われたんやろ。ええ加減に成長せえや」

うるさい。黙れ。何も知らんくせに、偉そうなことぬかすな。

「そんで、勝手にショック受けて休みか。なっさけな。涙出てくるわ」

黙れ。黙れ。黙れ。

「五十嵐家の男たるもの、もっと堂々と生きなあかんで。せやから——」

「うっさいわ！　男とか女とか関係ないやろ！　古臭いことぬかすな！」

「女も同じに決まっとるやろ！　言うてないこと読んでキレんな！　ダボハゼが！」

めちゃくちゃな逆ギレが、おれの鼓膜を鋭く貫いた。気圧（けお）されて顎（あご）を引くおれの前で、姉ちゃんが大げさにため息をつく。

「ビビりでちっちゃいくせに、自分を大きく見せようとすんな。ビビりでちっちゃくても悪くないやろ。あたしは明良のそういうとこ、好きやで」

おれの目をじっと見つめて、姉ちゃんが優しく笑った。

「安藤くんのどこがそんなにイヤなん？」

姉ちゃんの顔が、ぼんやりと歪（ゆが）む。

輪郭が溶ける。表情が見えなくなる。――ああ、泣いてもうた。姉ちゃんの言う通りや。おれはビビりで、ちっちゃくて、情けない。

「違う」おれは首を横に振った。「おれがイヤなんは、おれや」

涙が落ちる。合わせて、言葉を落とす。

「分かっとるんや。姉ちゃんはおれがホモなことなんか気にしとらん。オヤジも、おふくろも、ダチも、きっと受け入れてくれる。でも、おれや。おれがダメなんや。おれはおれのことが、気持ち悪くてしゃあないんや」

仕方ない。しょうがない。どうしようもない。

そう言い続けていた。おれは動かないのではない、動けないのだと自分自身に言い聞かせていた。だけどあいつが、安藤純が、その欺瞞を暴いてしまった。もう逃げ道はない。おれを傷つけ、抑圧し、追いつめているのは、おれだ。

「おれや！　ぜんぶ、なんもかんも、おれや！　姉ちゃんの言う通り、おれが一人で勝手に苦しんどるだけなんや！　だから——」

むぎゅ。

柔らかくて弾力のあるものが、頬に押し付けられた。姉ちゃんのおっぱい。いつの間にこんなデカくなったんや。そんな間の抜けた感想が頭に浮かび、涙が引っ込む。

「自分のこと嫌いでも、別にええやろ」

おれの頭を両手で抱きながら、姉ちゃんが小声で囁いた。

「そら、好きになれるならなった方がええけど、今は無理なんやろ。だったらそれでええ。でないと、自分のことを嫌いな自分を嫌いになって、そんな自分をさらに嫌いになって……のループやで」

姉ちゃんが離れた。そしておれの両肩に手を置き、真正面から語る。

「自分との付き合いは一生もんや。急ぐことない。それより今は、安藤くんやろ。安藤くんのこと、どう思っとるん？　このままでええんか？」

安藤純のことをどう思っているのか。抱いていた敵意や苛立ちは、おれがおれ自身に向けていた感情の投影に過ぎない。じゃあ、それを抜いたら——

「——どうだってええやろ」

姉ちゃんが笑った。そしておれから手を離し、立ち上がって背中を向ける。

「確かに、あたしにはどうだってええわ」

行ってしまう。おれはほとんど反射的に、遠ざかる姉ちゃんを呼び止めた。

「姉ちゃん！」

姉ちゃんが振り返った。ありがとな。そんな言葉をイメージして口を開く。

「おっぱい、めっちゃデカなったな」

姉ちゃんの眉間（みけん）にしわが寄った。だけどすぐ、唇を綻（ほころ）ばせて悪態をつく。

「ドアホ」

＊

昼過ぎ、LINEに直哉から『いま電話してええ？』とメッセージが届いた。おれは三十秒ほど悩んで『ええよ』と答える。すぐに通話が届き、おれはベッドの縁に腰かけてそれを取った。

「よー。休んどるらしいやん。元気？」

「元気やったら休まんやろ」

「人を襲うぐらい元気なのに休んどるんやろ。純から聞いたで」

聞き捨てならない言葉が届いた。全身を強張（こわば）らせ、声をひそめる。

「……アウティングやぞ」

「お前は強姦未遂やろが」

返す言葉がない。黙るおれに、直哉が調子よく語る。

「まあ純はお前のことを俺に相談しただけやけどな。あとは俺のトーク力。お前の正体知っとるのも俺から話したし、バラしたんはむしろ俺やで」

「はあ⁉ 何しとんねん！ 知らんかったらどうするつもりや！」

「あいつも仲間やし、どうにでもなるやろ。むしろ、俺がカムしとんのにお前が黙っとる方がおかしいんや。なんで言わなかったん？」

「なんでって……」

バラされると思ったから――ではない。おれが恐れていたのは、バラされることではなくバレることだ。おれはあいつに、自分が男を好きになる人間だとバラしたくなかった。バレたらあいつは自分も対象だと気づく。そうなれば――

「明良」

「――え、あ、なんや？」

「とにかく明日来て、謝ってくれや。純には俺から根回ししといたる」

「そんな急がんでええやろ」

「急ぐわ。大声コンで告白するって言うたやろ。できる雰囲気やない」

なるほど。じゃあ、文化祭が終わるまでは謝らない方が――

「今、そんじゃ謝らんどこって思ったやろ」

読まれた。直哉の声に、呆れの色が混ざる。

「なにが『勘違いすんな』や。めっちゃ好きやん」

「いや、おれは別に」

「まあ、順番守ればええわ。ところでお前、純のブログ読んどる？　あれにお前のこと、書いてあるで」

脊髄から全身に、小さな痺れが走った。

「読んでみ。そんで謝りたくなったら連絡くれや。そんじゃな」

通話が切れた。おれはすぐブラウザのブックマークから安藤純のブログを開く。最新記事のタイトルは、意味のよく分からない英文だった。

『Is This the World We Created…?』

記事を開く。すぐにユーチューブのリンクが現れ、タイトルの元ネタが洋楽だと分かった。アーティスト名はクイーン。おれが唯一知っている、あいつの好きなもの。

『今日は、この曲ばかり聴いていました。

東京から大阪に引っ越して、新しい自分に生まれ変わって、新しい世界を創ろうと頑張ってきました。そしてそれは、上手くいっているとも思っていました。だけど全部、勘違いだったのかもしれません。そう感じる出来事が、今日ありました。

僕は強くなったのでしょう。生きるだけで誰かを傷つけられるほどに。それを悪いとは思いません。弱いまま苦しんでいれば良かったなんて認められない。ただ弱かった自分を忘れて、驕っていた。それは反省すべきだと思っています。

自分が嫌で、嫌で、どうしようもない。そういう時期は僕にもあったのに、同じ想いを抱えている人に「甘えるな」と言ってしまった。いや、そういう時期があったからこそ、言ってしまったのかもしれない。昔の自分を否定したかった。僕は強くなったんだ。お前は消えろ。そういう自己嫌悪を、他人にぶつけてしまったのかも。

自分を愛するためには、他人に愛される必要があって、
他人に愛されるためには、他人を愛する必要があって、
他人を愛するためには、自分を愛する必要がある。

僕は「他人に愛される」ことでこの輪に入ることができました。なのに他人に「自分を愛する」ことで入れと言ってしまった。それがどれだけ難しいか、誰よりも僕が分かっているはずなのに。

次に会ったら謝ります。許してくれるかどうかも、それがいい方向に働くかどうかも分からない。でもとにかく、謝る。大勢の人が僕を愛し、僕を正のループに乗せてくれたように、今度は僕が誰かを愛して、誰かを正のループに乗せてあげたい。

それが、本当の意味で「強くなる」ということなのだと、そう思います』

ユーチューブのリンクをタップする。

物悲しい雰囲気の洋楽。歌詞は全く聴き取れないけれど、いい声だなと思う。この声も、音楽も、あいつを正のループとやらに放り込んだものの一つなのだろう。羨ましい。自分の支えを持っている人間は、いざという時に強い。

曲が終わった。ＬＩＮＥで通話を飛ばす。直哉はすぐ、それに応えてくれた。

「どした？」

「ブログ読んだ」

「そっか。そんで、どうする？」

部屋の隅のハンガーラックに視線をやる。雑にハンガーにかけられ、ぶら下がっている制服を見つめながら、おれは大きく深呼吸した。

「今から行く」

＊

文化祭用のアーチがかかった、校門をくぐる。

帰りたい。家からここまでずっと感じている想いを振り切り、心臓をバクバク言わせながら歩みを進める。運が良かったのか、悪かったのか、クラスメイトの誰にも会うことなく教室に着いた。大きく息を吸い、扉を開く。

奥の屋台で、たこ焼きを作っている秀則と目が合った。

「……はよ」

屋台に近寄り、声をかける。何一つ早くない。それでも秀則は「はよ」と挨拶を返してくれた。

「大丈夫か？」

「平気」

「そっか。まあ、そこで休んどき」

秀則が屋台奥のパイプ椅子を顎で示した。おれは素直に椅子に座る。すぐに史人が寄ってきて、おれに茶色い液体の入った紙コップを渡した。

「ウーロン茶。飲めや」

「あんがと」

冷たいウーロン茶を喉に流し込む。頭が、ほんの少し冴えた。

「けっこう繁盛しとるな」

「せやろ。明良も職人やる？」

「いや、おれ、すぐ出なきゃならんから。直哉と安藤に呼ばれとんの」

史人の肩が小さく動いた。顔を伏せ、探るように話しかけてくる。

「なあ、一つ聞いてええ？」

「ええよ」

「お前、純のこと、マジのガチで無理なん？」

暗く、沈んだ声が、雑音に紛れることなくおれの耳に届いた。

「俺は、お前とも、純とも、仲ようしたいんや」

分かってる。おれだってそうだ。だから、ここまで来た。

「んなことない。ムキになっただけや」

「ほんまか？　お前、ずっと純に冷たかったやろ」

「色々あってな。その辺は今日、バッサリ片付けるわ」

格好つけて、照れ隠しに笑う。史人も笑い返してくれた。職人を交代した秀則が傍に来て、ようじの刺さったたこ焼き入りのプラスチックケースを差し出す。

「ほら。これ食って元気出せや」

史人が「あんがと」とたこ焼きを一つ口に放り込んだ。おれもウーロン茶を床に置き、たこ焼きを口内に運ぶ。出来立ての熱の中に、おれを想ってくれる二人の温かみを感じながら、硬い表面を歯で嚙み崩す。

クリーム状の物体が、舌の上にどろりと広がった。

「――ブホッ！」

あの時と同じように、おれはたこ焼きを吐き出して両手を床についた。史人の「しゃー！」という雄叫びが、頭の後ろから聞こえる。

「二回も引っかかりおったわ！　ドアホが！」

「すまんなあ、明良。史人がどうしても作れっちゅうから……」

嘘つくなボケ。今の、お前が八割からし言うてた安藤純のやつよりヒドかったぞ。やりたくなくてやった量とちゃうやろ。ふざけんな、ほんと——

「ふざけんなよ……」

「お、泣いとるん？」

「あんだけからし入れりゃ泣くわ！　加減しろや！」

床に置いたウーロン茶を手に取り、一気に飲み干す。身体が内側から急速に冷やされて、涙が引っ込んだ。空の紙コップを軽くつぶしながら、ボソリと呟く。

「ありがとな」

秀則と史人が、二人そろって不敵に笑った。「おかえり」。何となく、そう言われたような気がした。

＊

教室で軽くクラスメイトと話した後、おれは直哉に『着いた』と連絡を入れて、待ち合わせ場所に指定された大声コンテストの会場に向かった。

大声コンテスト。二十年ぐらい前にテレビ番組を真似したのが発祥という、文化祭の伝統行事。やることはシンプルで、校庭の隅に作られたステージの上に立ち、叫びたいことを叫ぶだけだ。イベント終了後、運営により最優秀大声賞が選ばれ、貰ってても邪魔なだけのトロフィーが贈られる。声さえ大きければ内容はなんでもよく、去年の最優秀大声賞はX JAPANの『紅』を熱唱した男だった。

おれが会場に着いた時、直哉と安藤純はまだそこに居なかった。イベント開始も近く、既に舞台では準備が始まっている。早く来てもらいたい。

イベント開始十分前。人はわんさか増えるが、直哉も安藤純も現れない。とりあえずLINEで直哉に『もう会場におるぞ』とメッセージを送っておく。

五分前。周囲は雑音だらけで、重い話をする雰囲気ではない。ロープで仕切られた立ち見スペースの最前列に立ち、見つけやすいように目立っておく。

三分前。直哉に通話を飛ばす。出ない。LINEも未読のまま。

二分前。ステージの上で蝶ネクタイをつけた司会の男子がマイクのテストを始める。あー、あー、本日は晴天なり、本日は晴天なり。

一分前。おい、マジか。さすがにもう来ないと――

「えー、皆さん、お待たせしました！　大声コンテスト！　ただ今より始めさせていただきたいと思いまーす！」

始まってしまった。司会が場を盛り上げ、一組目の参加者が現れる。大学生ぐらいの男と女で、男から女に言いたいことがあるらしい。観客も、司会も、言葉を待つ女ですら何を言われるか分かりきった中で、男が大きく口を開く。

「みっちゃ――――――ん！　好きや――――――――！」

司会からマイクを渡された女が「わたしも――――――！」と叫んだ。なんというか、茶番だ。直哉もこれをやるつもりなのだろうか。あまり見たくない。

「それでは次の方、どうぞ！」

司会が二人目の入場を促し、拍手の渦が会場に巻き起こった。ステージ裏から若い男が、「どうもー」とへらへらと笑みを浮かべながら現れる。

叫び声が、歯の裏まで出かかった。

「この制服はうちの学校ですね。自己紹介をどうぞ！」

「えー、九重直哉！　高二！　好きなものは男！　よろしくお願いしまーす！」

――待て、待て、待て、待て。

このままじゃ舞台に上がれんから、先に謝れっちゅう話やったろ。だからおれはわざわざ来たんやぞ。上がっとるやんけ。どうなっとるんや。

「男？　どういうことですか？」

「いや、知っとるやろ。同じクラスやん」

「アホか！　合わせろや！」

「さて……ええーっ！　男が好きってどういうことなんですかー!?」

司会が直哉にツッコミを入れた。観客が沸く。おれは、笑えない。

「自分、ゲイで、今日はゲイ友に言いたいことがあるんですわ。純、出番やで」

直哉がステージ裏に声をかけた。すぐに制服の安藤純が現れ、ステージに上がる。司会にマイクを向けられた安藤純が、恥ずかしそうに少し目を伏せた。

「自己紹介をどうぞ！」

「えっと……安藤純。九重くんと同じ高二です」

「おや、標準語ですね。東京の方ですか？」

「知っとるやろ。白々しいわ」

「黙っとれ！　しばくぞ！」

また観客が沸く。直哉と司会が笑いあう傍で、安藤純がふっと顔を横に向けた。そして目を細め、ステージの上から観客席に視線を落とす。

視線の先には、おれ。

「ではエントリーナンバー二番、九重直哉くん！　お願いします！」

司会がマイクを直哉に渡した。直哉と安藤純が向かい合う。やがて直哉が「純」と一言呟き、マイクを口元に近づけ――

そのマイクを、胸のあたりまで下げた。

「あー、あかん」

直哉が額に手をやった。司会と観客が、揃って困惑を浮かべる。

「あかんわー。言えんわー。なんか――」

長い前髪の後ろから、直哉がおれにちらりと視線を送った。

「俺より純に言いたいことある奴がおるんちゃうかな思うと、言葉が出てこんわー」

――こいつ。

そういうことか。ふざけんな。おれは行かんぞ。絶対に出ていかん。

「……それはどういうことですか？」

「いや、なんか観客席におる気がすんのよ。純に言いたいことがあってうずうずしてる、今にも『ちょっと待った！』って出てきそうな、イニシャルA・Iが」

「A・I？」

「あー、最低でもあと十秒は無理やわー。じゅーう、きゅーう」

行かん。絶対に行かん。

「は――――ち、な――――な」

粘んな、アホ。粘っても無駄や。もうこうなったらお前が告(コク)った後に謝る。それでえやろ。なあ、安藤。

ステージ上の安藤純に目をやる。「お前もこのアホには困っとるんやろ」。そんな風に苦笑いを浮かべあうために。

安藤純は、微笑(わら)っていた。

――大丈夫だよ。

大丈夫。どんなことになっても君を見捨てない。僕は君の味方だ。だから安心して、踏み出してくれていい。必ず受け止めるから。

穏やかな視線から、優しい言葉が伝わる。鼓膜の外側で直哉のカウントダウンが響く。

そして鼓膜の内側では、昼に読んだブログが、安藤純の声で再生される。

自分を愛するためには、他人に愛される必要があって、

「ろ――――く、ご――――――お」

他人に愛されるためには、他人を愛する必要があって、

「よ――――――ん、さ――――――――――ん」

他人を愛するためには、自分を愛する必要がある。

「に――――――――――――――い」

――クソが。

「い――――――……」

「ちょっと待ったああああああああ！」

叫び声が雑音を掻き消す。ステージの直哉がおれを見下ろし、してやったりという風に、唇をニヒルに歪めた。

＊

視線が痛い。しかしもう、やってしまったことはしょうがない。なるべく観客の方を見ずステージに上がるおれに、直哉が調子よく話しかけてきた。

「よう来たなあ。アキラ・イガラシ」

「……あとで殺す」

「おー、こわ。機嫌直んの祈っとくわ」

直哉がおれにマイクを渡し、ステージ奥に下がった。おれは微笑と苦笑が混ざった表情の安藤純に、まずはマイクを使わず声をかける。

「お前もあいつ止めろや。恥ずかしいやろ」

「いい薬になるかなと思って。それに、もっとすごいことされたことあるし」

もっとすごいこと。なんやそれ。気になる。それって——

「はよせいやボケ！　こっちは順番譲っとるんやぞ！　時間押しとるんじゃ！」

——マジで殺す。決意と殺意を新たに、おれはマイクを口元に運んだ。

「安藤」

深呼吸をして、おれは発声の準備を整えた。安藤純と向き合い、今までのことを思い返しながら、この場でかけるべき言葉を考える。

そして、真っ白になる。

——何言えばいいんや、これ。

謝りたい。それは間違いない。ただ、何を謝ればよいのだろう。今までの態度全てか。それともひどい悪口を言ったことか。もしくは見舞いに来てもらったのに襲ってしまったこと——いや、それはないやろ。落ち着け、アキラ・イガラシ。

考える。沈黙が溜まり、溜まった沈黙はプレッシャーに変換される。あかん。黙っているとハードルがもりもり上がってく。何とかせんと——

「五十嵐くん」

見かねた安藤純が、助け舟を出してきた。思考が一旦落ち着く。

「難しく考えないで。シンプルに、一番強い想いを伝えるだけでいい」

子どもを諭す大人のように、安藤純が柔らかく言葉を繋ぐ。

「余計なことは、言わないでいいから」

余計なこと。

——なるほど。お前がおれをどう見とんのか、その一言でよう分かったわ。自分は言えた。強いから。でもお前は止めとけ。弱いから。弱くて潰れてしまうから、大人しくしとけ。そういうことか。なるほど、なるほど。

ご忠告どーも。

「そういうとこやぞ!!」

人生一番の、大声が出た。

声が雲を裂き、大気を貫き、天の底まで届いた気がした。会場中の人間が、神さまから怒られたみたいな間抜け面を晒している。もちろん、安藤純も。

「今、気づいたわ！　お前の一番あかんのはそういうとこや！　お前、自分以外の人間のこと、うっすら見下しとるやろ！」

「え？　いや、僕は――」

「見舞いん時も、ブログ読んだ時も、違和感あったわ！　お前が謝んの、どう考えてもおかしいやろ！　お前はおれの親か！　先生か！　同じ高二の男やろが！」

ずっと、安藤純を遠くに感じていた。

同じ指向を持つ仲間を、まるで身近に感じられなかった。自信満々に生きる安藤純と自分の間に、分厚い壁の存在を見ていた。でも違う。壁ではない。

段差だ。

「お前はどっかで、自分だけが物事をきちんと考えとると思っとんや！　舐めんな！　おれだって悩みそぐらいあるわ！　おれは――」

「ちゃんと、おれの頭で考えて、お前のことが好きなんや！」

世界が壊れる。

色彩が鮮やかさを増す。光の一粒まで見えそうなぐらい、景色が明るく輝く。ずっと、それこそ安藤純と出会う前、おれがおれ自身を見つけてしまってからずっと頭にかかっていた靄が、綺麗さっぱり消えてなくなる。

ああ、なんだ。こんなことで良かったのか。

――アホくさ。

安藤純の瞳(ひとみ)が泳いでいる。分かりやすい動揺が心地よい。お前はおれの親でも先生でもない。対等な、好きな相手だ。そう伝えられたことが、愉快でたまらない。

「返事は？」

「え？」

「告ったんやぞ。返事、あるやろ」

「……じゃあ、友達から」

「それじゃ今と変わらんやろ！」

観客席から笑いが起きた。おれは安藤純に迫り、その両肩に手を乗せる。

「イヤなら撥(は)ねのけろや」

顔と顔の距離をゆっくりと近づける。安藤純の吐息が顔に当たり、それだけで言葉を交わしているような気分になる。「ええんやな？」「……いいよ」「あんがと。大事にするわ」「馬鹿……」――

心臓が押された。

情動的な意味ではなく、物理的に押された。おれはバランスを崩してしりもちをつく。手からマイクが滑り落ち、ゴンと鈍い音が辺りいっぱいに響いた。

顔を上げる。おれを突き飛ばした腕をぐんと伸ばす安藤純の姿が目に映る。背後には太陽が輝いており、その表情は影になってよく見えない。

――撥ねのけられた？

観客席がざわつき、おれの心もざわつく。え、なんで。オッケーな流れやろ。キスして、観客に祝福されて、司会にからかわれて、「まあこれもいい思い出だよね」みたいな、そんな感じやろ。確かにおれ、色々前科あるし、それ一個も謝っとらんし、っていうかキツく当たったことしかないし——ん？　これヤバない？

安藤純が腕を引いた。おれはじっくりと目を凝らす。逆光に隠れた安藤純の表情から、その心情を読み取ろうと試みる。

「明良」

今まで見たことのない、子どもみたいな笑顔が、おれの心に刺さった。

「チョーシ乗りすぎ」

安藤純が踵を返した。そしてステージから駆け下り、颯爽と遠くに消えていく。会場の誰もが言葉を失う中、膠着を動かしたのは——司会だった。

「フ」一呼吸。「フラれたああああああああああああああ！」

会場から、盛大な笑いが上がる。——うっさい。まだフラれとらんわ。あいつがガキみたいに笑っておれを「明良」って呼んだ意味を、お前ら分かっとらんやろ。

「何やっとんねん、アホ」

直哉が呆れた様子で声をかけてきた。おれは立ち上がり、淡々と答える。

「一番言いたいことを言った。それだけや」

「順番守れって言うたやろ」

「守ったやろ。あいつと出会ったんは、お前よりおれが先や」

「……屁理屈」

直哉が肩をすくめた。そして親指を立て、安藤純の走り去った方向を示す。

「さっさと行けや」

言われなくとも。おれは喉を絞り、力強く直哉の激励に応えた。

「おう」

全速力で駆け出す。あちこちから飛んでくる声援が足を加速させる。今ならどこにだって行ける。何も知らなかった子どもの頃に戻ったような、大切なものを知って大人になったような、そんな感覚が、やけに心地よかった。

＊

まあ、今ならどこにだって行ける気がすることと、人が見つかることとは何の関係もないわけで、校舎の周りを一周してみたけれど安藤純はどこにも見当たらなかった。

校舎の周りにいないなら校舎の中だろう。ただそうなると、さっぱり見当がつかない。おれは自力での探索を潔く諦め、昇降口の前で安藤純に電話をかけた。

「もしもし」

「もしもし、ちゃうわ。今どこにいるんや」

「教えない。当ててみなよ」

悪戯っぽい言い方に、なにくそと対抗心が燃え上がった。耳を澄まして電波の向こうの音を拾う。雑音は少ない。人が大勢いる場所ではなさそうだ。あとは――

『冷蔵庫のプリン食べたの、わたし――――！』

スマホを当てていない左耳と当てている右耳に、同じ言葉が届いた。大声コンテスト。ということは、外。そして今まで捜した場所にいないなら――あそこしかない。

校舎に飛び込み、階段を駆け上がる。今日と明日は開放されていたはずだ。その記憶通り、いつもは閉ざされている扉が開き、眩い陽光がばあっと広がる。

屋上のフェンスにもたれかかっていた安藤純が、おれを見て軽く片手を上げた。

「正解」

気障ったらしい仕草。おれは安藤純に歩み寄り、隣で同じようにフェンスにもたれかかった。校庭を背に、二人そろって青空を見上げながら言葉を交わす。

「悪かったな。いきなりあんなんなって」

「いいよ。さっきも言ったけど、もっとすごいことされたことあるから」

「……あれより？」

「あれより」

「マジで何されたんや」

「秘密」

弾んだ声色から、安藤純が思い出を「大切なもの」フォルダに入れていることが分かった。なら追及は諦めよう。おれにだって、それぐらいのデリカシーはある。

「今、僕が何考えてるか分かる？」

「分からん」

「明良に言われたこと、その通りだなと思って、謝りたくて、でも謝ったらまた明良を甘く見ている感じになりそうで、どうしたらいいか分からなくなってる」

夏の残り香を乗せた風が、ぬるりとおれたちの間を通り過ぎた。

「見下してたつもりは本当にないんだ。ただ、無理はしてたと思う。やりたいことより、やるべきことを先に考えてた。でもそれって確かに相手のこと信じてないし、対等だと思ってないよね。だから、なんていうか――」

うなだれ、俯きながら、安藤純がぽつりと言葉を地面に落とした。

「ごめん」

――結局、謝るんかい。まあ、ええわ。そういう性分なんやろ。許したる。いや、そもそもおれが許すとか許さないとか言ってんの、おかしいんやけど。

「めんどくさいなあ」

空に向かって呟く。同じ呟きが、隣から届いた。

「めんどくさいね」

思わず、笑う。頭の後ろから「それでは最優秀大声賞の発表をいたします！」という声が聞こえ、おれと安藤純が同時にフェンス側を向いた。司会の男がドラムロールの口真似で会場を盛り上げつつ、声を目いっぱいに張り上げる。

「えー、今日の最優秀大声賞はエントリーナンバー二番、九重直哉くん——の時に乱入したイニシャルA・Iくんです！　これは文句ないやろ！　聞いとるか、A・I！　直哉にトロフィー渡しとくから受け取れよ！　逃がさんからな！」

安藤純が「逃がさないって」とおれに話しかけてきた。そのからかい交じりの無邪気な態度に、心の奥の深いところをくすぐられる。

「なあ、おれが何考えとるか分かるか？」

「分からない」

「やっぱおれ、お前のこと好きやなあって思っとる」

頭ぐらい撫(な)でようか。考えて、止めて、目も合わせずに言い放つ。

「純」初めての呼び方。「おれの前では、無理せんでええからな」

顔を見なくても笑っていると分かる声が、おれの鼓膜を静かに揺らした。

「アホ」

＊

文化祭が終わった。

ものすごいことが起きて、とんでもないことをしでかしたはずなのに、びっくりするぐらいしれっと終わった。手元に最優秀大声賞の安っぽいトロフィーが残っているから夢ではないのだろうけれど、夢だったとしか思えないぐらいだ。

おれのカミングアウトに一番強く反応したのは、秀則でも史人でも他の友達でもなく、なぜか既にカムアウト済の姉ちゃんだった。なんでも大声コンテストの時、ちょうど友達と校庭をうろうろしていたらしい。文化祭の初日終了後、「タピオカミルクティー吹き出したわ」と家に帰ったおれに絡み、部屋まで来て話を聞いてきた。

「で、明良は安藤くんと付き合うんやな」

「知らん」

「知らん？」

「おれも気になるんやけど、なんかそこ、曖昧になっとんの」

「確認すればええやん」

「……怖いやろ」

「乙女か！」

姉ちゃんが小気味良くツッコミを入れた。そしてすぐ神妙な面持ちになる。

「まあ、それはええわ。それより、おとんとおかん、どうすんの」

これが本命だ。姉ちゃんの真剣なまなざしが、そう語っていた。

「いつかはバレるやろ。言いにくいなら、あたしから言ってもええよ」

「要らん。おれから言うわ。これ、おれの問題やし」

強く言い切る。姉ちゃんがまばたきを繰り返し、しみじみと呟いた。

「いじけて学校ズル休みしとったやつと同一人物とは思えんわ」

「まあな。頼りにしてくれてええで」

「うわ、めっちゃ腹立つ。殴りたいわ」

姉ちゃんのおちょくりを、おれは余裕しゃくしゃくに受け止めて笑った。おれは強くなった。なんぼでも言え。そういう心持ちを態度で示す。

そして、文化祭明けの初登校日。

おれはまだ、オヤジにもおふくろにもカミングアウトできていなかった。チャンスがなかったわけではない。唸るほどあった。ただ、活かせなかっただけだ。

「行ってきまーす」

姉ちゃんがリビングを出ていった。オヤジはもうとっくに出ていて、残っているのは別々のソファに座ってテレビを観るおれとおふくろだけ。絶好のチャンスだ。だけどやっぱり、どうしても、言えない。

——なんだかなあ。

スマホを取り出す。ブックマークに入れている純のブログをタップ。ちょっとした勇気的な何かを貰おうと、液晶画面を覗き込む。

最新記事のタイトルが、おれの網膜をジャックした。

『彼氏ができました』

スマホをポケットにしまう。胸に手を当て、心拍数の上昇を確かめる。転校初日のあいつも同じ気持ちだったのだろう。今ならそれが分かる。

「おふくろ」

おふくろがおれの方を向いた。行け。おれの中のおれが合図を出す。

「おれ、実はゲイなんや。そんで最近、彼氏ができてな」

彼氏。気恥ずかしさと嬉しさから、つい口元がほころんだ。

「今度、紹介するから、歓迎したってや」

おふくろが眉をひそめた。そして淡々と毒を吐く。

「もうええ年やろ。恋人のもてなしぐらい、自分でせえや」

確かに。おれは「そやな」と頷き、リビングを離れる。それから玄関に行き、アホみたいに元気よく「行ってきます！」と声を上げ、家の外に飛び出した。

Interlude #1：九重直哉の憂鬱

昔からこういう役回りやったなあと、走り去る明良の背中を見ながら思う。

本当に、小さい頃からこうだった。あれこれ騒いで、引っ掻き回して、最後には一番損をしている。しかもその役回りを自分から背負ってしまうのだからタチが悪い。誰かに押し付けられているならば、まだ文句も言えたのに。

「直哉」愉快な蝶ネクタイをつけたクラスメイトが、マイクを使わずにひそひそと話しかけてきた。「あれ、お前の友達やろ？」

友達。五十嵐明良は九重直哉の友達なのだろうか。もっと別の言葉がある気がする。それが何なのかと問われても、答えることはできないけれど。

「そや」

「んじゃ、後でトロフィー渡しといてくれるか？　最優秀大声賞の」

「まだこれから出てくるやつおるやろ」

「勝てるわけないやろ。常識的に考えろや」

常識なんてゴミやから捨てた方がええで。混ぜっ返す言葉を呑み込み、「そやな」と同意してみせた。そしてひらひらと手を振り、クラスメイトに別れを告げる。

「じゃ、とりあえず消えるわ。またな」

ステージから下りる。人ごみを離れ、一人になれる場所を探す。ヤニが吸いたい。ズボンのポケットに入っている箱を引きずり出して、頭の中を有害物質でいっぱいにしたい。その一心でふらふらとさまよう。

人気(ひとけ)のない方向に歩いているうちに、体育倉庫に辿(たど)り着いた。裏に回り、誰もいないことを確認して、壁に背をつけ腰を下ろす。タバコの箱を取り出し、残り一本しかないことに薄っぺらい絶望を覚えながら、くわえて百円ライターで火をつける。

――あいつと初めて話したの、ここやったなあ。

マッチ売りの少女が火の先に幻影を見るように、くゆらせた煙の向こうに過去を映す。初めて仲間と出会った明良の動揺した顔。キスをしたら何くそとやり返してきた負けん気の強さ。それから何度も身体を重ね、言葉を交わし、だから分かってしまった。明良が安藤純という名の転校生に、すっかり心を奪われていることが。

九重直哉が五十嵐明良を動かした。話を聞けば人はそう評価するかもしれない。だけどそれは見当違いだ。おそらく放っておいても明良は純に告白をした。だから先手を打ったのだ。明良が純を選ぶより前に、純に自分を選ばせてしまおうと。そして自分は純も明良も選ばず、のらりくらりと入り乱れた関係をやっていこうと。

その結果がこれ。でも文句は言えない。そうなるように自分が仕向けたのだから。明良の落ち込んでいるところが見たくなくて、明良を奮い立たせる方向にシフトチェンジしたのは、紛れもなく自分自身の判断なのだから。

煙が揺れる。揺れてぼやける。そうか、泣いているのか。気づいたけれど、涙を拭う気が起きない。水滴が頰を伝って地面に落ちるのに任せながら、右の人さし指と中指でタバコを摘んで口から離し、空に溶ける煙を黙って見つめ続ける。

——あいつと出会ったんは、お前よりおれが先や。

「……お前と出会ったんは、純より俺が先やろ」

ガサッ。

生え散らかっている雑草の揺れる音。ゆっくりと音の聞こえた方を向くと、見覚えのあるスーツ姿の中年男が、いかつい顔をしかめてこちらを睨んでいた。誰やっけ。ああ、思い出した。明良んとこの担任や。小林。ちゅうことは——

「——退学っすか？」

指にタバコを挟み、にへらと笑ってみせる。小林はしかめっ面を崩さず、ぶっきらぼうに言い放った。

「泣きながらヤニ吸ってるやつ、退学になんかできるか」

小林が隣に来た。そして体育倉庫に背を預け、タバコを吸い始める。地べたに座る自分の煙が立っている小林の顔にかかっているが、それを気にしている様子はない。

「さっきの、見とったぞ」

煙と一緒に言葉を吐き出す。自分もよくやる仕草。この人にとってもタバコはそのための道具なんだなと、その姿を見上げながらぼんやり考える。

「お前らは強いなあ。俺の予想なんか軽々と飛び越える。ちょいとワケありの転校生が来るっちゅうんで、俺も色々考えとったんやけど、まるで出番ないわ」

煙が消える。声も消える。二度とない、たった一度の言葉を、自分のために放っていることが伝わる。

「きっと、最初の一歩なんやろな。それさえ踏み出せれば、あとは意外と大したことない。ただその一歩を踏み出すのがごっつしんどい。踏み出さんでええ理由を一生懸命に探して、なかなか動かん」

「……あいつのことなら、放っといても動いたと思いますよ」

「かもしれんな。でも動かんかったかもしれん。まあ、そんな起こらんかった未来はどうでもええ。大事なんは、あいつが動いたっちゅう事実と、お前さんがそのきっかけを作ったっちゅう事実や」

小林の、タバコを持っていない方の手が、にゅっと伸びてきた。頭の上に置かれた手が、わしゃわしゃと乱雑に髪を撫でる。

「ええ役者やったで」

涙が溢れる。

堤防が決壊したように、溢れて、溢れて止まらない。ああ、そうか。自分はこれが欲しかったのだ。誰かのために損な役回りを引き受けるのはいい。でも、その役回りを引き受けていることを、気づいて欲しかった。そして褒めて欲しかった。ちゃんと見てたぞ、よくやったなと、誰かに言ってもらいたかった。

ガキやなあ。我ながら、ほんと、笑ってまうぐらいガキや。ヤニ吸って、セックスして、大人の真似事をしても、根がガキなのはごまかせん。

「……先生」

「ん？」

「ヤニ、もうないんで、一本くれません？」

「アホぬかせ。それが人生最後の一本や。大切に味わえ」

冷たく突き放され、笑みがこぼれる。まあ、いい。このタバコを吸い終わる頃には、きっと自分も少しは成長しているだろう。そんなことを考えながら咥えたタバコは、今まで感じたこともないぐらい、苦み走る大人の味がした。

Track2：Fat Bottomed Girls

1

確かに最近、自分でもちょっと暗いなとは思っていた。あまり人と話をしないし、話してもノリが悪いし、ため息が多いし、笑わない。人によってはかまってちゃんに見えて鬱陶しかったかもしれない。でもわたしは本当にただ落ち込んでいただけなのだ。別に誰かに心配して欲しかったわけではないし、むしろあまり詮索してもらいたくないと思っていた。

だから学校帰りの電車で、隣に座る宮ちゃんから「紗枝、最近何かあった？」と言われた時、つい動揺して声が上ずってしまった。

「なんで？」

何かありましたと自白しているも同然の反応を見て、宮ちゃんがわたしから顔を逸らした。腿の上に手を乗せて、きゅうとスカートを摑む。

「ごめんね」

突然の謝罪。困惑するわたしに、宮ちゃんがその真意を告げる。

「高岡のことでしょ。紗枝に告白したって、本人から聞いた」

カタン。電車の揺れに合わせて、宮ちゃんが首筋を軽く掻いた。

「もう諦めろって言いたかったんだろうね。未練残してたの、バレてたみたい。それで思ったんだ。高岡にバレてるなら、紗枝にもバレてるのかなって」

宮ちゃんがわたしの方を向き、一目で作り笑いと分かる笑みを浮かべた。

「高岡に返事してないんでしょ。あのね、もし私に気をつかってるなら、紗枝は紗枝の好きなようにして。誰かと付き合ってる高岡を見るより、悩んで落ち込んでる紗枝を見る方が辛いよ」

——宮ちゃん。

ありがとう、宮ちゃん。わたしのことをそんなに考えてくれて、すごく嬉しい。冗談でも、誇張でもなく、最高の友達だと思う。でも、ごめん。

違うの。

ほんとに、全然、まるっきり見当違い。確かに高岡くんのことも悩みの種ではあるけれど、お悩みランキングをつけるなら第三位ってところ。しかも一位と二位が強すぎて存在感のない第三位。日本三大仏って奈良と鎌倉は確定で三つ目は名乗ったもの勝ちらしいけど、そんな感じ。でもこんなにも真剣な宮ちゃんに「大丈夫。それはわたしの中でお悩みランキング第三位だから」なんて、言えない。

「分かった」声に芯を通す。「好きなようにする。だから宮ちゃんも気にしないで」

宮ちゃんに笑いかける。だけどわたしが宮ちゃんの作り笑いに気づいたように、宮ちゃんもわたしの作り笑いに気づく。寂しそうに「そうだね」と呟き、そのうち電車が次の駅に到着して、宮ちゃんは降りてしまった。

スクールバッグからスマホを取り出してツイッターを開く。オタ活用のアカウントは自分に刺さる絵描きさんをフォローしまくっていて、おかげでタイムラインはわたしの好きな感じの絵が絶えず流れ続ける桃源郷と化している。だけど――

はあ。

ため息をつき、周囲を眺める。向かいの席で中学生ぐらいの男の子が、二人で一つのスマホを見るために密着していた。わたしはつい、さっと視線を逸らしてしまう。

彼が居る間は問題なかった。彼のことを考えていれば良かったから。だけど居なくなってから、思考の発散が止められない。彼はわたしの歯車を、わたしの根幹を成していたパーツの噛み合いを、大きく狂わせてしまった。

三浦紗枝お悩みランキング、堂々の第一位。

ＢＬが楽しめない。

＊

「まあ、気持ちは分からなくもないけどね」

アイスコーヒーにミルクを入れてかき混ぜながら、姐さんがどこか他人事のように呟いた。カランカランと氷のぶつかる音が、休日のファミレスの雑音に呑まれる。わたしはもう義務感だけで買ったと言っても過言ではない、イベントで手に入れた推しキャラの缶バッチを眺めながら、本日何度目か分からないため息を吐いた。

「本当に辛いんですよね……前は眼球に縫い付けて生活したいと思ってたこれも『缶バッチに一個五〇〇円も払ってどうすんの？』って感じで……」

「紗枝ちゃん、そのツッコミ、私にも刺さるから止めて」

ストローをくわえて、姐さんがコーヒーを喉に送る。わたしも同じように自分のオレンジジュースに口をつける。ほとんど同時にストローから口を離して、わたしはまたため息をつき、姐さんは手のかかる妹を見る目でわたしを見やった。

「前に安藤くんのことを相談してた時は、『ファンタジーだからできることがあると思うんです！』って元気よかったのに」

「……だってファンタジーじゃない人たちのこと、知っちゃったんですもん」

わたしだって別に、この世に同性愛者が存在しないと思っていたわけではない。

ただ、違う世界の話だとは思っていた。クラスの男子で妄想する時だって、わたしはそれを「妄想」だと思っていた。リアリティがなかったのだ。好きになった男の子が同性愛者かもしれないなんて、欠片も想像できないぐらいには。

だけどわたしは現実に触れた。苦しみ、悩んだ末に命を捨てようとした人や、実際に捨ててしまった人のことを知った。すると気になってくるのが、わたしの必須栄養素、ビタミンBLの供給元であるBL星の存在だ。

地球に色々な同性愛者がいるように、BL星にも色々な同性愛者がいる。ただ、どうしても「普通」が欲しくて異性と付き合ってしまう人は、あんまりいない。基本はやっぱり男同士のいちゃいちゃを楽しむためのもの。わたしだって、とにかく男同士がいちゃいちゃしていることに、まずは興味があった面は否めない。

そういう構造が、今はとても、グロテスクに思えてくる。

「BLのことをどう思ってるか、安藤くんに聞いてみたらいいじゃない」

「もう聞きました。『僕は気にしないけど、自分の苦しみを玩具にされてるみたいで死ぬほどイヤな当事者もいるから、一概には言えないよ』だそうです」

「……安藤節全開だね」

「姐さんもそう思います？『死ぬほど』とか絶対に要らないですよね」

ため息。この短時間で三回目。姐さんがやれやれと肩をすくめた。

「あまり気にしすぎない方がいいと思うよ。キリないし」

「キリがないから気にしなくていいっていうのも、なんか違いません？」

「そうだけどさ、そもそも人を傷つけない表現ってあり得ないじゃない。だから好き勝手やっていいとはならないけど、正解があるようなものでもないでしょ」

「じゃあ姐さんはどうすればいいと思います？」

「結果が全て。あとは覚悟の問題」

「そんなストロングスタイル――」

ブー。

テーブルの上で、わたしのスマホが震えた。画面を覗(のぞ)き、はみ出しかけた四回目のため息を呑み込む。

『相原莉緒(あいはらりお)』

姐さんが、わたしの代わりとばかりにふうと深い息を吐いた。わたしが連れてきた彼女と一緒にイベントに出かけた後、「ねえ、あの子もしかして次も来るの？」と不安げに尋ねてきた姐さんの姿を思い返しながら、スマホを取って通話を繋(つな)ぐ。

「もしも――」

「師匠！　大変ですよ！　『サムライ・ディストピア』の最新刊読みましたか⁉」

キンキンと耳に響く声。切りたい。心の底からそう思った。

「まだ読んでないけど……」

「すぐ読んでください！　書き下ろしのオマケ四コマがすごいんです！」

「そんなすぐには無理だよ。今、人と一緒だし」

「誰ですか？」

「誰って……佐倉さんだけど」

「姐さんと会ってるんですか!?　わたしも行きたいです！」

「行きたいって、今から？」

「はい！」

向かいの姐さんを見やる。両腕で大きな「×」を作りながら、横方向へのヘッドバンギングと呼んでも差し支えなさそうなぐらいの首振り。そこまでか。

「ごめん。姐さん、次の用事あるみたい。それでバタバタしてるから切るね」

「はーい。あ、サムデスは読んでくださいよ！　これは義務です！」

「……うん、分かった。じゃあね」

通話を切る。さっき呑み込んだため息を、呑み込んだ時の百倍にして吐く。姐さんが同情に満ちた視線をわたしに送り、苦笑いを浮かべた。

「サムデス、もう読んでるくせに」

「だってトーク始まるのしんどいし……」

「電話に出なきゃいいのに」

「出ないと出るまでかけてくるんです」

わたしはぐったりと肩を落とし、少し上目づかいに姐さんの顔を覗いた。

「姐さん、わたしに『姐さん』って呼ばれた時、イヤじゃありませんでした?」

「イヤじゃないよー。紗枝ちゃんはいい子だもん」

「もし、わたしがいい子じゃなかったら?」

返事が止まった。姐さんが視線を逸らし、ポツリと呟きをこぼす。

「紗枝ちゃんはいい子だから……」

この上なく明確な回答だった。スマホをテーブルに置き、缶バッチと並べる。もしわたしがBLを楽しめる状態だったなら、彼女の相手も勢いで乗り切れたのだろうか。意味のない考えを頭に巡らせ、その意味のなさに気づき、またため息をつく。

三浦紗枝お悩みランキング、第二位。

ヤバい後輩に好かれた。

＊

最近、学校にいる間はだいたい憂鬱だけど、月曜の昼休みは特に憂鬱だ。あまり人と一緒にいたい気分ではない。だから思い切って、いつも一緒にお昼を食べている宮ちゃんたちに「部活の用事がある」と言い、教室を抜けて美術室に行ってみた。

誰もいない美術室に一人分の机と椅子を用意して、お弁当を食べる。何回も続いたら宮ちゃんは「私とご飯も食べたくないんだ」と勘違いしそうだ。何とかしたい。でも何とかする手段が見つからない。

校内放送用のスピーカーから、女の子の高い声がキンと響いた。

『こんにちは！　毎度おなじみ月曜担当、相原莉緒でーす！』

――来た。

放送部によるお昼の番組が始まり、胸が痛む。とはいえ、今日は周りからの視線がないからだいぶマシだ。まあ周りからの視線が痛いのは、わたしが「お弁当に毒でも入ってた？」と聞かれるような顔をするからなので、自業自得でもある。

新学期、学校で莉緒ちゃんに話しかけられた時は、素直に嬉しかった。

終業式の演説に感動した、同じBL好きとして尊敬すると熱弁されて、まんざらでもなかった。「師匠と呼ばせてください！」と言われた時は軽く引いたけど、わたしも姐さんいるしと思って受け入れた。今考えると、欠片も交流のない相手を初手から師匠呼びする人間に抱く感想としては、砂糖を砂糖水で煮詰めたぐらい甘かった。

わたしだって盛り上がると周りが見えなくなることはあるけれど、莉緒ちゃんのそれは常軌を逸している。自分の中に巨大な感情が生まれれば休みだろうが夜中だろうがお構いなし。学校でも事あるごとに接触を図って喋り倒す。わたしが「ふーん」「へー」「そうなんだ」ぐらいしか返さなくても止まらないので、もうわたしじゃなくてその辺の壁でもよさそうだし、むしろそうして欲しい。

姐さんに相談したら最初は「でも紗枝ちゃんもそういうとこあるよ」と笑った。そしてイベントに連れていって会わせてみたら「一緒にしてごめんね……」と真顔で謝られた。そういうところのある人と常にそういう人は違う、そうだ。分かる。わたしも姐さんと莉緒ちゃんを比べて同じことを考えた。

『それでは今日の一曲目！　わたしも大好きなアニメのオープニング曲です！　聴いたことある人も多いんじゃないかなー。では、どうぞ！』

スピーカーから、聴き覚えのある音楽が流れ出した。莉緒ちゃんと同じようにわたしも「そういう意味で」大好きだったアニメ。でも今は、録画はしているけれど観ていない。能天気で楽しかった過去を思い出して、また気を沈ませる。

美術室の扉が開いた。

顔を上げる。入ってきたのはお悩みランキング第三位こと、高岡くん。そのまま近寄ってくる高岡くんに、座ったまま声をかける。

「どうしたの？」

「今宮に聞いたら、ここにいるかもって言ってたから」

「そうじゃなくて、何か用？」

「告って返事待ちの相手に用がないやつなんていないだろ」

高岡くんが、わたしの向かいに椅子を置いて座った。目線の高さが合う。

「なんでこんなとこで飯食ってんの？」

「……今日は一人で食べたい気分だったから」

「ああ、そっか。放送、アレだもんな。苦手なんだろ」

アレ。少し前、教室で高岡くんといる時に莉緒ちゃんが乱入し、クラス中に響き渡る大声で受けだの攻めだの一方的に話して帰っていった出来事を思い返す。

「あいつ、すげーよな。いつもあんな感じなの？　それとも外だと大人しい？」

「電車でもバスでもあのまま。高岡くんはタイプ似てるし、気が合うかもよ」

「いやいや、オレはTPO弁えてるから」

「安藤くんから、高岡くんに満員電車の中で『暇だから痴漢していい？』って言われて股間揉まれた話聞いたけど」

「ちゃんと許可取ってるじゃん」

「そういう問題かな……っていうか安藤くん許可してないよね、それ」

他愛もない会話を交わす。そのうちに放送が終わり、わたしはほっと息をついた。露骨に安心するわたしを見て、高岡くんが心配そうに眉をひそめる。

「そんな苦手なら、もうちょっと抑えめにみたいなこと言ってみれば？」

「……何回か言ったけど、効かないんだよね」

「そんじゃもう『つきまとうな』ってはっきり言うしかないか」

「でも相手は後輩だし、そもそもわたしがやりすぎたせいでもあるし……」

「じゃあ、逃げるためのいい方法が一つあるけど」

「いい方法？」

「オレと付き合う」

高岡くんの声色が真剣味を帯びた。机に頬杖をつき、わたしをじっと見つめる。

「恋人ができて付き合いが悪くなるの、よくある話だろ」

「……そんなことのために付き合うなんて、失礼だし、できないよ」

「オレがそれでいいんだからいいの。『今は考える余裕がない』とか言って、返事をいつまでも保留にしてる方がよっぽど失礼だろ」

痛いところを突かれた。わたしは顎を引き、ぼそぼそと反論を口にする。

「わたし、高岡くんが他の人に行くなら止めないし、キープしてるつもりはないよ」

「でもオレは『じゃあ、いつになったら余裕ができるの?』って待っちゃうよね」

「それはそうだけど……」

「余裕がない理由がアレなんだろ。ならオレと付き合って解決すればいい。面倒なこと一気に全部片付くぞ」

お悩みランキング第三位を片付ければ、第二位も片付く。そうなれば新しい目でBLを見られるようになって、第一位も片付くかもしれない。だけど――

ガラッ。

「師匠!」

甲高い声が、美術室の空気を激しく揺らした。

＊

見た目だけなら、普通のかわいい女子高生だ。

背が小さくて、顔つきも子どもっぽくて、守ってあげたくなる雰囲気を醸し出している。三次元でやるのはハードルが高いツインテールも似合っていて愛らしい。もっともそのツインテールが、ある日いきなり「師匠がポニーテールなのでわたしはこれにしました！」と作ってきたものだと知れば、評価も変わるだろう。

莉緒ちゃんが早足でわたしに寄ってきた。本当にすごい。わたしが逆の立場だったなら、誰もいない部屋に男の子と二人きりな時点で、絶対に立ち去る。

「あの、実は師匠に相談があるんですけど……」

「待って。なんでわたしがここにいるって分かったの？」

「放送の後に師匠の教室に行って、お友達から部活の用事で出かけたと聞いたので」

──教室に居れば良かった。それならまだ内々に処理できたのに。

「それより相談ですよ！　師匠、転校した安藤さんとまだ連絡取ってますよね。その安藤さんに、取材させて貰えませんか？」

取材。目を丸くするわたしに、莉緒ちゃんが勢いよく畳みかける。

「わたし今、リアル系のBL小説を書こうとしてるんです。でもなんかリアリティが足りなくて、だから新宿二丁目に取材に行こうと思ってるんですけど、そういえばその前に安藤さんがいたなと。そういうわけで取材、できませんか?」

「……つまり、作品のネタ用に同性愛者のリアルな話を聞きたいってこと?」

「はい!」

敢えて「ネタ」という露悪的な言葉を選んだのに、全く効いていない。さすがに釘を刺そうと口を開きかけたわたしの言葉を、別の声が遮った。

「それは失礼じゃね?」

高岡くん。腕を組み、憮然とした様子で、高岡くんが莉緒ちゃんを見やる。

「ネタにしていいものと悪いものがあるだろ。本人はすげえ苦しんでるんだぞ」

「え、でもそれ言い出したらBLはジャンルごとアウトだし、わたしだけじゃなくて師匠もアウトですよね」

即座に言い返され、高岡くんが怯んだ。逆に莉緒ちゃんは止まらない。

「わたしだって気軽にネタにしたくないから取材したいんです。何とも思ってないなら、それこそ想像で書いちゃいます」

「……取材は別だろ。野球漫画描くのに野球選手に取材するのとはちげえぞ」

「どの辺が?」

「どの辺って……デリケートな部分に触れるし」

「別に話したくないなら話さないでいいです」

「……聞かれること自体がイヤかも」

「そんなこと言ったら取材って何もできなくないですか？」

「……だから気をつかうんだろ」

「はい。ですからまずは師匠を通して、許可を取ろうとしています」

これが、この子の一番厄介なところだ。

弁が立つのだ。ノリと感性で生きているように見えて、実は彼女なりの論理がしっかり働いている。さらに頭の回転も意外なほどに速く、文句をつければ次から次へと矢継ぎ早に反論を繰り出してくる。なので、迂闊に舌戦を挑むと――

「……まあ、そうだけど」

こうなる。高岡くんをやっつけた莉緒ちゃんが、再びわたしに顔を向けた。

「そういうわけでお願いします！　取材してもいいか、聞いてもらえませんか？」

「……いいよ」

「ありがとうございます！　よろしくお願いします！」

莉緒ちゃんが大きく頭を下げた。そして「それじゃあ！」と入った扉から駆け足で出ていく。高岡くんがどこか疲れたような声色で、わたしに話しかけてきた。

「なんつーか、三浦も大変だな」

「……分かってくれてありがとう」

「いいってことよ。ところで、一つ聞いていい？」

「なに？」

「純くんと話をする口実ができてラッキーとか、ちょっと思ってない？」

喉に、空気の塊が詰まった。

唾と一緒に詰まった塊を飲み込む。だけどその頃にはもう遅い。高岡くんがふっと視線を横に流し、寂しそうに呟く。

「まあ、そこが整理つくまでは、告白の返事もできないよな」

高岡くんが立ち上がった。わたしを見下ろして、はっきりと言い切る。

「オレ、待ってるから」

わたしに背を向け、高岡くんが美術室から去る。わたしはおかずとご飯が少し残っているお弁当に目をやり、食欲が湧かずに蓋を閉じた。そのままお弁当箱をランチョンマットで包み、机に突っ伏して、ほんの数ヶ月ぐらい前の出来事を思い返す。

夕暮れの海辺。片耳のイヤホンで聴いた曲。交わした言葉と、見せなかった涙。

――わたしからフッたんだけどな。

美術室を見渡す。ここで描き、コンクールで賞を取った絵を思い出す。これからの人生でわたしは、あれを超える絵を描くことができるだろうか。そんな不安が、ふと脳裏によぎった。

＊

部屋のベッドに寝転び、『電話していい？』とメッセージを打つ。

あとは送信のアイコンをタップするだけ。ブルーライトに照らされた親指の腹がぼんやりと輝く。そして数秒後、わたしはアプリを閉じて、スマホを持った手を投げ出して天井を見つめている。

――未練残してたの、バレてたみたい。

宮ちゃんの言葉を思い出す。この感情は「未練」なのだろうか。分からない。だって、初恋なのだ。海を知らない人間が初めて海を目にしたようなもの。圧倒的で絶対的な存在を前に、ただ言葉を失って立ちすくむしかない。

わたしはスマホを目の前に運び、しつこく聞きまくってどうにか教えてもらった安藤くんのブログを開いた。わたしから安藤くんを一方的に知ることができる手段。ちょっと卑怯かな。そんなことを考えながら、液晶に映る記事のタイトルを読む。

『彼氏ができました』

――この野郎。

センチメンタルな色々が、粉微塵に吹き飛んだ。ざっとブログを読み、即座に通話を飛ばす。すぐに懐かしい声が、わたしの耳に届いた。

「三浦さん？　どうしたの？」

「どうしたの、じゃないでしょ。なにあのブログ。引っ越して一ヶ月ちょっとで彼氏作ってるのありえなくない?」

「そう言われても、ブログに書いた通り、僕から行ったわけじゃないし」

「……その言い方もなんかムカつく」

「理不尽すぎない?」

真っ当な抗議が来た。わたしは無視して本題を切り出す。

「いいよねー、安藤くんは順調で。わたしは安藤くんのせいで大変なのに」

「何かあったの?」

「あのね——」

取材依頼の件を交え、お悩みランキング二位のことを話す。話しているうちにヒートアップして、やたらと表現が大げさになってしまった。一通り話を聞いた後、安藤くんが一言、これだけは譲れないといった風に力強く言い放つ。

「僕のせいじゃないよね」

またしても正論。わたしは「そうだけどさー」と認めつつ、話を切り替えた。

「それで取材の件はどう? OK?」

「OKだと思う?」

「……だよねー」

「え? 断っちゃダメなの?」

「いいんだけど、あの子のことだから『どうしてですか⁉　わたしから直接頼ませて貰えませんか⁉』とか始まるんだろうなーと思って」

「話したくないなら話さないでいいんじゃなかったっけ」

「『やりたくないならやらなくてもいい』って言うくせに、いざやらないとなったら理由を聞きまくってくる人、いるでしょ」

「……いるね」

安藤くんがポツリと呟いた。そして声のトーンを少し落として続ける。

「その子、二丁目に取材に行くって言ってたんだよね」

「うん」

「お店の紹介ぐらいならできるけど」

妥協案が出た。驚くわたしに、安藤くんが語る。

「夜はバーだけど昼はカフェやってるお店があって、そこのオーナーがレズビアンの女性なんだ。ゲイじゃないから希望とは違うけど、その人なら話通せる。そうすれば三浦さんも僕に頼んだ面目は立つよね」

「それはそうだけど……いいの？」

「いいよ。ただ、行くなら三浦さんも一緒に行ってよ。僕はその子じゃなくて三浦さんに紹介してるんだから」

「うん、分かった。ありがとう」

お礼を告げる。そしてふと、思い至る。もしかして——

「ねえ。それって、知り合いにわたしを紹介する目的もあったりする？」

少しの期待を込めて尋ねる。はぐらかされるだろうなと思っていた。だけど返ってきたのは、まるで想像もしていない言葉。

「むしろ、そっちがメインかも」

スマホを当てている耳が、じんと熱くなった。

大きな事故に遭う直前のような感覚が、全身を駆け抜ける。ヤバい。ただとにかくヤバい。そして事故に遭いそうな車がまずクラクションを鳴らすように、わたしは声量を無意味に上げた。

「じゃあドレス着ていった方がいいかなー」

「いきなり紹介する気なくすようなこと言わないで」

「だって安藤くんの面子（メンツ）を背負っていくんだよ？」

「カフェにドレスは面子潰（つぶ）しにきてるよね」

くだらない会話を交わす。そのうちいい時間になって、通話を切る。お悩みランキングなんてランキングボードごと破壊されたような充足感に満たされながら、ベッドで目をつむるわたしの耳に、いつか聞いた波の音が静かに蘇（よみがえ）った。

2

　土曜日、新宿の東口広場で待ち合わせた莉緒ちゃんに「超気合入ってますね！」と言われ、わたしは動揺して声を上ずらせてしまった。

「そうかな？」

「はい！」

　即答。まあ確かに、髪を念入りにトリートメントしてきたし、トップスとボトムスとバッグとシューズの組み合わせで一時間ぐらい悩んだし、ほとんど伸びてない爪を無駄に切ったりしたし、気合は入っているかもしれない。いや、認めよう。入っている。ならわたしはそれが他人の目にも分かることを、前向きに捉えるべきだ。

「どのへんで気合入ってると思った？」

「え。なんかもう秋なのにスカートだいぶミニなんで」

　想像よりハードルが低かった。ミニってほどでもないと思うけど。紅葉を意識したプラムカラーのスカートを軽く持ち上げ、「ふーん」と呟く。

「じゃ、行きましょう！」

　莉緒ちゃんがずんずんと歩き出した。紀伊國屋書店、伊勢丹、世界堂の前を通りすぎ、二丁目に入った辺りでわたしが前に出る。そして安藤くんに教えてもらった情報を頼りに歩き、やがて『'39』と書かれた立て看板の出ている店を見つけた。

「ここだ」

ぶら下がっているベルを鳴らし、ドアを開けて中に入る。店奥のバーカウンターの中にいた外国人女性が、わたしたちを見て優しく微笑んだ。

「いらっしゃい」

わたしは、息をのんだ。

透き通るような白い肌。輝く黄金のロングヘアー。スタイルはすらっと縦に長く、青い瞳（ひとみ）を収めた顔も驚くほど小さい。こんな美人と知り合いなら、安藤くんがわたしの誘惑に無反応だったのも仕方ない。いや、そういうことじゃないと思うけど。

「あの、ケイトさんですか？　わたし――」

「紗枝ちゃんと莉緒ちゃんでしょう。Welcome to my kingdom。さ、入って」

促されるまま、わたしたちは店に足を踏み入れた。カウンターに座り、とりあえず二人ともホットのカフェオレを頼む。ケイトさんが裏のキッチンに消えた後、いつもボリュームマックスの莉緒ちゃんが珍しく、声を潜めて話しかけてきた。

「ヤバい美人さんですね……」

「うん……なんか気合入れてきたの恥ずかしい……」

「あ、やっぱり気合入れてたんですね。なんでですか？」

「なんでって、そりゃあ外に出るんだし多少は……」

「お待たせ」

ケイトさんがカフェオレをわたしたちの前に置いた。会話を中断し、甘みと苦みが適度に入り混じった温かい液体を喉に送る。飲みながら店に流れている音楽に耳を澄ましていると、ふと聞き覚えのある声に気づいた。

「クイーン？」

「あら、知ってるの？」

「安藤くんに教えてもらいました。ケイトさんも好きなんですか？」

「好きよ。その純くんに Queen を教えたのがワタシだもの」

「へー。ちなみに、今流れてる曲はなんてタイトルなんですか？」

「Fat Bottomed Girls。日本語で言うと『ケツデカ女子』ってところかしら」

「……すごいタイトルですね」

「こういうものを単純に translation しても意味はないわ。image を読み取るの」

ケツデカ女子のイメージ。「存在感がある」「我が強い」とかだろうか。そう言われると、曲調も明るくてノリのいいロックだし、ふてぶてしくて気の強い女の子たちがワーワーやっている画が思い浮かばなくもない。

「クイーンのボーカルの人、ゲイだったんですよね」

莉緒ちゃんが会話に入ってきた。ケイトさんが「そうね」と頷く。

「だからケイトさんも好きなんですか？」

「どういうこと？」

『仲間』だから好きなのかなと思って」

ケイトさんの細い眉が、ピクリと動いた。

「ほら、ゲイの人はゲイの人が分かるって言うじゃないですか。だから仲間にだけ伝わる特別なオーラみたいなのがあるんじゃないかなって。わたし的にはそういうのあった方が萌えるんであって欲しいんですけど、どうです？　あります？」

莉緒ちゃんが早口でまくしたてた。遠慮の欠片もない態度を前に、わたしは言葉を失う。ケイトさんが額に手をやり、呪文を唱えるように謎の言葉を呟いた。

「The sillier the girl is, the cuter she is……but……」

「え？」

「何でもない。断言はできないけれど、ない可能性の方が高いと思うわ。だって簡単に分からないから、この店みたいな場所があるんだもの」

「えー、そうなんですか？　つまんない」

つまんないって。言葉の使い方がいちいち危うい。ハラハラする。

「あのね。莉緒ちゃんが思うほど、世界は easy じゃないわよ」

人間は、自分が理解できるように世界を簡単にしてしまう。ほんの数ヶ月前、わたしが初恋に落ちる音と共に聞いた言葉。

「例えばワタシは言葉に English を挟むけど、これは作られた character。店の

owner として覚えてもらおうとしてるだけ。そういう風に、莉緒ちゃんが media や fiction で見る gay は real とは違うことが多いの。同じだとしても、それは一つの case でしかないから、その一つで全て決めつけることはできない」

ケイトさんが人さし指を伸ばし、莉緒ちゃんの額をツンと押した。

「『女性』に色々な人がいるのと同じよ。ワタシと莉緒ちゃんの共通点なんて、cute なことしかないでしょう?」

莉緒ちゃんの目がぽうっと熱を帯びた。そして「そうですね」と頷く。今、さりげなく自分のことをキュートだと認めたよね。別にいいけど。

カランカランと、店の入口のベルが鳴った。

ケイトさんが「いらっしゃい」と音の鳴った方を見やる。釣られて、わたしも同じ方向に顔を向けた。ドアの傍に立つ、薄い長袖(ながそで)のワイシャツとスラックスを身にまとった男の人の視線と、わたしの視線が中空でぶつかる。

とんでもない声が、喉から飛び出そうになった。

隣に莉緒ちゃんがいるので、どうにか発声はこらえた。向こうも整った顔立ちをこちらに向けて固まっている。間違いない。前に会った時は浴衣(ゆかた)で、温泉だったから髪も整えていなかったけれど、鮮明に記憶が残っている。

わたしはあの人の名前を知らない。安藤くんは教えなかったし、わたしは聞かなかった。わたしがあの人について知っているのは、妻子がいるということと——

安藤くんの、恋人だったということだけ。

「……間の悪い男」

ケイトさんが呟く。どちらかというと、わたしが間の悪い女なのでは。男の人と安藤くんのキスを目撃した過去を思い返し、ぼんやりとそんなことを考えた。

＊

店に入ってきた男の人に、ケイトさんが「いつものでいい？」と問いかけた。男の人はケイトさんを見ることなく——たぶん、見たらわたしも視界に入るから——短く「ああ」と答える。そして隅の席に、わたしたちに背を向ける形で座った。

ケイトさんが「いつもの」を男の人に渡しにいき、わたしたちのところに戻ってきた。

莉緒ちゃんとケイトさんの会話が耳に入ってこない。席に座っている男の人が気になり、カフェオレを飲みながらつい視線を送ってしまう。

「紗枝ちゃん」

突然、ケイトさんがわたしに話しかけてきた。わたしは授業中、ノートに絵を描いている時に指名されたみたいに、勢いよく「はい！」と返事をする。

「一つ、頼んでもいい？」

「なんですか？」

「あそこに座っている男の人がいるでしょう。あの人、純くんのお友達なの。純くんが今どうしてるか、教えてあげてきてくれない？」

話したいのよね？

ケイトさんの視線がそう問いかけてくる。わたしはほんの少しだけ首を前に傾けて頷き、カップをソーサーの上に置いた。硬質な音が、何かの合図のように響く。

「分かりました。じゃあ、行ってきます」

わたしはそそくさと、男の人が座っているテーブルに向かった。男の人はホットコーヒーをテーブルに置き、どこか退屈そうにタバコをふかしている。コーヒーの色は真っ黒。銘柄は分からないけれど、砂糖やミルクは入れていないようだ。

「あの」

男の人が振り向いた。タバコ焼けした、ハスキーな声が口から漏れる。

「なんだい？」

「ケイトさんから、安藤くんのことを話してやって欲しいって頼まれて……」

「ケイトから？」

男の人がカウンターに目をやる。そしてひらひらと手を振るケイトさんを見て、舌打ちが漏れる寸前といった風に唇を歪めた。悪友というやつだろうか。

「ありがとう。じゃあ、そこに座って」

促された通り向かいの席に座ると、男の人がタバコを灰皿に押し付けた。別に吸っていてもよかったのに。思っていたより、いい人なのかもしれない。

「最初に確認したいんだけど、君は僕のことをどれぐらい知っているのかな」

どれぐらい。莉緒ちゃんまで届かないよう、小さな声で答える。

「ゲイだということと、ご家族がいらっしゃること、あとは安藤くんと付き合ってたことぐらいです。他にはお名前も知りません」

「そうか。こちらも似たようなものだ。君が純くんと付き合っていたことと、別れたことは知っているけれど、純くんからは名前を聞いてすらいない」

「あ、三浦紗枝です」

反射的に答える。男の人がまず固まり、それからおかしそうに唇を歪めた。そんなに変なことを言っただろうか。不安になる。

「あの……わたし、なにか面白いこと言いました？」

「いや、名前を尋ねた気はなかったから、素直でかわいいと思って。偽名を多用する僕たちの世界にはない感覚だ。純くんが惹かれるのも分かるよ」

男の人が真顔になった。そしてわたしと目を合わせ、口を開く。

「佐々木誠だ」

男の人――佐々木さんが頬を緩めた。緩急と包容力。安藤くんがこの人に惹かれた理由が、何となく分かるような気がした。

「純くんのこと、教えてくれるかな。大阪でも元気でやってるのかい？」

「やってますよ。向こうではカミングアウトして生活しています」

「へえ……それはすごいな。大丈夫なのか？」

「大丈夫みたいです。なんか同級生の彼氏できてたし」

「彼氏？」

――しまった。

元恋人が新天地で新しい恋人を作っているなんて話、なるべくなら聞きたくないだろう。現にわたしはあのブログのタイトルを見てイラッときた。わたしと佐々木さんが同レベルの思考回路だとは思えないけれど、要らない情報なのは間違いない。

「すいません。彼氏の話は、佐々木さんに言う必要なかったですね」

「どうして」

「どうしてって……ショックじゃないですか？」

「ああ、そういうことか。気にしていないよ。僕は君や純くんに謝り続けなくてはならない立場だ。自分勝手にショックを受ける権利はない」

佐々木さんがコーヒーに口をつけた。至って平然としており、表情や仕草からは何の動揺も感じ取れない。でもわたしはそれが逆に気になる。

ショックを受ける権利はない。

ショックではないとは、言っていない。

「あの――」

超音波のようなキンキン声が、わたしの言葉を思い切り遮った。

「師匠ー！　わたしも交ぜてくださーい！」

＊

隣に座る莉緒ちゃんを無視して、わたしはまずカウンターに目をやった。

ケイトさんがいない。きっと注文を受けて厨房にいるのだろう。莉緒ちゃんはその隙にこっちに来たというわけだ。——いや、普通来ないでしょ。強心臓すぎる。

「ゲイの方ですか⁉」

莉緒ちゃんが勢いよく尋ねる。佐々木さんは「ああ」と答え、少し身を引いた。

「すごーい。わたし、相原莉緒って言います！　よろしくお願いします！」

「……よろしく」

わたしの時と違い、佐々木さんは名乗らなかった。関わってはいけない人間と判断したのだろう。そして莉緒ちゃんではなく、わたしに声をかけてくる。

「この子は君の友達？」

「えっと、友達っていうか……」

「弟子です！」

「弟子？　何の？」

「BLです！　知りませんか？」

「知ってはいるけれど……」

佐々木さんに「それは師弟関係を取るものなのか？」と視線で問いかけられ、わたしは小さく首を横に振った。莉緒ちゃんは前のめりに突っ走り続ける。

「あの、攻めですか？　受けですか？」

「……どういうことかな？」

「ざっくり言うと、入れる側か入れられる側かってことです！」

ことです、じゃない。わたしは莉緒ちゃんを止めようと口を開いた。だけどわたしより早く、伸びてきた手が莉緒ちゃんの頭をこつんと叩く。

「あなたはこっち」

ケイトさん。莉緒ちゃんが「えー」と不満そうな声を上げた。

「わたし、BLのための取材がしたいので、ゲイの方の話が聞きたいんです」

「ダーメ。private な話をしてるの、分かるでしょう？」

「それはそうですけど……」

莉緒ちゃんが口を尖らせた。ケイトさんと佐々木さんは呆れ顔。そしてわたしはスカートを両手でぎゅっと摑み、心の中で莉緒ちゃんに恨み言をぶつける。

——やめてよ。

ここは安藤くんに紹介されたお店なの。莉緒ちゃんが他の人に迷惑をかけたら、安藤くんにも迷惑がかかるの。だからやめて。お願いだから、大人しくして。

「そもそも、この方と安藤さんってどういう関係なんですか？」

「同じ店に来ている gay の友達。それ以上いる？」

「うーん、それでもいいんですけど、わたし的には……」

顔の前に両手を合わせ、莉緒ちゃんが子どもっぽい笑みを浮かべた。

「恋人だったりすると、めっちゃ萌えるかなーって」

「莉緒ちゃん！」

怒鳴り声を上げる。莉緒ちゃんはきょとんとしていて、自分がなぜ怒鳴られたのか全く分かっていない。ああ、もう。この子、頭は悪くないのに、どうしてこんなにもデリカシーがないいんだろう。

「そういうこと言っちゃ駄目だよ。失礼でしょ」

「でもわたし、悪口は言ってないですよ。むしろ褒めて……」

「悪口じゃなくても失礼になることはあるの！　特に仲が良いわけでもない人に直接、萌えるとかつまんないとか受けとか攻めとか言っちゃ駄目！　だいたい――」

「BLなんて、他人に堂々と自慢できるような趣味じゃないでしょ！」

莉緒ちゃんの瞳から、すっと感情が消えた。

突然怒り出したわたしへの困惑も、わたしから放たれた言葉への反発もない。ただひたすらに無。凍てつくような視線に射貫かれ、わたしの頭が冷める。

「なんか」抑揚のない声。「三浦先輩って、思ってたより『普通』なんですね」

剝き出しの失望が、ずしりと圧しかかる。莉緒ちゃんがハンドバッグを持って椅子から立ち上がった。そして店の入口に顔を向け、独り言のように呟く。

「今日はもう帰ります。それじゃ」

莉緒ちゃんが店から出ていった。鳴り響くドアのベルが気まずさを引き立てる。店内にクイーンの曲だけがうっすらと流れる中、ケイトさんが口を開いた。

「あの子」

ブロンドの髪をかき上げ、ケイトさんが困ったように眉をひそめた。

「drink 代、払ってないわ」

＊

ケイトさんも佐々木さんも「気にしなくていい」と言ってくれた。ケイトさんは「今さら興味本位で失礼なことを聞かれるのは「よくある」そうだ。だけどそれは慣れているというだけで、high school の女の子にムキにならないわよ」と切り捨てていた。だけどそれは慣れているというだけで、失礼だったことに変わりはない。わたしはすぐにお店を出て家に帰り、安藤くんへの事後報告もせずに憂鬱な土日を過ごした。

そして、月曜。

テンションは朝から最悪。前はこういう時BLに頼っただろうけど、今はそういう気分にもなれない。お悩みランキング一位と二位が見事にお互いを補い合っている。

やがて昼休みになり、わたしはお弁当を持って席を立った。避難も二週連続になると上手い口実が思いつかず、宮ちゃんたちには「用事がある」とだけ言って教室を出る。

そのままトボトボ廊下を歩いていると、背後から高岡くんに話しかけられた。

「三浦、今日も一人で食べんの？」

振り返ると、高岡くんの隣には小野くんもいた。わたしは暗い声で答える。

「うん……」

「そっか。じゃあオレたちと食堂で食おう。小野っち、いいだろ？」

「いいけど、それならお前ら二人で食えよ」

「小野っち、そういうとこマジでウザい。いいから行こうぜ」

高岡くんが歩き出した。小野くんはじろりとわたしを見やってから、高岡くんについていく。小野くんは、高岡くんの告白の返事を保留しているわたしをよく思っていない。お悩みランキング三位も、いつまでも放置はできなそうだ。

食堂に着いた。空いている席を探して座り、高岡くんと小野くんはメンチカツの定食、わたしはお弁当に手をつける。食べながら天井のスピーカーを眺めてそわそわするわたしに、高岡くんが声をかけてきた。

「いくら何でも気にしすぎじゃない？」

「ちょっと、色々あって」

「色々？」

「土曜日、一緒に新宿二丁目のカフェに行ったの。あの子、取材したいって言ってたでしょ。そこで失礼なことばっかり言うから、つい怒鳴っちゃってさ」

高岡くんが「ふーん」と呟いた。そして隣の小野くんに話しかける。

「小野っち、何か一言」

小野くんが高岡くんを軽くにらんだ。そして面倒そうに口を開く。

「三浦はさ、そいつと仲直りしてえの？」

――そうでもない。黙るわたしの心理を、小野くんが的確に読んだ。

「したくなさそうじゃん」

「……まあね」

「じゃあ、いいんじゃねえの。嫌いなやつに嫌われて万々歳だろ」

さすが小野くん。シンプルな考え方だ。そして確かに、一理ある。それこそ今の状況は「お悩みランキング二位が消えそう」と言えなくもない。

わたしが悩むようなことは何もない。莉緒ちゃんの代わりに払ったカフェオレの料金で、莉緒ちゃんと縁を切ることができたと考えればいい。ただ――

「あ」

高岡くんが顔を上げた。天井近くのスピーカーを通して、食堂に放送が流れる。

『今日も元気にこんにちはー！　月曜担当は放送部一年、相原莉緒でーす！』

明るい声。ハキハキした物言い。高岡くんがスピーカーを見上げながら呟く。

「元気そうじゃん」

「……そうだね」

「三浦が気にしすぎなんじゃない？」

「……そうかも」

心配して損した。もう小野くんに言われた通り、嫌いな相手に嫌われて良かったで済ませよう。そう割り切ってお弁当を食べる。そのうちわたしもよく知っているアニメの曲が流れ、終わってから莉緒ちゃんの声が戻ってきた。

『テレビアニメ「サムライ・ディストピア」オープニングソング、「刃と誓い」でしたー。いい曲ですよねー。わたしもこの作品、大好きなんですよー』

箸でミートボールを摘む。持ち上げて、口に運ぶ。

『ところで皆さん、BLって知ってます？』

ぽてっ。

ミートボールが、テーブルに落ちた。高岡くんと小野くんがとんでもないものを見たように目を見開く。たぶん、わたしがとんでもない顔をしているから。

『終業式のあれがあるから知ってるかな。わたし、あそこで演説した人と友達になったんですよ。わたしの推しカプは十兵衛(じゅうべえ)攻め武蔵(むさし)受けだけど、あの人は小次郎(こじろう)攻め武蔵受けなんですよね。あ、受けと攻めは分かります？　簡単に言うと入れる方と入れられる方って意味で——』

知らない男子の明るい声が、背後から耳に届いた。

「昼間からホモセックスの話すんなよなー」

笑いが起こる。似たようなことが前にもあった。安藤くんと食堂でお昼を食べて、誰かが安藤くんを馬鹿にして、安藤くんは怒って出ていって、それから——

「おい」

高岡くんが立ち上がり、笑っている男子生徒たちに声をかけた。

「お前ら、そのネクタイ、一年？」

「え、はい」

「終業式いたよな。オレ、最初に雛壇(ひなだん)上がって暴れたやつだけど、覚えてる？」

「え？　そういえば……」

「あれ見てなんでそんな風に笑えんの？　なあ」

やりとりを聞きながら、食堂を見渡す。この中に安藤くんと「同じ」人はどれぐらいいるのだろう。いや、この中だけではない。全校放送だ。きっと学校中にこの雰囲気は行き渡っている。

「——ちょっと行ってくる！」

小野くんに言い捨てて、放送室に向かって走り出す。走りながら、地面に横たわって目を閉じる安藤くんの姿を思い出し、息苦しさに胸がキリキリと痛んだ。

＊

放送室に着いた時、スピーカーからは二曲目の音楽が流れていた。ノックもせずに扉を開け、中に入る。机に放送機材を置き、集音マイクの前に座っている莉緒ちゃんが、わたしを見て挑発的に唇を歪めた。

「どうしました？」

——やっぱり、わざとだった。今までの無神経とは意味が違う。

「どうしました、じゃないでしょ。さっきの——」

「あ、そろそろトークなので終わってからにしてください。マイクに声入っちゃう」

莉緒ちゃんが音楽を止め、マイクのスイッチを入れた。そしていつも通りの明るい声でトークを繰り広げる。トークテーマは、やっぱりBL。マイクから莉緒ちゃんを引き剝がしたくなる衝動をぐっと抑え、終わりを待つ。

三曲目が流れ出した。莉緒ちゃんがマイクを切り、わたしに向き直る。

「いいですよ。どうぞ」

「放送でBLの話をするの、止めて。安藤くんのこと忘れたの？」

「覚えてますよ。わたしが三浦先輩に声をかけたきっかけですもん」

「違う。その前の、飛び降りたこと」

飛び降りた。自分で口にした言葉が、重たくて肺に溜まる。

「わたしはあの直前、安藤くんと一緒にご飯を食べてて、知らない人に変な風に噂されて傷つく安藤くんを見てるの。今日も食堂で放送をきっかけに同じことが起こってた。あの中にだって安藤くんと『同じ』人はいる。だから——」

「それはそういう風に話をする方が悪いんです」

はっきりと言い切られた。取り付く島もない。取り付かせない。そういう態度。

「悪いのはBLじゃなくて、ゲイを馬鹿にする人です。混同しないでください」

「それはそうだよ。でも——」

「三浦先輩。もしかしてゲイのこと、気持ち悪いと思ってるんじゃないですか？」

幼さの残る高い声が、わたしの胸に鋭く刺さった。

「BLだけがダメで、異性愛の恋愛漫画や映画はOKなんですよね。それ、変じゃないですか。それは三浦先輩が、こんな気持ちの悪いものを好きだなんて恥ずかしいと思ってるからじゃないんですか？」

「そんなわけないでしょ！」

「じゃあ教えてください。BLだけがダメな理由って、何ですか？」

答えられず、グッと黙る。莉緒ちゃんの目つきと声色が鋭くなった。

「三浦先輩。中学生の時、ＢＬが理由でハブられてたって言ってましたよね」

語りの熱量が上がる。正当化のためではない、心からの言葉なのが伝わる。

「そのハブった人たちも、今の三浦先輩と同じこと言ってたんじゃないですか。ＢＬなんて気持ち悪い、そんなものが好きな三浦先輩も気持ち悪いって」

違う。元から仲良くなくて、ＢＬは口実に使われただけだ。そう思いながら、それを口にできない。

「どうして三浦先輩が、そんな人たちと同じこと言うんですか。三浦先輩は自分をハブってた人たちのことを理解して、許すんですか」

もしかして。

もしかして、この子も――

「わたしは――許しませんよ」

莉緒ちゃんがぷいとわたしから顔を背けた。そして音楽を止め、何事もなかったかのように明るくＭＣを始める。わたしはその姿を直視できず、マイクに音が入らないよう、足音を殺してひっそりと放送室を出た。

3

家に帰り、部屋に入るや否や、わたしは制服のままベッドに倒れこんだ。

疲れた。安藤くんと色々あった時よりしんどい。あの時はどうなりたいとか、どうしたいみたいなビジョンがあった。今はない。ひたすらに苦しいだけだ。

スマホを取り出す。いつの間にかLINEに通話が来ていた。送り主は――

『安藤純』

手からスマホを落としかけた。ベッドの縁に腰かけて安藤くんに通話を飛ばし、無意味に髪を弄り(いじ)ながら応答を待つ。

「もしもし」

「安藤くん？　電話くれたよね。なに？」

「ケイトさんに話聞いてさ。紹介したのは僕だし、大丈夫かなって気になって」

「大丈夫って？」

「例の子と喧嘩(けんか)しちゃったんでしょ。どうなったの？　丸く収まった？」

――収まっていない。わたしは「それがさ」と話を始める。

「あの子放送部なんだけど、なんかムキになったみたいで、昼の校内放送でBL談義始めたの。推しカプがどうこうとか、聞いてて恥ずかしくなる感じのやつ」

「三浦さんが終業式でやったみたいな？」

さらっと急所を突かれた。わたしは声を荒げる。

「いや、わたしは別にBL談義したかったわけじゃないから。たまたま大事なものがB

Lだっただけで、ミニ四駆だったらミニ四駆のこと話してたから」

「……なんでミニ四駆？」

「話すことといっぱいありそうだなと思って」

「分かるような分からないような……まあ、それはいいや」

軌道修正。からの、本題。

「それで、三浦さんはその子にどうしたの？」

「怒った。でも反論に上手く言い返せなくて、引き下がっちゃったんだよね」

「どんなこと言われたの？」

「わたしがBLを隠したがるのはゲイを気持ち悪いと思ってるからだ、とか」

「それはないでしょ」

「どうして？」

「どうしても何も、三浦さんはゲイのことを気持ち悪いって思ってるの？」

「まさか」

「でしょ。じゃあ、そんなわけないよ」

シンプルで力強い言葉。頭にかかっていた靄が、少し晴れる。

「好きなものを好きだって言うのには勇気がいるだけだと思うよ。好きな人ができてそれを秘密にするの、その人のことが気持ち悪いからじゃないでしょ」

「そっか……そう言われるとそうかも」

「まあBLって全体的にエッチだから言いにくいのはあると思うけど、それだってみんな一緒だからさ。そりゃ亮平みたいにガンガン言うオープンスケベもいるけど、三浦さんみたいなムッツリスケベもいて当然だよ」

「言い方！」

怒鳴る。安藤くんが楽しそうに「ごめん」と応え、ポツリと言葉を続けた。

「ただ、これは三浦さんがオープンにしたくない理由であって、その後輩の子にオープンにするなって言う根拠にはならないけど」

——その通りだ。そして問題はそっちにある。わたしがオープンにしたくない理由なんてどうでもいい。それは誰も傷つけないし、何の影響もない。

「そうなんだよね……どうすれば止められるかな」

「止めたいの？」

「だって学校には安藤くんと『同じ』人がいっぱいいるんだよ。そういう人が受けとか攻めとか語りまくる放送聞いたら、冷や汗かかない？」

「それは確かに……あまりそういう風に話題にして欲しくはないかも」

「でしょ？　じゃあ一緒に止める方法を考えてよ」

「……えー」

気乗りしていないようだ。そりゃそうだろうけど。

「そもそもその子、ゲイをBLのネタにするの失礼だと思ってないんでしょ？」

「うん。でも人をネタにしてるのは異性愛の場合でも同じだし、失礼だから止めろって話にしたら、そっちも止めないと筋が通らなくない？」

「うーん……異性愛者の人って、異性愛者であることにプライド持ってるの？」

「プライド？」

解釈の難しそうな単語がきた。とりあえず黙って、続きを聞く。

「例えば『先生』ってよく物語で悪役になるでしょ。あれ、仕事に誇りを持ってる先生からしたらイヤだよね。また悪役かよってなる」

「そうだね」

「そんな風に、プライドを雑に扱われると人は怒るんだよ。アイデンティティと言ってもいい。それで、同性愛者が同性愛者であることを意識せず生きていける世の中なら雑に扱ってもいいだろうけど、とりあえず今はそうじゃないよね。だからそんな難しい話じゃなくてさ、デリケートなものはデリケートに扱った方がいいっていう、シンプルなことなんじゃないかな」

「なるほどねー」

わたしは大きく首を縦に振った。そして意気揚々と安藤くんに告げる。

「ありがとう。安藤くんに相談した甲斐があった。これで莉緒ちゃんに勝てる」

「いや、それはどうかと思うけど……」

「どうして？　まだ何か穴がある？」

「穴っていうか……仮に完璧に言い負かしたとして、その子、止まるかな」

反撃の糸口を見つけて逸っていた気持ちが、その言葉でぴたりと止まった。

「目的は口論でやり込めることじゃないでしょ」

「……うん」

「なら必要なのは理屈じゃなくて言葉だよ。その子の心に響く言葉。申し訳ないけれど、それは僕じゃ分からない。三浦さんじゃないと」

大事なのは心に届くか届かないか。そして、どうやって届かせるか。考え込むわたしの耳を、安藤くんのかしこまった声が揺らす。

「ところでケイトさんの店で、僕の元彼に会ったらしいね」

佐々木さん。カフェで交わした会話を思い返し、考え事が中断される。

「あの人と何の話をしたの？」

「例の子にすぐ乱入されちゃったから、大したことは話してないよ。安藤くんが大阪ではカミングアウトしてるって教えたぐらい」

嘘だ。本当はもう一つ、彼氏ができたことを教えた。そして――

――自分勝手にショックを受ける権利はない。

「ねえ」踏み込む。「今の彼氏とは仲良くやってるの？」

返答が滞った。自分について聞かれると口が重くなるのは相変わらず。

「まあ、そこそこ」

「怪しい。釣った魚に餌やらないタイプだから、わたしの時みたいにもっと恋人らしくしろとか、文句言われてるんじゃない？」

再び、長い沈黙。——図星か。

「別に何だっていいでしょ。なんでそんなこと知りたがるの」

「元彼が次と上手くやってるかどうか気になるの、そんなにおかしい？」

「あー、はいはい。上手くやってるよ。だから安心して」

「ふーん。昔のことはすっぱり忘れられるタイプなんだ」

「そんなことないよ」

芯の通った声が、わたしの鼓膜をとんと叩いた。

「忘れない。ちゃんと覚えてる。でも覚えてるからこそ、前に進まなきゃならないって思う。そういうものじゃないかな」

言い方で、すぐに分かった。

安藤くんは、わたしが安藤くんを忘れていないことを理解している。理解して、こういう台詞を吐いている。忘れなくていい。覚えていていい。それでも、前に進んで欲しい。そういう願いを込めて、激励を飛ばしている。

——ズルいなあ。

ズルい。本当に自分勝手だ。こうなるなら向こうから別れの言葉を言わせれば良かった。それがないからわたしはずっと、消化不良で悩んでいるというのに。

わたしはそう思わない。忘れる必要があるし、忘れさせて欲しい。わたしはそんな台詞を思い浮かべながら口を開き、そして、全く違う言葉を言い切った。

「そうだね」

＊

必要なのは、理屈ではなく言葉。

通学電車の中で、授業中の教室で、昼休みの廊下で、安藤くんの言葉を脳内にリフレインさせる。必要なのは言葉。莉緒ちゃんに届く、私だけの言葉――

――それが簡単に見つかるなら、最初から苦労しないよね。

何の成果もなく放課後になってしまった。今日は美術部の活動日だけど、気分じゃない。机に頬杖をついてどうするか考えるわたしに、高岡くんが話しかけてくる。

「ずいぶん悩んでるじゃん。どしたの。相談乗ろうか？」

「……乗って欲しい気持ちもあるけど、今回はちょっと無理かな」

「なんで？」

「わたしの問題だから。実は昨日、安藤くんと電話して――」

わたしの前の席に座った高岡くんに、昨日の会話を安藤くんのプライベートには触れない範囲で説明する。やがて話は終わり、高岡くんが「そっかー」と気の抜けた声で呟いた。組んだ両手で頭の後ろを押さえ、背中を反らして天井を仰ぐ。

「なんつーか、みんな色々考えてるんだな。偉いわ」

「高岡くんだって考えてるでしょ」

「オレは起こってから考えるタイプだから」

「そういう人はこんな風に『相談乗る』とか言ってこないって」

天井を見上げたまま、高岡くんが「んー」と鼻を鳴らした。男の子っぽい尖った顎のラインがよく見える。

「安藤くんも、高岡くんのそういうところ褒めてたよ。安藤くんがわたしにカミングアウトする前、背中を押したのも高岡くんだったんでしょ。結果的には上手くいかなかったけど、安藤くんも高岡くんには本当に助けられてたんじゃないかな」

「でも、気づかなかった」

らしくない、硬質な声が、人気の少ない教室に重く響いた。

高岡くんが身体を起こした。そしてわたしではなく教室の窓を見やる。降り注ぐ陽の光に照らされて、高岡くんの横顔がぼんやりと輝く。

「純くんの正体に気づかなかった。気づかなかったから、そういう対応してた。三浦と付き合った時に『ホモじゃなくて良かった』とかも言ったな」

「……わたしだって気づかなかったよ」

「三浦が純くんと関わったのは高二からだろ。オレは五歳から。十年以上だ」

高岡くんがすぐ傍の窓を開け、サッシから軽く身を乗り出した。遠い目が見つめているものは、たぶん、別の教室の同じ場所から飛び降りた安藤くん。

「昨日の放送が流れた後、オレ、近くの一年のこと怒ったじゃん」

「うん。正義感強いなって思った」

「違うんだよ。あれ、責任逃れなんだ。お前みたいなやつのせいで純くんは飛び降りたんだぞって、自分に言い聞かせたかった」

「責任逃れ？」

「そう。純くん突き落としたの、たぶんオレだから」

窓から吹き込んだ秋風が、教室のカーテンを小さくなびかせた。

「小野っちに純くんのこと気持ち悪いと思わないのかって迫られて、オレ、黙ったんだよね。絶対に無理ではないけれど、アリかナシで言ったらナシで、だからすぐに答えられなかった。純くんはそれが分かって飛び降りたんだ」

「でも今は違うんでしょ。だったら、いきなりで動揺しただけだって」

「どうかな。人間って、そういう時に本性が出るとか言うじゃん」

高岡くんがこっちを向いた。窓枠に片腕を乗せ、わたしを見下ろす。

「三浦は昨日、純くんから同じ質問されてすぐ否定したんだろ。すごいよ」

「そうかな。口で否定するぐらい、誰でもできると思うけど」

「そうじゃない。純くんがそういうことを聞くのがすごいんだ。三浦ならすぐ否定してくれるって信じてる。たぶん純くん、オレには同じこと聞かない」

寂しそうな目。寂しそうな声。わたしの知らない高岡くん。

「オレはBLって分からないから、三浦とあの後輩の揉め事もよく分からない。でもそういう三浦を作ったものがBLだって言うなら、興味はあるよ」

高岡くんが窓を閉めた。そして椅子に座り直し、億劫そうに呟く。

「オレもいい加減、あの質問に黙った自分と向き合わなくちゃならない」

椅子の背もたれに腕を乗せ、高岡くんが身を乗り出した。

「連れてってよ」

綺麗な白い歯を見せて、ニカッと笑う。

「BL星」

＊

土曜日、池袋駅東口から、わたしたちはBL星探索ツアーに出発した。

案内人はわたし。ツアー参加者は高岡くんともう一人。高岡くんがそわそわと辺りを見回し、どこか落ち着かない様子でわたしに話しかけてくる。

「これからどこ行くの？」

「乙女ロード」

「乙女ロード？」

「女性向けショップが並んでる通り。今はそんな店どこにでもあるから、乙女ロードに拘る必要ないんだけどね。分かりやすいかなと思って」

「へー、そんな面白いとこあるんだ」

高岡くんが感心したように頷いた。もう一人のツアー参加者である小野くんが、横から茶々を入れる。

「乙女って。自分らのこと綺麗に言い過ぎだろ。ウケる」

小野くんをにらむ。高岡くんが「まーまー」と仲裁に入った。

「小野っち、大人になれよ。せっかく案内してもらってるんだから」

「来たくて来たわけじゃねえし」

「じゃあ来なくても良かったんだけど？」

刺々しく言い放つ。小野くんがツアーに参加しているのは、高岡くんに「ひねくれたやつ目線の意見も聞いてみたい」という理由で呼ばれたからだ。つまりわたしは呼んでいないし、帰ってくれても一向に構わない。

「仕方ねえだろ。亮平に頼まれたんだから」

「断ればいいじゃん。小野くんって本当に高岡くんのこと好きだよね」

「はあ!?」

小野くんが声を荒げた。すさかず高岡くんがその反応を面白がる。

「そーなんだよなー。彼女とも別れるし……愛が重いわ」

「え、それ、富士急行った子だよね。別れたの？」

「別れたの。しかも別れた理由が超傑作で……」

「亮平！」

小野くんが高岡くんを制す。頼みを断れなかった理由が、何となく見えた。

「ところでその乙女ロードっつーのはまだなのかよ」

「もうすぐ。あの大通りを渡ってちょっと行ったとこ」

二人を先導する。大通りを渡り、少し歩いたところでわたしは足を止めた。観光バスの添乗員が景色を示すように、指を揃えた手を通りに向ける。

「ここ」

二人とも、ぽかんと呆けていた。

大した光景ではない。歩道脇に女性向けグッズのショップがあり、歩道と車道を隔てる柵の傍に女性がたくさん並んでいるだけだ。今日は近くの公園でイベントが行われているからコスプレイヤーが大量に行き来しているけれど、それだって別に珍しいことではない。ただ、二人にとっては相当な異文化だったのだろう。そもそも高岡くんも小野くんも男性向け女性向け以前に、オタク文化をあまり知らなそうだ。

「なんつーか……すごいな」

珍しく、高岡くんが困惑していた。わたしはフォローを入れる。

「今日は近くの公園でイベントやってるの。だからいつもより人多いし、コスプレイヤーだって普段はこんなに歩いてないよ」

「あ、そうなんだ。三浦はそういうのも観にいったりするの？」

「半ナマのイベントだからなー。わたし、あまりナマには手を出さないんだよね。お金かかるし、お金かけないと茶の間とかディスられちゃうし」

「茶の間？」

――いけない。今日のわたしは案内人。専門用語は使わないようにしないと。

「いいから、行こ」

通りに入り、一番手前のアニメショップに二人を連れていく。男性キャラの缶バッチやらラバーストラップやらが並ぶ店内で、高岡くんはもの珍しげに首を動かし、小野くんは全力で顔をしかめていた。あまり感想を聞きたい雰囲気ではない。

「三浦」

高岡くんがわたしの背中をつついた。わたしは「何？」と振り返る。

「あのさ、ここってBL星なの？」

「どういうこと？」

「確かにイケメンだらけだけど、イケメンとイケメンで絡んだりはしてないじゃん。それってBLじゃなくない？」

言われてみれば、確かに。ここのキャラたちの二次創作BLを読んでいない高岡くんたちにとって、ここはただグッズが売られている店にすぎない。

「そうだね。じゃあ近くに薄い——同人誌売ってるお店があるから、そっち行ってみようか。カバーかかってるし、中身読めるわけじゃないけど」

店を出て、道路一つ渡った場所にある同人誌専門店に向かう。地下の入口から店内に足を踏み入れ、ＢＬ棚の前に高岡くんと小野くんを連れていくと、二人とも乙女ロードを初めて見た時のように呆けていた。物量に圧倒されている。

高岡くんが棚から同人誌を取り、「おおっ」と何だかよく分からない反応を返した。有名な少年漫画の二次創作ＢＬ。主人公とライバルが抱き合っている表紙を見て、小野くんが不審な目つきをわたしに向ける。

「こいつら好きな女いるじゃん。あの子たち、この本ではどうなってんの？」

「出てこないパターンが多い」

「なんで」

「……実家に帰ったとか」

「実家住まいだったろ⁉」

思いの外、強めにツッコまれた。高岡くんが小野くんに話しかける。

「気になるなら買えばいいじゃん」

「こんなもん家に置けるか！　見つかったら俺まで変に——」

小野くんが、言葉を切った。

わたしは——気づいただけ偉いと思う。前の小野くんなら絶対気づかなかった。だけど小野くんは俯いて動かない。自分で自分に納得できていないのが分かる。

「……まあ、難しいよな」

高岡くんが歯切れ悪くフォローを入れた。この前、高岡くんは同性愛を揶揄した一年生を、どうしてあの終業式を見てそんなことが言えるんだと叱った。だけど小野くんは見ていたどころではない。当事者だ。その前の事件も含めて。

今の小野くんが「同性愛をどう思うか」と聞かれて、異常だの気持ち悪いだの答えるとは思わない。でもBLを経由すると口にしてしまう。触れやすいのだ。娯楽にはそういう力がある。

——デリケートなものはデリケートに扱った方がいい。

「これ、買うわ」

小野くんが、高岡くんの手から同人誌を奪い取った。意外な行動にわたしと高岡くんは小野くんを見つめ、逆に小野くんは顔を逸らす。

「勉強する。安藤のこと、少しは分かったつもりだったけど、全然だった」

「……たぶんその本、リアルとは全然違うよ？」

「いいんだよ。俺はまだそういうレベルじゃない。形だけでも近づくのが大事」

本をぺらぺらと揺らしながら、小野くんがぶっきらぼうに言い放った。

「それぐらいの力なら、こういう本にもあるんじゃねえの？」

わたしは、同性愛の勉強をするつもりでBLを買ったことは一度もない。だけど、今のわたしを作ったものにBLが含まれていることは間違いない。安藤くんがそんなわたしを信じてくれていることも。それがただの結果論なのも、もしかしたら莉緒ちゃんのようになっていたかもしれないのも分かっている。それでも――

悪いことばかりではない。

「ま、こんな薄い本、一〇〇円とかだろ。無駄にしても惜しい金額じゃねえし」

「え？」

つい、大きな反応を返してしまった。小野くんがわたしを見やる。

「なんだよ」

「いや、それ薄いって言っても普通の本と比べて薄いだけで結構あるでしょ。表紙カラーだし、装丁しっかりしてるし、一〇〇円はないんじゃないかな」

「ふーん。二〇〇円以上は出したくねえんだけどなあ」

小野くんが同人誌を裏返した。そして、固まる。高岡くんが小野くんの手元を覗き込み、楽しそうに声をかけた。

「ドンマイ」

＊

三人であちこちを回っているうちに、夕方近くになった。そろそろ今日の総括をしようと喫茶店に入る。飲み物を買い、奥のテーブル席に腰かけるなり、高岡くんがだらりと肩を落として天井を仰いだ。

「むっちゃ疲れた。三浦はいつもあんな風にBL星ツアーしてんの？」

「うん。最近はそんなに来てないけど」

「女の買い物はなげえからな」

小野くんが皮肉っぽく言い放ち、わたしは眉(まゆ)をひそめた。世の中には眺めているだけで幸せになるものがあるのだ。あまり馬鹿にしないで欲しい。

「いいからツアーのまとめやろうぜ。まず小野っちから。今日どうだった？」

「どうって、普通にキモかったけど」

――この男は。同人誌専門店でのやり取りを忘れたのだろうか。

「あのさあ、小野くん。そういうの反省したんじゃないの？」

「待て、勘違いすんな。続きがある」

「続き？」

「そう。俺、一番キツかったの、最初に入った店だったんだよ」

最初の店。高岡くんにBL星じゃないと言われ、すぐに出たアニメショップだ。

「あそこ、男同士でいちゃついてるのとかなかっただろ。エロいのもなかった。でもあそこが一番キツかったんだ。なんでだと思う？」

「まだ慣れてなかったから、びっくりしたんじゃない？」

「違う。あそこが一番剝き出しだったんだ。他はだいたい本だっただろ。だから引っこ抜かなきゃ背表紙しか見えなくて、あまり剝き出しになってなかった」

「剝き出しって、なにが」

「欲望」

小野くんが自分のアイスコーヒーに口をつけた、喉を潤し、語りを続ける。

「俺の別れた彼女がさ、『男の欲望』が苦手だって言ってたんだよ」

「それは小野くんがグイグイ行き過ぎなんじゃないの？」

「そうじゃなくて、AVとか、ハーレム漫画とか、そういう欲望が透けて見えるものがダメなんだと。三浦はそういうのねえの？」

「別に」

「ふーん。やっぱ欲が強いと他人の欲にも寛大だな」

謎にディスられた。わたしが抗議するより早く、小野くんが話を戻す。

「そんで俺はそれ、お前に欲情してるわけじゃねえしいいだろって思ってたの。でも今日分かったわ。自分に理解できない欲望ってキモいんだな。勉強になった」

「……喧嘩売ってる？」

「感想聞かれたから言ってるだけだろ。それにこれ、三浦にも大事な話だぞ」

「え？」

「もしかして、ＢＬがあーだこーだ言われんのって『女の欲望』だからで、同性愛はあんま関係ねえんじゃねえの。だったら気にするだけ無駄じゃん」

なるほど。学校で同性愛についてディスカッションをやった時も思ったけれど、小野くんの視点は新しい。全てがそうではないだろうけれど、一理はある。

例えば、最初に行ったアニメショップ。あそこは高岡くんの言うようにＢＬ星ではない。でもＢＬと同じように馬鹿にされることが結構ある。それは『女の欲望』が叩かれているのだ。女のくせに欲望を剝き出しにするな、おしとやかにしてろと──

「──考えたらイライラしてきた」

「じゃあ考えるなよ……」

「小野くんのせいじゃん」

「知らねえよ」

小野くんが救いを求めるように高岡くんを見やった。マイペースにマンゴージュースを飲んでいた高岡くんが、ストローから口を離す。

「んじゃ、次はオレね」

高岡くんが今日の出来事を思い返すように、斜め上に視線をやった。

「オレはとにかく、パワーを感じたかな。あれにずっと触れてりゃ同性愛とかどうでもよくなるわなって思った。三浦のこともちょっと分かったかも。ただ──」

高岡くんの声のトーンが、わずかに下がった。

「あの後輩のことは、よく分かんなかったな」

温かいキャラメルラテを啜るわたしに、高岡くんが話を振った。

「三浦は今日どう思った？」

「どうって言われても、わたしは前から来てるし」

「今は感じ方が違うだろ。それ、あの後輩どうにかするのに大事なことだと思うぞ」

今日の感想。そこから考えなくてはならないこと。莉緒ちゃんの心に届く、わたしだけの言葉。

「……まだちょっと、上手く整理できないかも」

材料は揃っている気がする。でもそれを組み上げて、形のあるものを作ることができない。高岡くんが「そっか」と呟き、別の質問を寄越した。

「三浦は、BL好きなの？」

当たり前でしょ。

そう即答できない自分がいることに、初めて気づいた。高岡くんにはお悩みランキング第一位のことは話していない。なのに、伝わってしまっている。

「……BLって、ゲイのことネタにしてるじゃん」

小声で語り出す。高岡くんが「うん」と相槌を打った。

「もちろん作品にもよるけど、みんな『受け』とか『攻め』とか気軽に言うしさ。最近そういうのが気になって、なんか素直に楽しめないんだよね……」

「そっか」

高岡くんが頷き、言葉を探しながらゆっくりと語り出した。

「BLがいいとか悪いとか、オレにはよく分かんないけど」

太陽を眺めているように、高岡くんの目が細められる。

「今日はオレら、色んなものを見ただろ。でもオレの印象に強く残ってるのは、オレが見たものじゃなくて、オレが見たものを見てた人たちなんだよね。グッズも同人誌もイベントも、そこにいる人たちはみんな楽しそうだった。それが『欲望』でも何でも、オレはあの光景を否定したくない。それだけは本当にそう思うよ」

楽しい。

そうだ。長らくその気持ちを忘れていたけれど、わたしだってそうだった。それは莉緒ちゃんも同じはずだ。あの子もわたしと同じものを見て、わたしと同じものに触れて、わたしと同じように楽しんだことがある。

ならきっと——分かり合うことだってできる。

探している言葉は、まだ見えない。だけど希望は見えた。そのお礼を言うように、わたしは高岡くんに告げる。

「そうだね」

＊

家に帰って、夕ご飯を食べて、部屋のベッドに寝転がる。

見たり、読んだり、描いたりしなくなったから、時間が余っている。その時間を勉強に回せば成績も上がりそうだけど、考えることは山のようにあるのでそうもいかない。むしろ勉強には集中できていないから、このままだと成績は下がるだろう。

スマホを弄(いじ)り、安藤くんとトークした履歴を呼び出す。相談しちゃおうかな。そんなことを考える。だけど実行せず、スマホを再びスリープモードに戻す。

わたしだけが言える、わたしの言葉。

わたしはそれを探さなくてはならない。それはきっと、何を読んでもどこを調べても誰に頼っても出てこない。わたしが、わたしの中から見つけるものだ。

過去に潜る。もう何十回目か分からないダイブ。そしていつものように、わたしが言い放ってしまった、全ての発端である台詞(せりふ)にたどりつく。

——ＢＬなんて、他人に堂々と自慢できるような趣味じゃないでしょ！

明らかに言葉が足りなかった。ＴＰＯの話なのに、そのニュアンスが一切入っていない。「結婚式にその服は失礼だよ」と「その服ダサいね」は意味が違うのだ。

でも、それを今さら謝ったところで、どうにかなるとは思えない。少なくとも放送を止めてはくれないだろう。本当、どうしてわたしはあの時あんなことを——

——どうして？

身体を起こし、ベッドの縁に腰かける。今ちょっと、見えた気がした。姿を見せたそいつを逃がさないよう、慎重に考えを巡らせる。

わたしがあんなことを言った理由は、莉緒ちゃんがケイトさんや佐々木さんに迷惑をかけたから——ではない。だってケイトさんも佐々木さんも怒っていなかった。あの時わたしが考えていたのは、安藤くんのこと。

安藤くんに紹介されたお店で変なことしないで。お店を紹介した安藤くんに迷惑をかけないで。

わたしが恥ずかしいから。

——うわ。

自分で自分に引いてしまった。どうりで終業式であんなことをしでかしながら、ケイトさんのお店ではああ言ってしまうわけだ。莉緒ちゃんが「裏切られた」と感じるのも当然だろう。感情優先で、ポリシーが一貫していない。

莉緒ちゃんは何も変わっていない。出会った時からずっと同じ。わたしが自分勝手に主張を変えて、莉緒ちゃんを傷つけて、被害者面を——

——いや。

違う。そうじゃない。だって——

「……そっか」

捕まえた。後は捕まえたものを言語化するだけだ。そうすれば「わたしの言葉」が出来上がる。わたしだけが言える、わたしだけの言葉が。

わたしはスマホを取り出し、電源ボタンを押した。もう答えは出た。少し勇気を貰うぐらいありでしょ。そんな気持ちで画面に指を走らせる。

――覚えてるからこそ、前に進まなきゃならないって思う。

聞き慣れた男の子の声が、わたしの耳に届いた。

「もしもし。どうしたの？」

「話したいことがあるの。例のあの子に言いたいこと、見つけた」

少しの間、沈黙が生まれた。向こうの声が真剣味を帯びる。

「なんて言うの？」

「それはこれから形にする。今はただ見つけたよって報告したかっただけ。色々助けて貰って、そのおかげみたいなものだから」

「そうかな」

「そうだよ」

間髪を容れずに答え、わたしは声量を上げた。

「高岡くんの協力がなかったら、きっとこうはならなかった」

電波の向こうで、高岡くんが笑った気がした。声の雰囲気が柔らかくなる。

「なら良かったわ。で、あの後輩とはいつ話すの？」

「月曜にすぐ話すよ。上手くいくかどうかは分からないけど」

「大丈夫だって。いかなかったらいかなかったで、オレが何とかする」

「何それ。頼もしいけど不安」

「どっちなんだよ」

進もう。

彼がそうしているように。

通話が終わった。わたしは目をつむり、仰向けにベッドに倒れ込む。まぶたの裏ににじむ涙が、なぜだか妙に心地よかった。

4

月曜。妹から「なんか今日のお姉ちゃん怖くない？」と言われるぐらい、わたしは朝から緊張しっぱなしだった。

体感、一学期の終業式以上だ。あの時はやらなくてもいいけど、やりたいからやった。今は違う。やりたくないけど、やらなくてはならない。わたしのせいでこんがらがった糸を、わたしが責任をもってほどく。これはそういう作業だ。

登校したら鞄を机の上に置き、すぐ莉緒ちゃんのクラスへと向かう。教室に入って辺りを見回してみたけれど、莉緒ちゃんは見つからなかった。まだ来ていないのだろうか。

とりあえず、近くの女子グループに声をかけてみる。

「ねえ。相原さんってもう学校来てる？」

グループ全員がわたしの方を向いた。カチューシャをつけた女の子が、わたしの顔をじっと覗き込む。

「もしかして、三浦先輩ですか？」

——バレた。まあ、仕方ない。わたしは今やこの学校でちょっとした有名人だ。

「うん、そう」

「あー、やっぱり。うちの相原がいつもすいません」

カチューシャの子が苦笑いを浮かべた。周りの子も同じように笑う。

「あの子ならどこかに行きました。いつも教室にはいないので」

「そうなの？　どうして？」

「分かりません。あの子、自由だから」

「自由っていうか……勝手じゃない？」

グループの一人が乗っかってきた。内輪話に花が咲く。

「唯我独尊だよね。今までどうやって生きてきたのか不思議になるレベル」

「誰かに注意されなかったのかな」

「あれはされないって。しても無駄だもん」

この光景、見覚えがある。

中学生の頃、わたしの周りにあった景色だ。わたしたちは悪くない。わたしたちが排斥したくなるほど、気持ちの悪いあなたが悪い。そういう、どこかで聞いたことのある理屈が、延々と目の前で展開されていく。

莉緒ちゃんはいつも教室にいない。なるほど、よく分かった。しょっちゅうわたしのところに来ていた理由や、そのわたしから拒絶された時の悲しみも含めて。

「三浦先輩も、あんな子に好かれても困っちゃいますよね」

「別に」

わたしは即答し、女子グループから身体を背けた。

「あなたたちに好かれるよりは、良かったと思うよ」

わざと大きな足音を立て、教室を出る。自分の教室に戻り、席に着いて、ようやく冷静になった。――やってしまった。これであの教室にはもう行けない。どうやって莉緒ちゃんを捕まえよう。

「三浦」

高岡くんが声をかけてきた。空いている前の席に座り、わたしの机に頬杖をつく。

「例の後輩のとこ、行ってたんだろ。話せた？」

「ううん。教室にいた知らない子たちと感じ悪い空気作っておしまい」

「なんで？　何があったの？」

「莉緒ちゃんのことを聞いたら、いきなり陰口叩き始めてさ。中学の時わたしをハブってた子たちのこと思い出して、キツいこと言っちゃったんだよね」

「何て言ったの？」

「『あんな子に好かれても困りますよね』って言われたから、『あなたたちに好かれるよりマシ』って返した」

「かっけー。オレ、三浦のそういうとこ好きだわ」

好き。ストレートな物言いに、脈拍が少し速まった。

「そんで、じゃあどこであの後輩と話すつもりなの？」

「うーん……放課後かな。今日の放送前は火に油注ぎそうだし」

「放課後だな。分かった」

——分かった？

意味ありげな言葉に、引っかかりを覚えた。高岡くんが立ち上がる。そして座るわたしを見下ろし、口角を小さく上げて笑った。

「頑張れよ。じゃあな」

高岡くんが小野くんのところへ歩いていく。高い身長と大きな背中に男の子を感じる。

やがて入れ違うように前の席の女子が登校してきて、わたしはとりあえず、その子に「おはよう」と声をかけた。

＊

昼休み、今日は普通に宮ちゃんたちとお弁当を食べることにした。

宮ちゃんたちといる時はBLの話なんて出てこない。アニメや漫画の話題が出ても面白かったところを話すだけ。悪くはないけれど、乗り切れない。プールの監視員みたいに辺りをぼうっと眺めるわたしに、宮ちゃんがおずおずと声をかけてきた。

「紗枝。もしかして、誰か探してる？」

「え？」

「高岡くんとか」

グループ全員が注目する中、宮ちゃんが潤んだ瞳でわたしを見つめる。――いや、わたしが引き延ばし過ぎなのは分かるよ。他の人を巻き込んででも話を進めたくなるのも分かる。でも、あと一日待って。今日は別のやつをやっつけたいの。

「今どんな感じ？　土曜、高岡くんと小野くんと遊びに出かけたんでしょ？」

「……それ、誰から聞いた？」

「小野くん」

あいつ。わたしは教室を見回して小野くんを探した。だけど見つからない。そういえば高岡くんもいない。いつも一番うるさい男子グループに交ざっているのに。

「あのね、紗枝。前に言ったけど、本当に私に気を遣わなくていいからね」

「いや、だから、わたしも前に言ったけど、別に宮ちゃんのことは——」

天井のスピーカーから、ノイズがざっと教室に響いた。

『皆さんお元気ですかー！　毎度おなじみ月曜担当の相原莉緒でーす！』

とりあえず、助かった。まさか莉緒ちゃんに助けられる日が来るとは。

『じゃあ今週も先週と同じように、バリバリ音楽流して、バリバリBLの話していきまーす。みんなよろしくねー』

バリバリ話すんだ。まあ覚悟できてるから、今日はいいけど。

『それじゃあ早速……きゃっ！』

放送が、途切れた。

教室がざわつきだす。校内放送用のスピーカーを見上げ、口々に不安を呟く。もちろんそれはわたしたちのグループも同じだ。全員が食事の手を止めて、スピーカーをじっと見つめている。

ザッ。スピーカーからノイズが聞こえた。マイクのスイッチが再び入った音。固唾を呑んで聞き入るわたしたちの耳に、底抜けに明るい声がビリビリと響く。

『全員ちゅうも————く！』

どこのクラスも、反応は似たようなものだったと思う。

だけど教室単位なら、うちのクラスに走った衝撃が一番大きかったはずだ。わたしたちはこの声に聞き覚えがあるから。間違いない。これは——

『えー、今日はプログラムを変更して「元気はつらつ！　DJタカオカと愉快な仲間たち」を放送します。司会はオレ、高岡亮平。そして今回の愉快な仲間はー？』

『……マジック小野です。よろしくお願いします』

　小野くんまで。唖然とするわたしたちをよそに、放送が続く。

『というわけで今回は世界的に有名なAV評論家、マジック小野さんにお越しいただきましたー。拍手ー』

『……なあ、亮平。やっぱ止めようぜ。これはねえって』

『小野っち、自分が何を暴露したか忘れた？』

『……済んだ話だろ』

『人間一人殺しかけてあれで済ませちゃうの？』

『ああ、もう！　分かったよ！　ゲストのマジック小野です！　好きなAVのジャンルはマジックミラー号！　ベストの一本は「もしお嬢さま学校の女子大生がマジックミラー号のAVに出演したら」です！　よろしくお願いします！』

　小野くんがやけになって叫んだ。「オレが何とかする」。土曜日、高岡くんから電波越しに聞いた言葉を、わたしはふと思い出す。

『マジックミラー号ですかー。それってどんなAVなんですか？』

『マジックミラー張りのトラックで周りに見られながらセックスするAVです！』

『なるほど。ではマジックミラー号のどういったところに魅力を――』

笑い声が聞こえた。ふと教室を見ると、最初の衝撃はすっかり去り、みんな唇を歪めている。失笑とか苦笑いとか、そういう人を小馬鹿にする感じの笑い。

この空気――

先週の莉緒ちゃんの放送と同じだ。

『つまり小野さんは、マジックミラー号に抑えきれない人の「業」のようなものを感じると、そういうことですね』

『いや、そこまでは言ってねえけど……』

『この放送を聞いている人たちにメッセージのようなものはありませんか？』

『ねえよ！』

『そうですか。えー、ではこの放送をお聞きの皆さんへ、オレから一言』

『自分だけは変態じゃねえとか思ってんじゃねえぞ!!』

音割れを起こすほどの声量が、教室の空気を大きく震わせた。

教室に蔓延していた嘲笑が、嘘みたいに引いた。

今までの話は前フリ。口調からそれがすぐに分かった。明るく調子の良かった態度から一転、高岡くんが声を嗄らして滔々と叫ぶ。

『お前ら、小野のこと変態だと思ってんだろ！　正解だよ！　ド変態だ！』

『おい』

『でもな、お前らも一緒だぞ！　男も女も異性愛者も同性愛者もみんな同じだ！　恋愛とかエロとかに興味のないやつだって、人に言い辛い趣味の一個や二個ぐらい、だいたい持ってんだろ！』

みんな同じ。でも、みんな普通ではない。みんな、全員、変。

『変態のくせに、他の変態を笑いものにすんな！　シンプルにダセえんだよ！　そういうの、オレは認めねえからな！』

わたしは椅子を引き、ゆっくりと立ち上がった。宮ちゃんと視線がぶつかる。明日にしようと思っていたけれど、いいや。今日にしよう。

「宮ちゃん」声に芯を通す。「わたし、高岡くんと付き合う」

宮ちゃんの瞳が揺らいだ。だけどすぐに治まり、穏やかな微笑みが表れる。

「分かった。頑張ってね」

ありがとう。そう呟いて駆け出す。数ヶ月前、体育館の壇上に走ってきた男の子のイメージを自分自身に重ねる。追い付くなんて甘い。追い抜いてやる。放送室に向かって走りながら、わたしはずっと、そんなことを考えて笑っていた。

＊

『だから小野っちは、タイプの女が現実離れしすぎなんだよ。「清純派ＡＶ女優」みたいな都合のいいやつ、この世にいないからな』

『そういうお前はどういうのがタイプなんだよ』

『自分の世界持ってるやつ』

『あー、確かに変なの好きだよな。お前も変だけど』

『お？　マジック小野のくせに他人のこと変とか言っちゃう？』

『うっせーな。俺も変だけどお前も変。それでいいんだろ』

高岡くんと小野くんの会話をバックに廊下を走る。『もう言うことないし恋バナする？』という高岡くんの提案で始まったトーク。自由だ。高岡くんらしい。

放送室が見えた。勢いのまま部屋に飛び込み、内側から扉を閉めて鍵をかける。放送機材の前に小野くんと座っていた高岡くんが、わたしに話しかけてきた。

「やっぱ来たか」

「うん。莉緒ちゃんは？」

「そこ」

高岡くんが顎で示した先を見やる。後ろ手に縛られ、猿轡をかまされた莉緒ちゃんが壁にもたれかかっていた。これは、訴えられたら負けるやつだ。

「やりすぎでしょ」

「だってそうしないと話できないじゃん」

「そうだけど……そもそも、何でこんなことしようと思ったの？」

「だって、そいつの放送はただの『きっかけ』だろ」

高岡くんが姿勢を整えた。座っているパイプ椅子が、きいと軋む。

「だから、三浦がそいつを止めるだけじゃダメと思ったんだ。もっと根本的な、人のことを馬鹿にするのを止めろみたいな、そういう話をしなくちゃならない」

「先週、食堂で高岡くんが怒ったみたいな？」

「そう。あれと同じことをみんなに伝えたいと思った――ってのが建前」

声のトーンが下がった。ぼんやりと中空を見上げ、高岡くんが呟く。

「本音は、純くんへの罪滅ぼしだよ。この前、食堂で怒った理由と一緒。オレが純くんを突き落とした、その居心地の悪さを解消したい。そういう自分勝手だ」

「いいじゃない」

迷いなく言い切る。高岡くんが視線をわたしの方に向けた。

「わたしは、高岡くんがやったことには意味があったと思うよ。食堂で怒ったのも、今の放送も、終業式に暴れたのも。それじゃ納得いかない？」

問いかけに、高岡くんは答えなかった。ただ照れくさそうにはにかむだけ。そして放送機材を指さし、「三浦」とわたしを呼んだ。

「もうスイッチ切っちゃったけど、何か言いたいことある？」

わたしは首を縦に振り、はっきりと答えた。

「ある」

「そっか。じゃあ、語ってくれ」

高岡くんが機材のスイッチを入れ、小野くんと一緒に場を離れる。わたしは高岡くんが座っていた椅子に座った。すうと息を吸い、マイクに口を近づける。

「三浦紗枝です」

綺麗に声が出た。心の調子が良い証拠だ。

「お騒がせして申し訳ありません。終業式に続き二回目だし、こいつら騒ぎたいだけだろと思われているかもしれません。でも、違います。あれをやったわたしたちだからこそ語る必要がある。少なくともわたしは、そう思っています」

胸に手を乗せる。放送越しには伝わらない。だけど、勝手に動く。

「この前、この放送でBLの話が出た時、わたしは食堂で同性愛を馬鹿にする人を見ました。辛かった。そういうことを言う人がいるのも、わたしの趣味にそういう言葉を引き出す力があるのも居たたまれなかった。でも——」

胸から手を離す。肺を膨らませて、マイクに向かって言葉を吐く。

「さっき高岡くんが言ったように、わたしたちはみんな『変』です。どこかが必ず尖っていて、自分らしく生きれば自然と他人を傷つけてしまう」

そう、わたしたちは歪なのだ。歪であることが正しい。そういう生き物。

「勝手だと思いますが、わたしはそれをなるべく削りたくない。尖っているところは尖ったまま愛でていきたい。否定したくないんです。だって、わたし——」

わたしは両手を顔の前に合わせ、その後ろで小さな笑みを浮かべた。

「やっぱりBL、好きなんだもん。これはもうしょうがないよね」

土曜日、高岡くんと電話で話してからBL本を読んでみた。お悩みランキング第一位はいつの間にか自然消滅していたのだ。向き合うべきものと、ちゃんと向き合ったから。

「それが正しくなくても、わたしは『好き』を捨てられない。だからせめて、他人の尖っているところを馬鹿にせず、自分の尖っているところで他人を刺さないよう気を付けたいと思います。刺されちゃった人は言って下さい。誰も傷つけないのは無理だろうけど、傷つく人は減らせるよう、善処したいと思います」

わたしは両手を膝(ひざ)に乗せ、頭を下げた。感謝の想いを動作で強める。

「話は以上です。これで放送を終了します。終業式の日、わたしのために立ち上がってくれてありがとうございました。それでは、さようなら」

パチッ。

放送機材のスイッチを切る。高岡くんがわたしの肩を叩(たた)き、「お疲れさん」とねぎらいの言葉をかけてくれた。終戦ムード。だけど——まだ終わってはいない。

最後の一勝負。というか、こっちが本命だ。そのためにわたしは今日まで、わたしの言葉を磨いてきた。

壁際の莉緒ちゃんを見下ろし、わたしは両の拳(こぶし)を固く握りしめた。

*

小野くんに拘束を解かれている間、莉緒ちゃんはわたしと高岡くんをにらみ続けていた。わたしは申し訳なさに肩をすくめる。だけど拘束した当人の高岡くんは全く怯むことなく、自由になった莉緒ちゃんにあっけらかんと声をかけた。

「よ。邪魔して悪かったな」

「……いいですよ、別に」

「あんがと。いやー、心が広いわ」

「だって先輩は、わたしの味方をしてくれたんですから」

高岡くんが真顔になった。逆に莉緒ちゃんはにたりと笑う。

「これからも放送でBLの話ができるよう、手助けしてくれたんですよね。助かりました。わたし、同性愛をバカにするような人たちに気をつかうのイヤですもん。本当にありがとうございます」

高岡くんが困ったように小野くんを見やった。「どうする?」「知らねえよ」。無言のやりとりの後、今度はわたしの方を向いて小さく首を横に振る。

「パス」

了解。わたしは莉緒ちゃんの前に立ち、目と目を合わせた。

「莉緒ちゃん」

莉緒ちゃんの肩が上がる。わたしは両手を前に揃え、深々と頭を下げた。

「ごめんなさい」

頭を上げる。莉緒ちゃんの目が少し泳いだ。どうやら意表を突けたらしい。

「ケイトさんのカフェで言った言葉、間違いだった。空気読もうみたいなことが言いたかったのに、そういう言葉じゃなかったよね。ごめん」

謝罪を繰り返す。莉緒ちゃんがふてくされたように口を尖らせた。

「分かりました。もう気にしてないです」

「ありがとう」

「わたしが放送でBL談義をするのを邪魔しないなら、それでいいです」

敵愾心に燃えた目。

お前を認めない。そういう意志がひしひしと伝わってくる。少し前のわたしなら折れていただろう。でも今は違う。その裏にあるものを、ちゃんと読み取れる。

「わたし、絶対に止めないですよ。だって間違ったことしてないですから。BLは隠さなくてはならないようなものじゃありません。だって――」

「莉緒ちゃん」

ここだ。わたしは深く息を吸い、用意していた言葉を喉の奥から吐き出した。

「分かってるでしょ？」

莉緒ちゃんの勢いが、ピタリと止まった。

「莉緒ちゃん、分かってるよね。ＢＬが隠すようなものじゃないことと、全校放送でそれを雑に語るのは違うこと。莉緒ちゃんが放送で雑にＢＬを語れば、正体を隠している人たちが困ること、ちゃんと分かってる。だって莉緒ちゃん」

少し間を空ける。莉緒ちゃんの意識を強く向けさせ、言葉を吐く。

「わたしと喧嘩するまで、放送でＢＬの話、してなかったもの」

莉緒ちゃんは、変わっていた。

わたしに付きまとっていた頃、莉緒ちゃんは放送でＢＬに触れていなかった。好きなアニメの曲を流しても、ＢＬ妄想にまで話は広がらない。その話を始めたのはわたしと揉めてから。明確なターニングポイントがあった。

つまり、わたしと揉める前、莉緒ちゃんはブレーキをかけていたのだ。「ここでこれをこういう風に話すのは良くない」という自覚があった。ブレーキをかけていない莉緒ちゃんに振り回されてきたわたしには、それがよく分かる。

「だから、長々と説教はしない。分かってる人に分かってること言ったって意味ないもん。わたしが言いたいことは、一つだけ」

わたしは右の人さし指を立て、莉緒ちゃんの前にずいと示した。

「もし莉緒ちゃんがＢＬを語りたくて語ってるなら、わたしはもういい。色々覚悟して、それでもやりたいなら止められないし、止める権利もない。でもね」

わたしは、説かない。

彼女を説くのは——彼女自身だ。

「もし莉緒ちゃんが、わたしへの当てつけのために、語りたくないBLを無理して語ってるなら、そんな下らないことは今すぐに止めて。お願い」

莉緒ちゃんが顔を伏せる。自分との対話が始まった。もうわたしにできることはない。黙って対話の行く末を見守る。

やがて、莉緒ちゃんの頭がゆっくりと動き出した。結果発表。ツインテールを小さく揺らしながら、莉緒ちゃんがわたしの方を向く。

涙を流し、目の周りを赤くした莉緒ちゃんの顔が、わたしの視界に収まった。

「ごめんなさああああああい！」

莉緒ちゃんがわたしの胸に飛び込む。大げさな動きに、内心驚いた。だけどそれを表には出さず、莉緒ちゃんの頭を撫でる。

「ごめんなさい……わたし……引っ込みつかなくて……それで……」

「うん、いいよ。分かるから。大丈夫」

色々あったけど、とりあえず良かった。これで一件落着——

ガチャ。

放送室の扉が開いた。現れたのは、わたしのクラス担任も含む先生数人。その表情は全員、百人に聞いたら百人が怒っていると答えるであろう、露骨なしかめっ面。

高岡くんが肩を落とし、力なく首を振った。

「……ですよねー」

＊

「けっこー落ちてんなー」

タバコの吸い殻をトングで拾い上げ、高岡くんが呟く。わたしは持っているゴミ袋を広げた。高岡くんは吸い殻を袋に放り込んだ後、すぐ側を流れている川を見やる。

「ここまできて川に捨てないの、なんでだろうな」

「『川に捨てたら川が汚れる』とか考えてるんじゃない？」

「ポイ捨てしといて？」

「人間心理ってそういうものだと思うんだよね。実際こうやってボランティアが拾いに来るから、川に投げ込まれるよりは被害少ないわけだし」

「ボランティアに期待されてもなあ」

ぶつくさ言いながら、高岡くんがまた吸い殻を拾って袋に入れた。放送ジャックの罰で河原のゴミ拾いボランティアに参加してから三十分。次から次へとゴミが出てきて先に進めない。どうやらゴミ鉱脈を引き当てたらしい。

「つうか、なんであの後輩はいねえんだよ」

「だって莉緒ちゃん、放送ジャックされた被害者だし」

「オレだって悪いことは言ってないだろ」

「だから二回目なのにこれで済んでるんでしょ。いいから働いて」

「へーい」

適当な返事をして、高岡くんがゴミ拾いを再開する。川の湿気を含んだ秋風がぬるりと身体を撫でた。少し肌寒いけれど、心地よい。

「そういや、あの後輩、今どんな感じなの？」

「どんな感じも何も、放送でBL語るの止めた以外は前と同じ」

「ちょっとは大人しくなったりしないの？」

「人の多い場所では声が小さくなったかな。電車の中とか、バスの中とか」

「つーことは、話はするんだ」

「うん。まあ、いいでしょ。わたしだって全校放送レベルまでいかないなら、少しは困るけど、わざわざ止めようとは思わないし」

「おい」

トングをもった小野くんが、不機嫌丸出しな声でわたしたちに話しかけてきた。

「イチャついてんじゃねーよ。他のやつガンガン進んでんぞ」

「そう言われても、いっぱいゴミあるんだもん」

「そうだぞ小野っち。自分はフラれたからって嫉妬すんな」

「してねーよ！」

小野くんが叫んだ。高岡くんが笑い、わたしもつられて笑う。とりあえずは良かったのかな。和やかなムードの中、わたしは数日前のことを思い返す。

告白にOKをした時、高岡くんは「よっしゃー！」と叫び声を上げた。

正直、大げさだと思った。わたし目線では「いつOKを出すか」という問題だったから。ところが高岡くんは「九割ダメだと思ってた」らしい。なんでも自分目線で考えすぎてはいけないのだ。わたしは今までの自分のどっちつかずな態度を反省し、高岡くんに謝った。

「そういえば初デートだね、これ」

「あー、そう言われりゃそうだな。初デートが河原のゴミ拾いか……」

「いいじゃん。これから色々行けば」

「そうだな。でも、TSUTAYAとかGEOとかはナシな」

「どうして？」

「AVコーナーで痴漢もののパッケージをガン見して鼻の下伸ばしてるところを彼女に見つかって揉めてフラれたやつがすぐそこにいるから」

「てめーマジぶっ殺すぞ！」

小野くんが高岡くんに摑みかかった。高岡くんはひらりとかわす。なるほど、これが超傑作な別れた理由か。つくづくAVでロクな目にあってない。

「三浦はデートでどっか行きたい場所ある？」

「んー、特にない。BL星はもう行ったし」

「そっか。オレはあるんだ。ちょっと遠いけど」

「どこ？」

「純くんとこ」

大きく伸びをして、高岡くんが朗らかな笑みを浮かべた。

「近いうちに、どっかの休みで行こうぜ。小野っちも一緒に」

安藤くんのところに行く。安藤くんにもう一度会う。それは――

「――うん、行こう」

小野くんが「俺もかよ」と口を挟んできた。そして「嬉しいくせに」「うるせえ」と高岡くんとじゃれあう。わたしは天を仰ぎ、薄い青色の空を眺めながら、およそ四〇〇キロメートル先にいるはずの人物に向かって心の中で語りかける。

拝啓、安藤純さま。

どうやらわたしは、思っていたより早く貴方に再会することになりそうです。貴方はわたしに遠慮せず新天地で恋人を作っているようですが、わたしも貴方との思い出はショーケースに入れて新たな一歩を踏み出すことにしました。今度お会いする時にはきっと、貴方を振り切って進むわたしの姿をお見せできることでしょう。

覚悟しやがってください。三浦紗枝より。敬具。

Interlude #2：佐々木誠の逡巡

『久しぶり。ケイトの店で君の彼女に会ったよ。君の話も聞いた。元気でやっているようで何よりだ。僕と君はもう終わってしまったけれど、この道の先輩として相談事ぐらいになら乗る。困ったら遠慮なく連絡してくれ。それじゃあ』

煙草を灰皿に押しつけ、スマートフォンを眺める。久しぶりに開いたフリーメールの殺風景なインターフェイスに、ノスタルジーを感じている自分がおかしい。そんなにいいものではないだろう。この画面も、あの関係も。

あと一動作、「送信」と記された箇所を指で叩く。そうすれば古めかしい思い出は、今そこにある出来事に生まれ変わる。Happened から Happening へ。モノトーンの回想に艶やかな色がつく。

「灰皿、お取替えしますわ」

茶化すように声をかけながら、ケイトが銀色の灰皿をテーブルに置いた。そして吸い殻の載った灰皿を脇に寄せ、さも当然のように向かいの席に座る。ついさっきまで彼の彼女が座っていた椅子。

「指名した覚えはないぞ」

「されて覚えもないわ。ねえ、彼女とどんな話をしたの？」

「気になるのか？」

「けしかけた身としてはね。こじれていたら大変だもの」

「だったら、けしかけなければいいだろう」

「気づかれていないならともかく、ああなったら放置する方が怖いと思わない？　あなたは彼女への責任を何も果たしてないんだから」

耳の痛い話だ。苦笑いで誤魔化し、新しい灰皿の隣にスマートフォンを置く。

「大した話はしていない。軽い自己紹介をして、あとは世間話だよ」

「世間話ねえ。それはあの子についての話？」

「まあね」

「あっちで彼氏ができたって話は聞いた？」

「知っているのか？」

「誰があの子にこの店を紹介したと思ってるのよ。元カノが行くからよろしくってちゃんと連絡受けてるし、その時に色々聞いたわ」

「ああ……そうか。君には連絡するんだな」

少し、言い方が僻(ひが)みっぽくなった。ケイトの顔にうっすら呆(あき)れの色が浮かぶ。

「それで、あなたはそれを聞いてどう思ったの？」

踏み込んだ質問。答える義務はない。だけど、答える。

「きちんと前向きに生きていて嬉しいが一番。すっかり過去の男にされて悔しいが二番。あとは……少し、羨ましかったかな」

「羨ましい？」

「ああ。僕にもそうやって、自分を公にして、堂々と恋人を作って、そういう風に生きる道があったのかなと、そんなことを考えた」

後悔しているわけではない。

己の選択を、積み重ねてきた人生を、過ちだとは思っていない。ここまで築いてきたものを放り出し、今さら酔生夢死な生き方を選びたいとも思わない。それでもふとした時、選ばれなかった自分の恨みがましい視線を感じることがある。歳を経て、人生の終着点が見えてくるにつれ、その視線は強くなっている。

「心配しなくていい。だからどうしようというわけじゃない。本来なら考えることすら許されないというのも分かっている。益体もない世迷い言だよ」

「どうして？」

明瞭な声が、思考を遮った。

疑問には二種類ある。答えを期待しているものと、そうでないもの。ケイトが発したそれは明らかに後者だった。その証拠に、答えは得られていないにも拘らず、ケイトが自分勝手に語り出す。

「考えるだけ無駄で、全く無意味な妄想でも、好きにすればいいじゃない。それが無駄で無意味なことだと分かっているなら、ただの時間つぶし以上にはならないわ。それともあなた、これから意味のあることしかやらないで生きていくつもり？」

大きな唇を大きく歪め、ケイトがにんまりと笑った。

「ワタシは、意味のあることしかやらなかったなら、今ここにいないわよ」

カランカラン。

店のドアが開く音。ケイトが「いらっしゃい」と声を上げ、吸い殻の入っている灰皿を持って立ち上がった。そして一言、席を離れる前に言い残す。

「ま、あなたは油断するとすぐ際どいところまで行くから、そこは自覚的になった方がいいと思うけど」

ケイトが去った。後に残ったものは、気の抜けた沈黙。それと空の灰皿と、飲みかけのブラックコーヒーと、スリープモードに入っているスマートフォン。

スマートフォンを手に取り、電源ボタンを押して画面ロックを解除すると、送信直前で止められているメールの文面が目に入った。画面下部に映る「戻る」を表現した左向きの矢印を叩く。切り替え前の確認メッセージが現れる。『下書きを保存しますか？』

いいえ。

新しい客を席に案内し、ケイトがカウンターの中に向かった。この席もカウンターの入口も店の奥だから、近くを通る。今話しかけるのは良くないだろうか。そう思いながらも、我慢できずに声をかける。

「ケイト」

「なに？」

「今度、デートしようか」

ケイトが露骨に眉をひそめた。そんな顔をしなくてもいいじゃないか。冗談だということぐらい、君なら分かっているだろうに。

「妻の誕生日が近いんだ。プレゼントを一緒に選んでくれ」

「誘い方に気をつけて。低い好感度がさらに下がるわよ」

「けったいな English を使わない程度には、好意的だと思っていたけれど」

「さっきまではね。でも『益体』なんて難しい言葉を外国人に使って、話をはぐらかそうとする男は好きじゃないの。Bye」

つれなく手を振り、ケイトが離れていった。やれやれと視線をやった灰皿に自分の顔がぼんやりと映る。その表情がやけに上機嫌に見えて、選ばれなかった人生の自分に許して貰えたような、そんな気がした。

Track3：We Are The Champions

1

ついにきた。

長かった。いや、言うほど長くないけど、おれにとっては長かった。なんせこの安藤純という男は今までおれに対し、本当に、全く、一欠片(かけら)も、恋人らしい態度を取ってこなかったのだ。会話も接触も何もかも全ておれから。その男がついに動いた。

休みの日の予定を、おれに尋ねてきたのだ。

「その日はヒマやな。ちゅうか休み全部ヒマ。やることなさすぎて死にそう」

「いや、それは勉強した方がいいと思うけど……」

冷静なツッコミが入った。おれは向かい合う純の机に肘(ひじ)を乗せる。

「んで、何がしたいんや？」

「何がしたいっていうか、出かけたいんだよね」

「どこに」

「それはこれから決める」

「なんやそれ」

「東京の友達が遊びに来たいんだって。それで大阪を案内したいんだよね。僕はまだ案内できるほど慣れてないから、一緒にどうかなと思って」

なんや。デートかと思って浮かれて損した。いや、待てよ。東京からダチが来ておれを連れていくっちゅうことは、つまり——

「それは、おれのことをあっちのダチに紹介したいっちゅうことか？」

「別に紹介したいってわけじゃないけど……紹介することにはなるだろうね」

やっぱり、浮かれて良かった。おれは腕を組み、堂々と胸を張る。

「分かったわ。お前のダチ、完璧にもてなしたる」

「良かった。じゃあ細かいことは僕が向こうと連絡取って決めるよ。どこに行くかはその後に話し合おう。直哉も行くから三人で」

直哉も行く。

眉をひそめるおれを、純がきょとんとした顔で見返す。いや、なんで「僕なんか変なこと言っちゃいました？」みたいな顔しとんや。おかしいやろ。

「なんで直哉も行くんや」

「誘ってOK貰ったからだけど」

「……他にはおらんやろうな」

「いない。秀則と史人にも声はかけたけど、空いてなかったんだよね。安く浮かすために深夜バスで来て深夜バスで帰る弾丸ツアーにするらしいから、日程はピンポイントだし。一週間単位でズラす手もあるとは思ったけど、その翌週は向こうが無理で、それ以上ズラすと期末試験が無視できないし、そうなるともう来年まで……」

「待て」

直哉は行く。秀則と史人に声はかけた。つまり――

「他に誘おうと思っとるやつは？」

「いないけど」

「ちゅうことは、最後に声かけたんがおれか？」

「うん」

「なんでや！　おれがラストはおかしいやろ！」

「なんでって……今日、明良が遅刻してきたからだけど」

「んでもそこは待つやろ！　薄情もんが！　お前はいつも――」

はあ。

純がため息をついた。眼球だけを動かしておれを見やり、億劫そうに呟く。

「めんどくさ」

言葉が胸に刺さった。純が鞄を担いで立ち上がり、おれを見下ろす。

「じゃあさっきの、予定しといて。無理になったら連絡よろしく。それじゃ」

立ち去る純を、おれは慌てて追いかけた。真っ直ぐ前を見て廊下を早歩きで進む純に、同じスピードで横並びに歩きながら話しかける。

「なあ。もう帰るんか?」

「帰るけど、何か問題ある?」

「ほら、昨日、近くに新しいラーメン屋できたって話したやろ。あそこ行こうや」

「ごめん。お腹壊した。それじゃあ」

純がさらにスピードを上げた。ほとんど走るような速度で廊下を曲がり、階段を下りていく。腹壊してる速さやないやろ。胸中でそうツッコミを入れながら立ちすくむおれの左肩を、誰かがポンと叩く。

「どした? ぼーっとして」

直哉。おれは質問に答えず、親指を立てて校舎の外をクイと示した。

「つきあえ」

*

「……はー」

ため息を吐き、割り箸を黄金色のスープに沈める。汁の絡んだ太麺をつまんで口に送る。美味い。ムカつく。不味ければ連れてこなくて良かったと思えたのに。

「純、おれのこと嫌いなんかなー」

ちらりと向かいの直哉に視線を送る。返事は麵をすする音。ガン無視だ。

「でもフラれとらんし、嫌いってことはないと思うんやけどなー」

リトライ。結果、変わらず。しびれを切らして話しかける。

「なあ、どう思う？」

「うっさい」

見事に一蹴された。直哉が箸でおれを指し、うんざりしたように口を開く。

「なんぼ同じこと聞いてくんねん。壊れたペッパーくんかお前は」

「言うほど聞いとらんやろ」

「聞いとるわ！　何かあるたびに毎度毎度……マジでええ加減にせえよ！」

ガチ切れされてしまった。おれはむすっと口を尖らせる。

「んなこと言われても、男同士の恋愛なんて他に相談できるやつおらんし」

「相談なんか一度も受けたことないわ。全部愚痴。あと質問」

「質問は相談やろ」

「自分で考える気のないもんは相談とは言わん。答え聞いとるだけや」

直哉がまた麵をすすった。そして息を吐き、じっとりとおれを見やる。

「ちゅうか、そうやって無理やり『恋人』やろうとするのがあかんって、何度も言うとるやろ。学習しろやアホボケカス」

アホかボケかカスか一つでええやろ。そんな返しが思い浮かんだけれど、確実に怒られるので黙る。しかし他の上手い返しも出てこない。なぜなら直哉の言っていることは、間違いなく正しいからだ。

どこで間違えたかと問われたら、初手から間違えた。つきあい出して三日目、一緒に勉強をしようと家に誘って襲ったら、全力で拒否されてメタクソに怒られた。ガチで勉強する気だったのに騙されたと感じたらしい。いつか直哉が言った「ゲイなんて初対面即ヤリが基本やろ」を考えなしに実践し、見事に失敗してしまった。

そしてそこから、純がおれを警戒するようになった。セックスやキスどころか手を繋ぐことすらロクに許されない。恋人という言葉の定義を考え直したくなる扱いだ。

そうなるとおれは当然イライラする。ついでにムラムラもする。そんなこんなでフラストレーションが溜まり、溜まったフラストレーションを直哉にぶつけて解消。その繰り返しでここまできた。直哉いわく「別れていないのが奇跡」だそうだ。

「ちゅうか好きとか嫌いとか、お前、勘違いしとるんやないか？」

「どういうこっちゃ」

「純は別に、お前が好きでつきあうことにしたわけやないやろ。足にきったない雑巾みたいな犬がすがりついてきて、可哀想やし拾っとくかみたいなもんで」

「誰が雑巾や！」

「お前や。とにかくそういうわけやから、あんま調子こかん方がええと思うぞ。お試し期間中に返品くらわんだけ御の字やろ。――そや」

直哉が唇の端を吊り上げた。ロクでもない話を始める時の顔だ。

「お前、純のダチ、どんなんが来るか聞いとる？」

「聞いとらん。聞いても意味ないやろ。東京のダチなんて誰も知らんし」

「そうか？　純は東京におった時、彼氏持ちやったんやろ？」

息を呑む。そういえば転校すぐの自己紹介で、確かにそんなことを言っていた。

「純にダチの話された時、俺は『あっちでつきあってたやつとか来んの？』ってカマかけたんや。そしたら純のやつ、むっちゃ動揺しとった」

「……マジで？」

「マジで。それ以上は聞いとらんけどな。でもあれは絶対に来るわ」

「来るならおれは呼ばんやろ」

「だから本当はお前を紹介して、振り切ったアピールしたかったんやろ。でも肝心のお前がそれじゃなあ。やけぼっくいに火がつくんは間違いない――」

ドンッ！

おれは両手でテーブルを叩いた。気が付いたらそうしていた。そして直哉を真っ直ぐに見据え、魂を込めて言い放つ。

「おれは、絶対に渡さんぞ」

直哉がぽかんとおれを見やった。そして水を飲み、一息ついて呟く。

「知らんがな」

＊

九州から来た高速バスが、梅田(うめだ)のバスターミナルに停まった。

待っているバスではない。ひゅうと底冷えする風が吹き、おれはコートのポケットに手を突っ込んで縮こまった。そしてぶつくさと文句を口にする。

「まだか。寒くてかなわんわ」

「もうちょいやろ。我慢せえや」

直哉がおれを諭した。そして純の方を向き、着ているダッフルコートを指さす。

「純、そのコート、いつもとちゃうやん。買ったんか？」

「うん。寒くなってきたし、持ってるコート古かったから」

「ええやん。似合っとるで」

純が照れくさそうに笑った。元恋人と会う前にコートを新調。――あかん。悪い想像が止まらん。強気にならんと。

「純。あれ、来たんちゃう？」

直哉が向かってくるバスを指差した。電光パネルの表示は、東京発大阪行。

「あれだね」

「んじゃ、迎えにいくか」

直哉が軽く腕を回した。やがてバスが近くに停まり、おれたちは少し歩いてバスの前まで移動。すぐにドアが開き、中からぞろぞろと旅行者が現れる。

ハンドバッグを提げたポニーテールの女子が、純を見て大きく目を見開いた。

「安藤くん」

柔らかい微笑みを浮かべ、純がおもむろに口を開いた。

「み――」

「純く――――ん！　ひさびさ――――――！」

女子の後ろから、短髪の男が飛び出して純に抱きついた。

おれも、直哉も、純も、一緒に来た女子も呆気に取られていた。しかし男は全く気にしていない。そのまま右手を純の股間に伸ばし、白昼堂々と揉みしだく。

「溜まってたぶん揉みまくってやる！　この！　この！」

「ちょ！　いきなり何してんの、亮平！」

純と男がもつれ合う。純は股間を揉まれながら半笑いで、心の底から嫌がっているようには見えない。というか、おれと一緒にいる時よりだいぶ楽しそうだ。

――なるほど。

こいつか。

「いい加減に止めてってば！」

「やだー。止めなーい」

「りょうへ――」

純と男の間に、両腕を突っ込む。

そしてグイと二人を別々の方向に押す。純と男が離れたので、すさかず割り込む。そしてぽかんとしている男を睨み、右手をすっと差し出す。

「純のカレシの五十嵐明良っちゅうもんです。よろしく」

男がおれの手を見やった。軽く戸惑いながら、自分の手を重ねる。

「はあ……えっと……高岡亮平っす」

タカオカリョウヘイ。敵の名前を胸に刻み、おれは全力で手を握って離した。どこか腑に落ちない顔で開いた手をぷらぷらさせる高岡の前に、直哉が立つ。

「俺は九重直哉。よろしく。純から聞いとる？」

「聞いてる。純くんのブログによく出てくるゲイの友達が来るって」

純くん。小学生か。これはおれの方が進んでそうやな。まだキス一回しかしとらんけど。それも見舞いの時に不意打ちでやったやつで、合意のキスはゼロやけど。

「そっちの二人は？」

「わたしは三浦紗枝って言います。よろしくお願いします」

「小野雄介。よろ」

ポニーテールの女子と、その隣のタッパの高い男子が挨拶をした。全員の顔合わせが終わり、直哉がパンと手を叩いて場を仕切る。

「じゃ、まだ店とかロクに開いとらんけど、テキトーなとこ案内するわ」

直哉が歩き出し、他の全員がぞろぞろと付いていく構図が出来上がる。おれはとっさに目の前の肩を掴み、声をかけた。

「おい」

高岡が「ん？」と振り返った。おれのことをまるで敵だと認識していない呑気な表情。ガツンと言ってやりたい。でも自己紹介の時の話だと、こいつはクローゼットのはず。すぐ傍にダチもおるし、どこまで言っていいか分からん。

「……純のカレシは、おれやからな」

さっき言ったことを繰り返し、そそくさと高岡から離れる。――とんでもなく変なやつになってしまった。まあ、いい。あいつには伝わったはずだ。お前なんて過去の男だということを、今日一日でたっぷりと分からせてやる。

＊

安藤くんだ。

歩きながら横顔を眺め、現実を改めて確かめる。まだ三ヶ月ぐらいしか経ってないから当然、見た目は何も変わっていない。だけど雰囲気はだいぶ変わったように見える。

もしかして変わったのは、わたしの方かもしれないけれど。

「直哉、どこ行くつもり？」

「お初天神でも行こうや。こんな朝から開いとるとこ神社ぐらいしかないやろ」

「なにそれ。有名な神社なの？」

高岡くんが安藤くんと九重くんの会話に割り込んだ。人見知りゼロ。さすが。

「有名やで。『曾根崎心中』って知っとる？」

「いや、ぜんぜん。純くん知ってる？」

「浄瑠璃でしょ。中学の社会の教科書に出てきたよ。覚えてないの？」

「純くんは中学の時、オレの社会の成績が壊滅的だったの知ってるだろ」

「知ってるけど、逆に壊滅的じゃない科目って何かあったっけ」

「保健体育」

高岡くんがふんぞり返る。呆れる安藤くんの横で、九重くんが愉快そうに笑った。

「なんや自分、ノリええな」

「まあ、オレは純くんの東の相方だから。相方歴ももう十二年だしな」

「十二年⁉」

五十嵐くんがいきなり声を荒げた。そして安藤くんにずいと迫る。

「十二年ってどういうこっちゃ」

「どういうって……幼馴染なだけだよ」

「聞いとらんぞ」

「言う必要ある？」

「おれはお前のカレシやぞ」

「……だから？」

安藤くんがため息をつき、九重くんがやれやれと肩を竦めた。その光景を見て、わたしは以前、電話で安藤くんと交わした会話を思い出す。

――今の彼氏とは仲良くやってるの？

――まあ、そこそこ。

思った通り、釣った魚に餌をやっていないようだ。五十嵐くんもかわいそうに。「お母さんのつもりで接した方がいいよ」とアドバイスしてあげるべきだろうか。

「安藤のやつ、もうずいぶんこっちに馴染んでんのな」

小野くんが独り言のように呟いた。わたしはその呟きを拾う。

「意外？」

「そりゃ意外だろ。三浦は意外じゃねえの？」

「まあ、転校一ヶ月で彼氏つくるとは思ってなかったかな……」

小野くんが「彼氏ねえ」と呟いた。視線の先の安藤くんは、九重くんと何かを話して笑っている。

「なんつーか、安藤って、ああいう感じのやつじゃなかったじゃん」

「そりゃ色々あったし、何にも変わらない方がおかしいでしょ。仲間もできたし」

「ああ、そっか。あいつらも全員そうだったな」

「そうじゃない友達もいるみたいだけどね。まあ何にせよ、良かったと思うよ」

前を歩く安藤くんたちを眺める。「隙あり！」と安藤くんの股間を揉む高岡くん。高岡くんの頭を叩く安藤くん。その光景を笑って見つめる九重くん。そして――

――ん？

わたしは目を細めた。間違いない。五十嵐くんが高岡くんにガンを飛ばしている。それも、目と目が合った瞬間に喧嘩になりそうなレベルで。

高岡くんがこっちにきた。同時に五十嵐くんのガン飛ばしが終わる。何だったんだろう、あれ。困惑するわたしに、高岡くんが機嫌よく語りかけてきた。

「なあ。今から行く神社、恋人の聖地なんだって。三浦は知ってた？」

「知らないけど……ねえ、五十嵐くんに何か変なこと言った？」

「言ってないけど、なんで？」

「めっちゃ睨まれてたから」

「え？　うそ」

高岡くんが五十嵐くんの方を向いた。だけど今は、こちらを見ていない。

「自己紹介しかしてないんだけどなあ」

「じゃあ、前にどこかで会ったことあるとか」

「ないない。初めて見た」

「なんかムカつく顔してたんだろ」

小野くんが口を挟んだ。そんな理由だろうか。高岡くんがそんな人をムカつかせるような顔立ちをしているとは思えない。それに何より、あれは「ムカつく」程度の表現に収まるものではない。はっきりとした敵意があった。

「まあ、いいじゃん。三浦の見間違いかもしんないし」

「ならいいんだけど……」

「それより二人もこいよ。親睦深めないと。ほら」

高岡くんがわたしの手を引っ張り、安藤くんたちに早足で歩み寄る。近寄るわたしたちを見る五十嵐くんの目は、別に普通だ。本当に見間違いだったのだろうか。

「純くん。三浦連れてきたよ」

「いや、連れてきたよって言われても……どうすればいいの？」

「何も考えてない。三浦、何かある？」

「あるわけないでしょ」

丸投げに膨れるわたしに、九重くんが声をかけてきた。

「三浦さん……やっけ？」

「あ、はい。そうです。そちらは確か、九重さんですよね」

「敬語は止めよ。呼び方も『九重くん』とか、『直哉』でもええで」

「おい、こら。人の彼女取ろうとすんなって」

高岡くんがわたしの肩を自分の方に引き寄せた。彼女。改めてそう紹介されると恥ずかしい。縮こまるわたしに向かって、九重くんがひらひらと手を振る。

「いや、俺は女に興味――」

「はあ⁉」

九重くんの言葉を遮り、五十嵐くんが叫んだ。そして目をひん剝いて高岡くんを見る。幽霊とか、妖怪とか、そういう自分の常識の外にあるものを見る目。

「お前、彼女おんの⁉」

「うん。つきあい始めたの最近だけど」

わたしの肩を抱いたまま、高岡くんが安藤くんの方に向き直った。

「つーわけだから、純くん。悪いな」

「……いいよ。終わったことだし」

安藤くんが目線を逸らす。高岡くんが手に力を込める。たぶん、大事な場面。だけどわたしは、また高岡くんにガンを飛ばしている五十嵐くんに気づいてしまい、そっちが気になって安藤くんたちに集中できなかった。

＊

お初天神。正式名称、露天神社は繁華街の中にあった。

浄瑠璃『曾根崎心中』の題材となった事件の現場で、恋愛のパワースポットとして有名な神社らしい。悲恋で終わった心中の現場が恋愛のパワースポットなのは変な気もする。ただ神社側はおみくじを結ぶ場所までハート形にして、「ここは恋人の聖地ですが何か」と売り方を変える気は全くなさそうだった。

参拝をして、境内を歩く。狭いのに至るところに恋愛モチーフのアイテムが配置されているから、なんだかいかがわしいところに来た気分になる。着物の男女が描かれた顔出しパネルを指さし、高岡くんがわたしに話しかけてきた。

「なあ。あれ撮ろうぜ」

わたしは「えー？」と乗り気でない態度を示した。正直、かなり恥ずかしい。だけど高岡くんは食い下がる。

「いいじゃん。せっかく来たんだし、恋人っぽいことしよう」

「恋人っぽいことねえ」

「だってオレら、まだそういうの全くないだろ。不安なんだよ」

不安。らしくない言葉を吐き、高岡くんが周囲を見渡した。そして誰もいないことを確認してから、声を小さくして語る。

「さっき、純くんにつきあってる宣言しただろ。三浦が気づいてたかどうか知らないけど、あれだって、不安の裏返しなんだぞ」

アピールなのは気づいていた。でももっと気になることがあって、そっちに気をとられていた。後ろめたさから、わたしは顔出しパネルにちらりと目をやる。

──仕方ないか。

「分かった。撮ろ」

「よっしゃ！　おーい、小野っちー」

高岡くんが小野くんを呼び、自分のスマホを渡した。そのうちに安藤くんたちも集まり、全員に見られながらの撮影になる。予想通りに恥ずかしい。

「ほい。撮ったぞ」

「あんがと。三浦にも送るな」

高岡くんがスマホを弄(いじ)る。やがてわたしのスマホに写真が届き、わたしは照れに口元を歪(ゆが)めた。その様子を見ていた五十嵐くんが、安藤くんに声をかける。

「なあ、おれらもあれやろうや」

「バカ？」

五十嵐くんが露骨にしょげ返る。──いや、もうちょっと言い方あるでしょ。これだからあの男は。

「いいんじゃない？　安藤くんたちだってカップルなんだし」

助け舟を出す。安藤くんが困ったように眉尻(まゆじり)を下げ、わたしを見やった。

「そう言われても……だいたい、どっちが女側やるの。僕はイヤだよ」

「それは五十嵐くんが引き受けてくれるんじゃないの？」

「え？　おれもイヤやぞ」

「……お前なあ」

九重くんが呆れる。気持ちは分かる。わたしも少し味方して損したと思った。

「自分のやりたくないこと、他人にやらせようとしないで欲しいよね」

淡々と言い放ち、安藤くんが場を離れた。九重くんも安藤くんについていき、それに小野くんと高岡くんも続く。残ったのはわたしと、安藤くんからの好感度がさらに下がった五十嵐くん。フォローを入れて逆効果になってしまった。気まずい。

「なあ。ちょっと聞きたいことあるんやけど、ええか？」

五十嵐くんが声をかけてきた。わたしは「なに？」と答える。

「昔の純のことを知りたくてな。向こうで色々あったんやろ？」

わたしの脳裏に、安藤くんと過ごした日々の出来事がフラッシュバックした。

「……まあね」

「どの辺まで知っとるんや？」

「どの辺っていうか、だいたい知ってるよ」

「そうなん？　あの小野っちゅうのも？」

「わたしよりは知ってること少ないけど……知らないことはない」

「なんや、そんなら隠れとらんやん」

隠れる。謎の言葉に困惑するわたしをよそに、五十嵐くんが一人頷いた。

「そっか。だからおれと純をくっつけようとして、さっきフォローしたんやな」

「え?」

「まあ、不安になんのは分かるわ。お互い頑張っていこうや」

五十嵐くんが親指を立てた。何か慰められているみたいだけど、何で慰められているのか分からない。九重くんが、遠くから五十嵐くんを呼んだ。

「明良ー、はよ来いやー」

「おー。分かったー」

五十嵐くんが駆け出す。——よく分からないけれど、不思議な人だ。わたしはそう結論づけ、どこか腑に落ちない想いを抱えながら、みんなのところに向かった。

2

お初天神を出たおれたちは、梅田を軽く回った後、谷町線で天王寺駅に向かった。駅のすぐ傍にある日本一高いビル「あべのハルカス」に入る。目的地は十七階のカフェだ。モーニングに行こうという話になり、通天閣や新世界に行くためにこっち方面に来る予定があったので、どうせならということでここが選ばれた。

おれと直哉、純と三浦、高岡と小野の組み合わせで窓際の二人席を三つ確保。できればおれと純が向かい合いたかったが、高岡と引き離せただけよしとする。おれの隣にいる純のさらに隣が、高岡ではなく小野なのも大きい。

「やだー、かわいいー」

三浦があべのハルカスのマスコット「あべのべあ」柄のパンケーキをスマホで撮影する。空をイメージした、雲の模様が描かれた青い熊のキャラクター。確か姉ちゃんも好きだったけれど、そんなにかわいいだろうか。いまいちピンとこない。

「三浦さん、そういうの興味あるの？」

純が驚いたように声を上げた。三浦がむっと顔をしかめる。

「安藤くん、わたしのことBL以外全く興味のない女だって思ってない？」

「……思ってるかも」

「あのねえ」

「なんや。自分、腐女子やったんか」

直哉が口を挟んだ。三浦がぱちくりと目を瞬(まばた)かせ、純を見やる。

「言ってないの？」

「言ってない。言っといた方が良かった？」

「別にいいけど……じゃあ転校前のことはほとんど何も言ってないんだ」

「うん」

意味深なやりとり。以前、文化祭のステージで告白されるよりすごいことがあったと言っていた純を思い出す。あの時は無理に聞かないでおいたけれど、こうなると気になって仕方がない。せめて高岡が関わっているかどうかぐらいは知りたい。

「なあ。それって、おれに告られるよりすごいことされたっちゅうあれか？」

横から口を挟む。純が困ったように視線を泳がせた。

「うん、まあ、それもある」

言葉を濁す純を見つつ、横目で対角線上に座る高岡を観察する。反応なし。知っているのか知らないのか、いまいち分からない。ならば——

「悪い。知らんやつもおるのに、ここで聞くことやなかったな」

謝りながら、さっきより露骨に高岡を見やる。狙い通り、モーニングセットのオレンジジュースを飲みながら、高岡が動いた。

「オレならガッツリ当事者だから、全然オッケーだぞ」

ガッツリ当事者。

なんや。何をしたんや、こいつ。おれのあれよりすごいことなんて、もう公開セックスぐらいしか思い浮かばんぞ。分からん。

「小野っちもゴリゴリに関わってるしな」

「ゴリゴリってほどでもねえだろ」

「いや、ゴリゴリだって。小野っちが最後決めたようなもんじゃん」

さらに当事者が増えた。もういい。聞いてしまえ。

「まあ、その話はええやろ。それより、この後どうするか決めようや」

おれの言葉を遮り、直哉が前に出た。――よくないわ。勝手に仕切んな。

「まず、ここの展望台に行くか行かないか決めたいんやけど、どうする？」

「いくらぐらいかかるんだ？」

「一五〇〇円」

「一五〇〇かー、悩ましいな」

悩む高岡に、直哉がさらに言葉を足した。

「値段もやけど、俺らこれから通天閣行くやろ。そんで通天閣はすぐそこやから、こっちもあっちも上ると、高いとこ二回上って似たような景色見るっちゅうマヌケなことになんのよ。ここの展望台から通天閣は見下ろせるしな」

「つーことは高いのはこっちか。じゃ、こっち上った方がいいのかな」

「でも通天閣上らないと、オオサカ・ディビジョンに来た感じしないよね」

三浦が口を挟んだ。直哉が黙る小野に声をかける。

「小野クンはどうや。どっちがええ？」

「……俺は、別にどっちでも」

「あー、小野っちに聞いてもダメ。高所恐怖症だから。今だって景色見てないだろ」

「そうなん？　口数少ないなとは思っとったけど」

「なあ――」

「高所恐怖症ってほどでもねえよ」

「嘘こけ。この席がもうちょっと窓に寄ってたら泣いてただろ」

「泣くか！　そんな無理ならまず来ねえよ！」

小野が声を荒げた。直哉が、高岡が、三浦が、そして純が楽しそうに笑う。おれは面白くないから笑わない。冗談の質ではなく、純が高岡の冗談で笑っていることが面白くない。おれの前ではそんな笑い方しないくせに。

「ちょっとトイレ行ってくる」

純が席を離れた。チャンスだ。おれもしばらく待ってから、同じようにトイレに行くと言い残して席を離れる。早足で店を出てフロアを歩くと、狙い通り、トイレから出てくる純と鉢合わせた。

「純」

声をかける。純が足を止め、めんどくさそうに言葉を返してきた。

「なに？」

「さっきの転校前にされたすごいことっちゅうの、教えてくれ」

「なんで」

「なんでって……おれはお前の」

「カレシやぞ？」

読まれた。純がふうと疲れたように息を吐く。

「秘密って言ったんだから、こっちが言いたくなるまで待ってよ」

「おれも待つつもりやったわ。でも今は事情がちゃう。前につきあってたやつと目の前でベタベタされたら、おれだって不安になるやろ」

純の眉が動いた。警戒の素振り。声も少し硬くなる。

「それ、誰から聞いた？」

「聞いたっちゅうか、直哉がお前の反応とか見て、そうやないかって」

「……鋭いからなあ、直哉」

純がカフェの方を見やった。それからおれに向き直り、大きく口を開く。

「そういうことならはっきり言うよ。明良が心配するようなことは絶対にない。もうどっちも新カップル成立してるんだし、今さら元鞘に戻るわけないでしょ」

「でも前のと今のとは、なんちゅうか、おつきあいの意味がちゃうやろ」

「……そこまで分かってて、何でヨリ戻すかもって思うの？」

「甘いもんは別腹みたいなんがあるかな、と」

「あるわけないだろ」

珍しい、乱雑な言葉遣い。苛立ちがかなりのところまで来ている。

「とにかく僕の『カレシ』なんでしょ。だったら僕のことを信用してよ」

「分かった。でも、一つだけええか？」

「なに」

「ヨリは戻さんでも嫉妬はするやろ。その辺ちょい意識して貰えんかなと……」

純の目が鋭く尖った。あ、ヤバい。身を引くおれに、冷たい声がぶつけられる。

「『カレシ』、止めるよ?」

純がおれの横を抜け、カフェに戻る。一刻も早くおれから離れたそうな早足。おれは肩を落とし、純とは対照的に、のろのろとした足取りでトイレに向かった。

*

あべのハルカスと通天閣。論争の末に勝ったのは、通天閣だった。

決め手になったのは高岡の「高さだけならスカイツリーが一番だぞ」という発言。冷静に考えるとどうしてそれが決め手になるのか謎だけど、そこはもう流れとしか言いようがない。とにかくその場はそれで話がまとまった。世の中そんなものだ。

方針が決まり、おれたちは通天閣のふもとに広がる商店街、新世界へ向かった。昭和の匂いを色濃く残した、地元民のおれでさえコテコテすぎて若干引く街並みが特徴的な商店街。観光需要に応えたコテコテ感の演出もあり、歩いているといきなり射的場が現れたりする、カオスな風景が出来上がっている。

そしてどうもそういうのが、あいつのツボらしい。

「すげー! こんなとこに射的場かよ!」

射的場を指さし、高岡が歓喜の声を上げた。新世界に入ってから高岡のテンションがやたら高い。面白いものを見つけるとすぐ「純くん、あれ！」と純に話しかけるので、おれはとても気に喰わない。彼女の方にいけや、ハゲ。ハゲとらんけど。

「純くん、射的やろうぜ。よく一緒にやっただろ」

「小学生の頃の話でしょ」

「だからあの頃を思い出そうってこと。スペシャルサンダーショット撃とう」

「それは撃たない」

純と高岡が射的場に向かう。なんや、スペシャルサンダーショットって。よう分からん大昔の話を引っ張ってきて、当てつけか。腹立つ。

三浦は、わいわいやる純と高岡をどこか呆れたように眺めていた。余裕ぶってる場合ちゃうやろ。おれは三浦に歩み寄り、高岡たちを指さして声をかける。

「あれ、止めんでええのか？　彼女なのにハブられとんぞ」

「そう言われても……射的あんまり興味ないから」

「射的だけやなくて、さっきからずっとやろ」

「でも、ここ、仲の良い友達同士でワイワイ楽しむ雰囲気だし」

「だから、その友達がいつ恋人に変わるか分からんっちゅう話をしとるんや」

返事が、ぷつりと途切れた。

三浦が呆然とおれを見やる。今さら事の重大さに気づいたようだ。女子だし、そういうのには敏感な方だと思っていたけれど、案外鈍いやつなのかもしれない。

「あのな、あまり知らんやろうけど、ゲイ界隈って倫理観がぶっとんでるとこあんのよ。BLとはちゃうんや」

「……それは一応、知ってるけど」

「なら危機感覚えようや。こっちの彼氏とそっちの彼氏で、いつ元鞘に戻るか分かったもんやないで」

「……元鞘？」

「おれは、純は信用できても、高岡は信用できん。だからここは協力して——」

射的場の方に視線をやり、おれは言葉を失った。的に向かってライフル銃を構える純を、高岡が後ろから抱いている。格好だけ見たら完全にヤってる最中。「これ入ってるよね？」というやつだ。

「何しとんねん！」

ズカズカと射的場に歩み寄る。純と高岡が合体したまま——してないけど——おれの方を向いた。高岡に抱き付かれた純が、おれの質問に答える。

「何って、射的だけど」

「そうやなくて、その体勢！」

「えっと……亮平、恥ずかしいから代わりに説明して」

「スペシャルサンダーショット。オレらがガキの時に縁日の射的で開発した、二人分のパワーを銃弾に乗せて放つ必殺技だ」

「乗るか！　ちゅうか、サンダーどっから来た！」

「なんでだっけ。純くん、覚えてる？」

「技名は亮平がいきなり言い出して、最初からサンダーだったよ」

「オレ的にイケてるワードだったんだろうなー。なんか分かんないけど、これやるとやたら上手くいったんだよな。それで定番化して」

「僕はいつも嫌がったけどね」

「でもいつもやってくれただろ。今みたいに」

純と高岡が懐かしそうに笑う。だから、おれの分からん思い出を語って、おれの入り込めん空気を作るな。幼馴染だからって調子に乗りおって。

――そうや。

「んじゃ、今日はおれが純とスペシャルサンダーショットやるわ」

高岡が「え？」と間抜けな声を上げた。おれは胸を張ってふんぞり返る。

「おれは純のカレシやからな。ラブラブパワー、がっつり乗せたる」

「はあ……まあ、やりたいならいいけど……」

パンッ！

甲高い炸裂音が、おれたちの会話と商店街の雑音を切り裂いた。面食らって黙るおれと向き合い、ライフル銃を抱えた純が涼しげに言い放つ。

「外した」

純がライフル銃を射的場の台に置いた。そして「行こ」と高岡に声をかけ、二人で立ち去る。外したというか、明らかに当てる気がなかった。終わらせるための一発。そんなにおれとスペシャルサンダーショットしたくないんか。へこむ。

おれは射的場を離れた。そしてじっとこちらを観察する三浦に話しかける。

「分かったやろ。油断しとる場合やないで」

三浦が俯き、顎に手を当てて考え込み出した。やがておもむろに顔を上げ、おれに向かって告げる。

「ごめん。状況整理したいから、もう少し情報集めさせて」

三浦がおれから離れる。今さら情報収集やっとる場合か。やっぱり、おれがどうにかせな。おれは拳を握りしめ、決意を新たに強く足を踏み出した。

*

どうなっているかは分かる。

五十嵐くんが、安藤くんと高岡くんがつきあっていたと勘違いしている。そして安藤くんとベタベタする高岡くんに敵意を向けている。出会ってすぐ高岡くんにガンをつけていたのはそういう理由で、神社でわたしにエールを送ったのはわたしも高岡くんを安藤くんに取られかねない被害者だから。そこまでは簡単だ。

だけど、どうしてそうなったのかが分からない。安藤くんは五十嵐くんたちに転校前のことをほとんど話していないらしいから、勝手に妄想したのだろう。でも、わたしのように男二人を脳内で勝手にくっつけてしまう癖でもない限り、妄想にだって下地があるはずだ。その事情が分かるまで、迂闊なことは言えない。

「純くんの家はどれ？」

「さすがに見えないって」

安藤くんと高岡くんが、通天閣の展望台から仲睦ましげに景色を眺める。そして五十嵐くんがそれを少し離れたところからにらんでいる。今日ここまでずっとこうだったのだろう。一歩引いたところから見たら、こんなことになっていたとは。

「小野っちも、せっかく来たんだから景色見ようぜ。ほら」

「バカ！　止めろ！　押すな！」

高岡くんが小野くんをガラスに押し付け、安藤くんが少し二人から離れた。チャンスだ。わたしは安藤くんに歩み寄り、声を潜めて話しかける。

「安藤くん、ちょっと話したいことあるんだけど、いい？」

「何？」

「えっと……まず二人きりになりたいから場所変えたいんだけど」

じゃれあう高岡くんたちを見やる。安藤くんの声がくぐもった。

「いいけど、さくっと終わる？」

「どうして？」

「明良が、僕と三浦さんがつきあってたことを知ってたみたいでさ。仲良くしてると嫉妬するって言われたんだよね。だからさっきからなるべく、三浦さんじゃなくて亮平とかと絡むようにしてるんだけど……」

——すごい。なんでそうなったのか謎だけど、配慮が見事に空ぶっている。

「たぶんそれ、違うと思う」

「違う？　どういうこと？」

「その辺の話をしたいの。ちょっと来て」

わたしは安藤くんを誘い、高岡くんたちから離れた。そのまま展望台を半周して逆サイドに到達。この辺でいいだろうと話を切り出す。

「あのね、落ち着いて聞いて欲しいんだけど」

「うん」

「五十嵐くんが、安藤くんと高岡くんが昔つきあってたって勘違いしてる」

安藤くんが眉間に思いっきり皺を寄せた。そんな「なに言ってんの？」みたいな顔しないで欲しい。わたしが勘違いしてるわけじゃないんだから。

「実は——」

わたしが見聞きしたことを話す。安藤くんが額に手をやり、首を軽く振った。

「なんでそうなるの？」

「知らない。逆に、安藤くんは何か知らないの？」

「明良は直哉から、今日、僕の元恋人が来るって聞いたらしいけど……」

　安藤くんが展望台をぐるりと見渡した。そして少し離れた場所で、一人景色を眺めている九重くんの上で視線を止める。

「聞きにいこう」

　二人で九重くんのところに向かう。情報収集をして謎を解くアドベンチャーゲームみたいだ。そしてだんだんと、真相に迫っている感じがする。

「直哉。聞きたいことがあるんだけど」

「なんや？」

「今日、僕が東京でつきあってた相手が来るって明良に言った？」

「ん？　ああ、そういや言ったな。忘れとった」

「それ、どういう風に言ったの？」

「今日の話が出た時、俺は『あっちでつきあってたやつとか来んの？』って聞いたやろ。そん時の純の反応がおかしかったから、来るんちゃうかって煽ったただけ」

「……なるほど」

　安藤くんが小さく頷いた。九重くんが不思議そうに尋ねる。

「どした？　何かあったん？」

「いや、直哉の勘は正解で、実際に来てるんだよね」

「マジか。じゃあ、あの高岡っちゅうやつやろ」

「違う。この子」

安藤くんがわたしの肩に手を置いた。背筋にピリッと電流が走る。

「は？　女やん」

「だから、そういう人間のフリしてたんだよ」

「でも彼氏おったんやろ。自己紹介でそう言ってたって聞いたぞ」

「……まあ、裏ではね」

「はー、大人しそうな顔してやることしっかりやっとんのな。見直したわ」

そこは見損なうべきではないだろうか。現実のゲイはBLと違って倫理観がぶっとんでいるという五十嵐くんの言葉を思い出す。まあ、五十嵐くんが知らないだけで、BLもたいがいぶっとんでるんだけど。

「読めたわ。あのアホ、高岡っちゅうのとつきあってたと勘違いしとるやろ」

「そうみたい。それで一人で暴走してるんだよね、あのアホ」

もはや名前すら呼ばれない。かわいそうに。でも、これで誤解は解けるし、五十嵐くんもやきもきしないで良くなる——

「んで、どうすんや」

「放っといていいんじゃない？」

——え？

待って。それはさすがに扱いが雑すぎると思う。釣った魚に餌をやらないまではまだしも、毒やる必要はないでしょ。

「わたしは教えてあげた方がいいと思うけど」

「でもそうしたら、嫉妬のターゲットが三浦さんに移るかもよ」

予想外の反論が来た。答えあぐねている間に、安藤くんが滔々と語る。

「昔の恋人を勘違いしてるとか、実はどうでもいいんだよね。僕がもし本当に亮平とつきあっていたとしても、別れた後まであれこれ言われる筋合いはない。僕としてはむしろ放っておいて、明良が僕をどこまで信じられるか試してみたいかな」

「せやな。全部あのアホがアホなんが悪い。放っとこうや。そっちのがおもろいし」

九重くんがうんうんと頷いた。どうしよう。わけのわからない話が、わけのわからない方向でまとまりつつある。

「何の話しとるんや？」

アホ。

——じゃなくて、五十嵐くん。九重くんがいけしゃあしゃあと答える。

「そろそろ昼やし、なに食おっかって」

「新世界来とるんやし、串カツでええんちゃう。ご当地感あるやろ」

「そやな。純と三浦サンもそれでええか？」

「僕はいいよ」

「……わたしも大丈夫」

「オッケー。高岡クンらにも聞いてみようや」

九重くんの先導で歩き出す。歩きながら五十嵐くんを観察し、高岡くんが視界に入った途端に顔をしかめていることに気付く。今すぐ全てをぶちまけてしまいたい衝動に駆られ、わたしはそれを誤魔化すように、五十嵐くんから視線を逸らした。

＊

通天閣を下りて、九重くんの選んだ新世界の串カツ屋に向かう。

串カツ屋の六人席には、大阪組と東京組に分かれて座った。大阪組は奥から安藤くん、五十嵐くん、九重くん。東京組は奥から高岡くん、わたし、小野くん。五十嵐くんは食事中ずっと高岡くんに敵意を飛ばしまくっており、わたしは真正面からそれを見せつけられる羽目になった。気まずい。

「亮平、すごい食べるね」

「だってうまいから。大阪いいとこだな。ちょくちょく来たいわ」

五十嵐くんが高岡くんをじろりと睨んだ。「来るな」というメッセージがわたしにビシビシと伝わる。しかし、肝心の高岡くんには全く伝わらない。

「ところで次どこ行くの？　道頓堀とか？」

「さあ……直哉、どうするつもり？」

「大阪城の予定。城は夕方すぎると入れんから、行くなら今のうちやろ」

「いいじゃん。行きたい」

「僕もいいと思う。色々考えてくれてありがとう、直哉」

安藤くんが九重くんに頭を下げた。自分越しに届けられた感謝を前に、五十嵐くんの不快指数が分かりやすく上がる。九重くんにはああいう態度を取れるのに、なぜ五十嵐くんへの態度はああなのか。もはやどっちが恋人なのか分からない。

——なんだかなあ。

アスパラの串カツにソースをつけ、口へ運ぶ。安藤くんがぎんなんの串カツを手に取った。わたしの隣から、高岡くんが安藤くんに声をかける。

「純くん、それ一口ちょーだい」

高岡くんが、安藤くんに向かって「あーん」と口を開けた。

高岡くんは誰にでもこういうことをする。小野くんとも昼休みにやっているし、昔のわたしはそれを見てよくBL星にワープしていた。だからわたしはこれが単なる日常風景で、取るに足らない出来事だということを知っている。わたしは。

安藤くんが串カツの先を高岡くんの口に入れた。高岡くんが歯でぎんなんを一つ串から抜き取り、美味しそうにもぐもぐと嚙みしめる。五十嵐くんは——

——うわあ。

もうガンをつけているという表現すら生温い。目からビームを発射して高岡くんを焼き殺そうとしている感じだ。視線で喧嘩を売るのではなく、視線を用いた喧嘩がもう始まっている。

「うまーい」

五十嵐くんが、テーブルに手をついて立ち上がった。

全員が五十嵐くんに注目する中、五十嵐くんは高岡くんに焦点を合わせていた。そして伸ばしたひとさし指を高岡くんの額につきつけ、大声で叫ぶ。

「決闘や!!」

頭を抱えてうずくまりたくなった。共感性羞恥というやつだろうか。

「あてつけもええ加減にせえよ！　ちんこ揉むわ、後ろから抱き付くわ、食いもんあーんするわ、こっちも我慢の限界やぞ！」

改めて列挙されると、あてつけと思われても仕方ないことをしている。わたしは誤解を解こうと五十嵐くんに話しかけた。

「あのね、いが……」

「そのあてつけ、受けたるわ！　おれと勝負せえ！　そんで負けたら純と距離取れや！　白黒はっきりつけたる！」

聞いちゃいない。まあでも、放っておけば高岡くんが誤解を解いてくれるだろう。余計なことをしないで、流れに任せれば――

「いいぜ」

――はい？

「勝負してやる。代わりにオレが勝ったら、もうオレと純くんの関係に文句つけんじゃねえぞ。伊達に十二年も相方やってたわけじゃねえってところ、見せてやる」

――そうか。高岡くん、「勝負」とか「決闘」とか好きなんだ。子どもっぽい嗜好と異常なノリの良さのせいで、話が止まるべきところで止まらなかった。

わたしは安藤くんと九重くんを見やった。二人とも我関せずといった風に黙々と串カツを食べている。なんて薄情な。ここにもストッパーは期待できない。

「で、何で勝負するよ。さっきの射的でもやるか？」

「これから大阪城行くんやろ。そこの公園でマラソンとかどうや」

「いいんじゃねえの。受けて立つぜ」

――もう、いいや。

一人で気を揉んでいることが馬鹿らしくなって、わたしも考えるのを止めた。深刻なツッコミ不足の中、小野くんがうずらの卵の串カツを食べながら、わたしの心情を代弁する一言をボソリと呟く。

「なにやってんだこいつら」

＊

ピリピリした雰囲気の中、わたしたちは串カツ屋を出た。

といってもピリピリしているのは五十嵐くんだけだ。安藤くんと九重くんは冷ややかだし、高岡くんは「足が鳴るぜ」とか言って上機嫌だし、小野くんはどうでもよさそうだし、わたしも正直どうでもいい。ピリピリしているのは一人がピリピリすると全体がピリピリするというだけで、事態は五十嵐くんの一人相撲でしかない。

「三浦」

駅に向かって歩いている途中、高岡くんが話しかけてきた。わたしが「なに？」と答えると、前を行く五十嵐くんを指さして質問を投げてくる。

「あいつさ、オレと純くんがつきあってたって勘違いしてない？」

言葉を失う。失ったことで逆に言葉が届き、高岡くんが大きく頷いた。

「だと思ったわ。ただの幼馴染にあんな喧嘩の売り方しないよな」

「分かってて乗っかったんだ。なんで？」

「そっちの方が面白いかなと思って」

――かわいそうに。わたしは五十嵐くんの背中に、同情に満ちた視線を送った。

「それにあいつだって、きちんとやりあってすっきりした方がいいだろ」

「そうかなあ」

「だって誤解が解けたって、オレと純くんがベタベタするのは変わらないじゃん。嫉妬も許されなくなったら逆にストレス溜まるんじゃね」

「ベタベタしない選択肢はないの？」

「それはオレのストレスが溜まるから無理」

高岡くんが強く首を横に振った。そこはどうしても譲れないらしい。

「三浦だって、あいつが勘違いしてるの知ってるのに黙ってただろ」

「わたしは安藤くんと九重くんに相談したもん。そうしたらその二人に黙ってようって提案されたから、横から口出すのもアレだなと思って黙ってるだけで」

「純くんが？」

「五十嵐くんが自分を信じて嫉妬を抑えるかどうか、試してみたいんだって」

「じゃあ、今のところ0点じゃん」

「……まあね」

安藤くんに視線を移す。今、安藤くんの中で五十嵐くんの評価は、おそらく地の底まで落ちているはずだ。そうでなければ試してみたいなんて言い出さない。

「やべえな。それじゃあ、なんとか点数上げてやらねえと」

高岡くんが意気込みを見せた。意外な反応に、わたしは驚く。

「五十嵐くんのこと、真面目に応援してるんだ」

「だってあいつ、純くんのこと、ちゃんと好きだから」

ちゃんと好き。かつてわたしが、わたしたちが悩みぬいた気持ち。

「オレ、ぶっちゃけ純くんの転校、不安だったんだよね。つきあう側が深読みしてやらないと、純くんの良さって分からないだろ」

確かに、それはそうかもしれない。わたしもかなり深読みした。考えていることを言わないから、何を考えているか考えてあげる必要がある。

「実はけっこー自己中だし」

「分かる。しかも無自覚なんだよね」

「頼めばつきあってくれるけど、自主的に何かしてくれることはあんまないしな」

話が盛り上がる。声の大きさが気になり、安藤くんを確認する。聞こえているかどうかは分からないけれど、少なくともこっちを見てはいない。

「ま、だから大丈夫かなって思ってたの。でも蓋開けたら友達どころか彼氏まで作って、その彼氏は純くんのことめっちゃ好きで、なんか——」

手を頭の後ろに回し、青空を見上げながら、高岡くんが口元を綻ばせた。

「見る目あるじゃんって思った」

嬉しそうな表情。その顔のまま親指を立て、前方の五十嵐くんを示す。

「そういうわけで、応援してやりたいの。決闘も上手いこと、河原で殴り合った後に友情が芽生えるみたいな感じに持っていくつもり。まあ、あいつ次第だけど」

高岡くんが照れくさそうに頬を掻いた。わたしは安藤くんと五十嵐くんを交互に見やる。そして合流した直後の小野くんの言葉を思い出し、考え込む。

――安藤って、ああいう感じのやつじゃなかったじゃん。

周りに見る目があるだけではない。安藤くん自身も、一人よがりだった過去の自分と決別しようとしている。その原因がわたしや高岡くんや小野くんで、その結果が五十嵐くんや九重くん。

失わせたくない。

「あのさ」

わたしは喉を絞り、真剣な声色を作った。

「頼みたいことがあるんだけど」

3

足の速さには、自信がある。

運動会の徒競走は一番以外取ったことはない。中高のマラソン大会でもトップランカー。クラスメイトの陸上部のやつから「うちでも上を狙える」とスカウトを受けたこともある。おかげで小学生の頃はやたらとモテた。なお学年が上がり、頭の良さが重視されるようになってきて、分かりやすく失墜した。

大阪城公園の噴水の縁に腰かけ、直哉からマラソンコースの説明を受けている高岡をにらむ。あの激しすぎるスキンシップは、間違いなくわざとだ。ならば懲らしめる必要がある。意図的にやっている以上、潰さなくてはならないのだ。

「コース分かった?」

「あの道から出て、道なりに走って、突き当たったら左だろ?」

「そや。シンプルやろ。じゃ、スタートすっか」

「ちょっと待って。その前に――」

高岡が、おれと同じように噴水の縁に座っている純に声をかけた。

「純くんは、三浦と一緒にどっか別のところで待っててくれない?」

「どうして?」

「勝った方が迎えにいく、みたいな演出が欲しいなと思って。ほら、この場合、純くんがピーチ姫で、オレがマリオ、五十嵐がルイージみたいなもんだし」

「ピーチ姫ってマリオとルイージで取り合いするものじゃなくない?」

純がツッコミを入れた。おれはおれがルイージなことにツッコミを入れたい。

「ところで、なんで三浦さんも?」

「三浦も行くっていうか、小野っちと九重にはオレたちのセコンドとして残ってもらいたいんだよね。審判は必要だし、それぞれについてた方がいいだろ」

「そやな。俺はええで。明良のセコンドするわ」

直哉が同意を返した。高岡が「サンキュー」と感謝を示し、小野の方を見やる。

「小野っちもいいだろ。走るわけじゃないし」

「……別にいいけど」

話が勝手に仕切られていく。何かの策だろうか。おれは顎に手を当て、純を切り離し、セコンドを用意することによって高岡に生まれるメリットを考える。

「でもどっか別のところって言われても、どこ行けばいいのか……」

「この『太陽の広場』ってところでいいんじゃない？　とりあえず、行こ」

三浦が自分のスマホを見ながら、純を引っ張って歩き出した。いよいよだ。思考を中断し、スニーカーの爪先で地面を叩くおれに、小野が話しかけてくる。

「なあ。お前、マジでマラソン勝負するの？」

「なんか不満か？」

「不満っつーか……止めた方がいいんじゃねえかなと思って」

「どういうこっちゃ」

「見りゃ分かるよ。おーい、りょーへー」

小野がストレッチをしている高岡を呼んだ。高岡が「なーにー」と呑気に応えながらこちらに歩み寄ってくる。

「お前、ちょっとあの辺からその辺まで、全速力で走ってみ」

「なんで？」

「いいから」

「分かった。じゃあ、これ持ってて」

高岡が上着を脱ぎ、小野に手渡した。ニットのセーターにデニムという軽装になった高岡が、小野に指定された「あの辺」まで歩く。

「この辺でいいー？」

「いーぞー。じゃあ、俺の合図でスタートな。よーい……ドン！」

チョロQ。

手のひらサイズの自動車をぜんまいで動かす玩具の走りが、走る高岡の姿に重なった。いくらなんでも初速が速すぎる。文字通りのロケットスタートだ。

人が走るスピードはストライドとピッチの掛け算で決まり、どちらを重視するかでストライド走法とピッチ走法に分かれる。高岡の場合は――分からない。ストライドは長いし、ピッチも速いからだ。少なくともおれの目には、両方のいいとこ取りをした完璧な足さばきに見える。

高岡が「その辺」に着いた。チョロQと違って最後まで減速せず、むしろ最後はさらに加速していた。ポカンと呆ける俺の耳に、小野の呟きが届く。

「あいつ、足クソはええんだよ。バカだから」

「バカならうちの明良も負けてへんで。なあ？」

直哉がおれの肩にポンと手を乗せた。おれは無言でこくりと頷く。確かに色々とバカだったかもしれない。素直にそう思った。

＊

マラソンのスタート地点に、おれと高岡の二人で並ぶ。

両サイドには、おれたちの上着を持った直哉と小野がいる。ついでにその辺を歩いているやつらが「何あれ」という風におれたちを見ている。おれはこれから進む先を見据え、爆速で走る自分の姿をイメージし、心の準備を整える。

高岡の足が速いのは分かった。バスケ部だという話も聞いた。だが勝負はマラソンだ。大事なのはトップスピードより持久力。瞬間的な速度が要求されるバスケットボールとの相性は、決していいとは言えない。

勝ち目はある。勝てる。勝つ。負けるわけがない——

「んじゃ、行くぞ。位置についてー」

直哉の合図と共に、おれは腰を落として足のバネに力を溜める。同じ体勢を取った高岡が、前を向いたまま「五十嵐」とおれに話しかけてきた。

「よーい……」

「なんや」

「オレ、勝ったら純くんに告るから」

「ドン！」

高岡の背中が、すさまじい勢いで遠ざかっていった。

おれも慌ててスタートを切る。高岡との距離は縮まらないが、最初の遅れ以上に離されることもない。これでいい。序盤はこれをキープ。高岡だって終盤になれば体力に陰りが見えるはずだ。そこを突く。

石畳にスニーカーの底をぶつけ、冷たい風を突っ切って走る。やがて進む先に大阪城が見えた。まだ前を行く高岡のペースに乱れはない。そして、おれは——

——キッツ……。

脇腹にしくしくと痛みが走る。気道を抜ける息に、砂を吐いているようなざらつきが混じる。普通に走っていればこの程度でこんな風になることはない。でもこうなっている理由は簡単。普通に走っていないからだ。単純に高岡が速すぎる。

残りのコースも短い。そろそろ差を縮めないと逆転の目がなくなる。おれのその焦りを察したように、高岡がいきなり大きくペースを落とした。

——来た！

内ももに力を入れ、ストライドを広げる。ピンと張っているゴムが引き伸ばされてちぎれるイメージが脳裏に走る。それでも速度を落とさず、高岡の背中に迫る。

高岡の横に並んだ。ぜえぜえと息を吐きながら、走る高岡を見やる。額に汗をかいて頬を上気させながらも、激しく息を乱してはいない。おかしい。明らかにペースは落ちているのに。こいつ、もしかして――

高岡が、走りながらおれの方を向いた。

「大丈夫か？」

――この野郎。

思った通りだ。こいつ、わざとおれに追いつかせた。おれを煽るために。

「無理すんなって。すげえ顔になってるじゃん」

「無理……しとらん……わ」

「しゃべるな。死ぬぞ」

「アホ……か……」

「なんでそんな必死なんだよ。まだ純くんと出会って三ヶ月とかだろ」

火照る脳みそに、高岡のやけに冷静な声がすっと入り込む。

「お前、なんで純くんのこと好きなの？」

純を好きな理由。

そういえば、なんでだろう。よく考えてみたら、いい思い出はほとんどない。告る前も告った後も険悪だ。見舞いに来た純を襲い、頭突きから鳩尾にストレートを喰らったことは今も記憶に新しい。

たぶん、無理やり分類するなら「一目惚れ」なのだろう。堂々と自分を語る純から目を離せなかった。輝きに目を惹かれ、眩しすぎて目が痛いと文句をつけ、好意と悪意が混濁し、悪意が消えて好意が残った。その結果が今だ。きっと少し間違えていたら、おれが先陣を切って純をいじめるような、そういう展開だってあった。

そんなおれが、純のために必死になる理由があるだろうか？

「こっちは十二年だぞ。お前の……えっと十二を三で割って十二倍だから……四十八倍だ。いいだろ。諦めろよ」

十二年。おれの四十八倍。それだけ想いを重ねてきた高岡に、突っかかる権利がおれにあるのだろうか？

「今もムキになってるだけで、言うほど好きでもないいんだろ」

おれは、大きく息を吸った。

「やかましいわ!!」

石畳を強く蹴る。

反動で身体を前に飛ばす。乳酸を蓄積した足に負荷がかかり、つんのめって転びそうになるのを懸命にこらえる。今は、今だけは、絶対に転んではいけない。

知るか。

好きになった理由とか、出会ってからの年月とか、そんなものはどうでもいい。大事なのはおれだ。今ここで走っているおれだ。おれが負けたくないと思っている。それ以上に優先させるべきものなんて、あるわけがない。

昔のおれなら、もっと考え込んでいたかもしれない。自分の性に捉われ、振り回されていた、昔のおれだったら。でもおれは変わった。自分にできることをやろうと思えるようになった。そういう風におれを変えたのは、純だ。

なら、ここで余計なこと考えてたら、純に失礼ってもんやろが。

「っしゃあああああああああ！」

機関車が煙を吐くように、叫び声を上げる。狭まる視界の端に、直哉と小野の姿が見えた。あの二人の間がゴールライン。高岡は――

――いい。

考えない。

おれは、おれのスピードでゴールラインを割るだけだ。

足を踏ん張る。体幹を整える。速く走る。それ以外の全ての思考を捨て去り、頭の中を真っ白にする。

「ゴ――――ル！」

直哉のコールが、寒空に響いた。

＊

足を止め、地面に崩れ落ちる。

両手を石畳につき、肩で息をして呼吸を整える。こんなにも体力を使ったのは久しぶりだ。生まれたての仔鹿のように、全身ががくがく震えて力が入らない。

「お疲れさん」

頭上から直哉の声が降ってきた。おれは途切れ途切れに言葉を繫ぐ。

「どっち……勝った……」

「ああ、それな。分からん」

──は？

「ほとんど同時で、判別つかんの。なー、小野クンはどっち勝ったと思う？」

「そっちでいいんじゃねえの？　なんかそんな気がしたわ」

「そうか？　俺は高岡クンが勝ったと思うけどなあ」

ふざけんな。お前はおれのセコンドやろ。味方しろ、ボケ。

「しゃーない。もう一回やっか」

「お前……ええ加減に……」

「負けでいい」

高岡の声が、おれ自身の荒い呼吸音を貫いて、おれの耳に届いた。

「オレの負けでいいよ。もう走りたくないし」

「そうなん？　高岡クンはまだ走れそうやけど」

「無理。つーか、そいつ、勝つまでやるタイプでしょ。勘弁だわ」

高岡がひらひらと手を振った。それからおれのところまで来て、右手を差し出す。

「ナイスファイト」

——偉そうに。まあ、ええわ。お前も純の大事なやつには変わらんからな。

「どーも」

石畳に尻をつけて座り直し、おれは差し出された手を握った。高岡がへへっと人懐っこい笑みを浮かべ、おれの隣に腰を下ろす。

「なあ。結局、お前、純くんのことなんで好きなの？」

勝負中にも聞かれた質問。おれは口を尖らせ、吐き捨てるように答えた。

「なんでもええやろ。好きだから好きなんや」

「究極的にはそうだけど、なんかあるじゃん。顔とか身体とか？」

「アホか。それでええならもっと手頃なとこいくわ」

「じゃあ何でつきあってんだよ」

なぜ好きなのかではなく、なぜつきあっているのかなら少しは言語化できる。おれは後ろに手をつき、上体を反らして、青空を見上げながら口を開いた。

「放っとけんからや」

冷たい風が、汗ばむ身体を撫でた。目を細め、空に思い出を浮かべる。

「おれ、最初は純とむっちゃ仲悪かったんや」

「そうなの？　なんで？」

「おれがガキやったからかなあ。ただ、おれらって実際ガキやろ。そらカブトムシ見つけて嬉しいみたいなんは卒業したけど、ゆうてまだ高二やし」

「オレはカブトムシ見つけたら嬉しいぞ」

「知らんわ。ただ純は、あんまガキにならんやろ。良く言や大人なんやけど、悪く言や高いとこから見下しとるっちゅうか」

「……あー」

「そういうところがモヤってな。でも色々あって、おんなじところまで引きずり下ろして、あいつが無理しとるのが分かったんや。大人ぶっとるんやなくて、何もかんも自分でしょい込む生き方をしてるうちに、身についた癖なんやなって」

文化祭の日、屋上で交わした言葉を思い出し、おれは頬をゆるめた。

「だからおれは純に『おれの前では無理するな』って言った。そんで、無理させないために一緒にいる。それじゃ、あかんか？」

問いかけに、高岡は首を横に振った。そして親指を立てた右手をおれに向ける。

「やるじゃん。たった三ヶ月でよくその境地に達したな」

「……エラそーに」

「そっか。だから純くん、お前の扱いが雑なんだな」

扱いが雑。おれの悩みにピンポイントに触れ、高岡がうんうんと頷いた。待て。一人で納得すんな。どういうことか教えろ。

「どゆこと？」

「だって、お前は純くんに『無理するな』って言ったんだろ。だから無理しないで雑に扱ってるんじゃないの？」

「いや、おれの言いたかったことって、そういうことやないやろ」

「オレに言われても。純くんに言えよ」

「えー……ちゅうか、お前はつきあってる時どうやった？　やっぱ雑？」

「オレ、純くんとつきあってないし」

真顔。

もしこの表情で嘘をつけるなら、ポーカーの世界大会で優勝できる。そう感じるぐらいの真面目な顔つき。それでも「嘘をつくな」と突きつけるため、今日一日の出来事を思い返して言葉を探すおれに、高岡から二の矢が放たれた。

「勘違いしてるのは分かったんだけど、勢いでノっちゃった。悪いな」

「……でも、純の口からつきあってるって」

「たぶんそれ、オレのことじゃないと思うぞ。オレの彼女が純くんの元カノだよ。だからオレと純くんはつきあってたどころか、恋愛ではライバル」

信じがたい情報が次々と明かされ、おれは呆気に取られる。そして最後に一つ、混乱するおれにトドメを刺す言葉が、高岡の口から飛び出した。

「っていうか、純くんと九重は、お前が勘違いしてるの知ってるらしいけど」

ゆっくりと直哉の方を向く。上着のポケットに両手を入れていた直哉が、右手を外に出した。そしてその手を顔の前に立て、謝罪の言葉を口にする。

「めんご」

おれは、叫んだ。

「はあああああああああああああああ!?」

＊

たどり着いた「太陽の広場」は、だだっ広いイベント用スペースだった。

ベンチが見当たらないので、コンクリートの段差に座る。広場でイベントは開催されていないけれど、奥の野球場では野球の試合が行われているようだった。バットがボールを叩く音が響く中、安藤くんがコートの襟を立てる。

「『太陽の広場』なのに寒いね」

「遮るものがないからね。まあ、すぐ終わるだろうし、今は待とう」

そう、すぐ終わる。だからわたしはそれまでにケリをつけなくてはならない。高岡くんと共謀して手に入れた、この時間を使って。

とはいえ安藤くんは間違いなく、プライベートを詮索されるのを嫌がるタイプの人間だ。話の持っていき方には慎重になる必要がある。素早く、的確に。

「安藤くんは、もうけっこう五十嵐くんとデートとかしてるの？」

安藤くんが眉をひそめた。――早いよ。これぐらい世間話でしょ。開幕一秒でそんな露骨に嫌そうな顔しないで欲しい。

「そんなにはしてない」

「でも、してはいるんだ」

「明良が行きたいって言うから」

「ふーん。愛されてるね」

安藤くんがため息を吐いた。――これダメなの？　なんで？　もう逆に何の話ならオッケーなのか分からない。地雷多すぎ系腐女子か。

「そう言えば聞こえはいいけど、要するに僕を信用してないだけだよね」

「そうかな。高岡くんの件はそうかもだけど、デートは違うんじゃない？」

「同じだよ。信用してないから形にこだわる。『デートがしたい』じゃなくて『恋人はデートをするものだからデートがしたい』んだ」

安藤くんの唇が歪んだ。わたしは声をひそめて反論する。

「……でもそれだって、安藤くんのことが好きだからじゃないの」

「好きだから何してもいいわけじゃない。実は今日、勘違いしてる明良から『前の恋人とベタベタするな』みたいなことを言われてさ、僕は『浮気なんかしないから安心しろ』って答えたんだ。なのに、あれ。もうどうすればいいか分からないよ」

わたしは、分かる。簡単だ。というかわたしから言わせれば、やるべきことをやっていないからこうなっているのであって、因果が逆転している。

なんか――

こう、イラッとくる。五十嵐くんに感情移入してしまう。いけない。落ち着かないと。冷静に、相手を不機嫌にさせないよう、お母さんみたいに――

――やれるか。

「安藤くん」

呼びかける。振り向く安藤くんに、わたしはにこりと微笑みかけた。

「ちょっと痛いかもだけど、我慢してね」

パン！

両手を開き、安藤くんの両頰を同時に叩く。手と手の間から、安藤くんが呆けた顔でこちらを見ている。わたしは手に力を込め、安藤くんの顔を両サイドから押す。

「安藤くんは、五十嵐くんに何かしてあげたの？」

安藤くんの瞳が揺らいだ。わたしは声を絞り、目と目を真っ直ぐに合わせる。

「自分から好意を伝えたり、デートに誘ったり、そういうことをしたの？　五十嵐くんが自分を信用してないって嘆く前に、五十嵐くんに信用されるようなことをちゃんとやったの？　五十嵐くんのことを試したいとか言ってたけど、今までずーっと、適当に扱ってどこまでついてくるか試し続けてきたんじゃないの？」

わたしは両手を安藤くんの顔から離した。安藤くんの表情は、変わらない。

「わたしの時もそんな感じだったでしょ。まあ、あれは偽装だから仕方ないところもあるけど、本気でつきあおうとしている相手にそういう態度は良くないと思うよ。相手が深読みするタイプならともかく、五十嵐くん、たぶん違うし」

ぷいと、わたしは安藤くんから顔を背けた。

「人を叩いて、突き放して、どれだけ耐えられるかで愛情の深さを測るようなことをしてたら、そのうち壊れておしまいなんだからね」

カーン。

野球場から打撃音が上がった。音が散らばり、沈黙が残る。開演直前の舞台のような緊張の中、わたしは自分の指と指を絡め、広場を眺めながら思考を巡らせる。

——やってしまった。

そもそも、わたしは無関係だ。アドバイスなんて余計なお世話。わたしの「失わせたくない」という想いは自己満足で、それでも口を出す以上、言い方には注意を払う必要があった。なのに思いっきり、直球を投げてしまった。

「三浦さん」

硬い声。恐る恐る、振り返る。

「ごめん」

安藤くんが、わたしに向かって大きく頭を下げた。

そしてゆっくりと身体を起こす。本気の謝罪だったと伝わる真剣な視線が、わたしの眉間（みけん）を射貫（いぬ）いた。わたしは困惑し、その気持ちをそのまま口にする。

「なんで謝罪？」

「謝りたいと思ったんだ。つきあってた時、冷たかったこととかも含めて」

「今それ？」

「逆に今ぐらいしかなくない？」

「それはそうかもしれないけど……」

わたしは首をひねった。安藤くんが背中を丸め、バツが悪そうに首筋を掻（か）く。

「あと、僕が危なっかしいせいで心配させてごめんって意味もある。ゲイだからどうこうとか忘れて、人間として成長しなきゃって思ったよ。そっちは今までサボってたかもしれない。他で大変なんだからいいだろ、みたいな」

「そうかな」

「うん。きっと僕は僕自身を『同性愛者』として見てるんだ。でも三浦さんは僕のことを『人間』として見てる。だから僕の『人間』としてダメなところに気づく」

安藤くんが優しく、柔らかい声色で、わたしに礼を告げた。

「ありがとう。三浦さんと出会えて、本当に良かった」

とくん。

熱の塊が、胸の奥で産声を上げた。生まれたそれは血液に乗って、あっという間にわたしの身体中に行き渡る。この感覚、覚えている。今年の四月、よたよた歩くペンギンの前で、生まれて初めて覚えた気持ち。

「ジュ――――――ン！」

大きな声が、乾いた空気を切り裂いた。

＊

五十嵐くんが走ってくる。

他の三人は歩いているのに、五十嵐くんだけがマラソン後とは思えないダッシュで近づいてくる。安藤くんが軽く首を振り、五十嵐くんを迎えるように立ち上がった。やがてやってきた五十嵐くんが、息を切らしながら安藤くんに食ってかかる。

「お前……言えや！」

「聞いたんだ」

「聞いたわ！　ありえんやろ！　判断がアクロバティックすぎるわ！」

「ごめん。でも、そもそも勘違いがアクロバティックだし……」

「それはそうやけど！」

必死な五十嵐くんと話しながら、安藤くんは楽しそうに笑っていた。わたしはほとんど引き出せなかった表情。良かった。何よりも先に、そう思う。

立ち上がり、二人から距離を置く。背を向けて大きく息を吸う。やがて他の三人も到着し、安藤くんと五十嵐くんの間に九重くんが割って入った。

「すまんなあ。まあこれも勉強だと思って許せや」

「お前ら……マジで……お前ら！」

詰まったホースから水が飛び散るように、五十嵐くんがぶつ切りの言葉で自分の感情をアピールする。笑うわたしの背中に、高岡くんが声をかけてきた。

「三浦」

足音が聞こえる。わたしは振り向かない。

「どっち勝ったの？」

「マラソン自体は引き分けで、オレが勝ちを譲ったからあいつだな。でもそんなのどうでもいい感じだわ。そっちは上手くいったの？」

「たぶん、上手くいった。なんか謝られたし」

「謝られた？」

「うん。わたしの扱いも雑だったよねって言ったら、ごめんって」

すぐ後ろに高岡くんがいる。わたしは、振り向けない。

「意味わかんないよね。釣った魚には餌やらないどころか毒やってるのに、逃がした魚に餌やって。安藤くんって昔からそうなの？」

「……仲良くなるとテキトーになるのは、まあ、あったかな」

「そうなんだ。めんどくさい性格してるね。色んな意味で別れて良かったかも」

「三浦」

高岡くんが、背後からわたしを抱いた。

硬い胸が、背中に当たる。体温が伝わる。耳に寄せた口から、囁くように放たれた言葉が、身体の芯をとんと叩く。

「泣くなよ」

わたしは頷いた。頷いたつもりだった。だけどできたのは、小さく背中を上下させるだけ。高岡くんの指が涙を拭い、視界が晴れて、だけどまたすぐにぼやける。

どうしてあなたは、過去になってくれないんだろう。

電灯のスイッチを切るみたいに、気持ちを切り替えられればいいのに。男は名前を付けて保存、女は上書き保存なんて言ったのはどこの誰だ。少なくともわたしは、全く、これっぽちも、共感できない。

「……ごめん」涙と一緒に、言葉をこぼす。「会いに来るの、早すぎたかも」

高岡くんがわたしを抱く力が、ぎゅうっと強まった。

「違うよ。遅すぎたんだ。だから連れてきた」

遅すぎた。言葉を反芻しながら高岡くんを振りほどき、後ろを向く。怒る五十嵐くんと笑う安藤くん。幸せそうな光景が、溢れ出る涙を止める。

そっか。

わたし、やっと、ちゃんとフラれたんだ。

「……かもね」

わたしが安藤くんと五十嵐くんの仲を取り持とうとしたのは、わたしのためだったのかもしれない。変に付け入る隙を見せないで欲しいという願望が、行動を引き起こしたのかも。別に、それで悪いことはないだろうけれど。

残っていた涙を拭う。良好な視界に高岡くんの顔を収め、わたしは笑った。

「行こう」

高岡くんが頷いた。どちらからというわけでもなく、手を繋いで歩き出す。小野くんが歩み寄るわたしたちを見て、どこか安心したように頬を緩めた。

4

大阪城観光の後、おれたちは道頓堀に向かった。

グリコやら、かに道楽やら、くいだおれ太郎やらを見て、夕食はお好み焼きを食べた。その後は梅田に戻り、複合商業施設「ヘップファイブ」の屋上にある観覧車へと向かう。また高所から景色を見下ろす形になるが、帰りのバスが出る梅田に近くて、夜に行く意味のある観光スポットが、それぐらいしか思い浮かばなかった。

観覧車には、おれと純、高岡と三浦、小野と直哉に分かれて乗ることになった。カップル二組と余り二人。まずはおれと純がゴンドラに乗り込むことになり、係員は男二人という違和感なんか全く気にすることなく、ひよこの雄雌を選別するぐらい機械的な手つきでゴンドラの扉を外から閉めた。

純がゴンドラのベンチシートに座った。おれはその正面に座る。純が自分の背後に設置してある細長いスピーカーを撫で、不思議そうに呟いた。

「これ、何だろ」

「秀則に聞いたことあるわ。プレイヤー繋げば音楽流せるらしいで」

「へー。試してみようかな」

純がコートのポケットから音楽プレイヤーを取り出し、スピーカーのケーブルと繋いだ。そしてしばらくプレイヤーを弄る。やがてスピーカーから流れだした曲は、落ち着いた雰囲気の洋楽だった。

「なんやこれ」

「たぶん、サビまでいけば分かるよ。そういう曲を選んだから」

ピアノとベースと湿っぽい声。しばらく経ち、ギターとドラムが合流して空気が一変する。ボーカルの声もだんだんと大きく、力強く成長していき、そして――

「あ。えーっと、あれや。『ウィー・アー・ザ・チャンピオン』」

「正解。正確には複数形だから『チャンピオンズ』だけど」

純が得意げに笑った。かわいい。ただムード用のBGMとしては失格だ。景色と相まって爽快感はあるけれど、今求めているのはそういうものではない。

純がうっとりと目を細めた。音に聴き入っているのが分かる。その世界に入り込めていないのが悔しくて、どうにか割り込もうと試みる。

「この曲、なんで主語が『ウィー』なんやろな」

「どういうこと？」

「いや、チャンピオンって普通は一人やし、『アイ・アム・ア・チャンピオン』の方が自然やろと思って」

「確かに……面白い見方だね、それ」

褒められた。人間性を評価されたわけではないけれど、素直に嬉しい。

「ずっと塩対応やったから、いきなり褒められると照れるわ」

純の眉がぴくりと動いた。そして俯き、膝の上に声を落とす。

「反省したんだ。元カノに、人のことを試す前に自分は信用されるようなことをしたのかって説教されててさ。今まで思い上がってた。ごめん」

純が頭を下げた。いきなりのしおらしい態度に、おれは戸惑いながら応える。

「気にせんでええよ。おれも問題あったし」

「明良が？」

「前に『おれの前では無理するな』って言うたやろ。でもおれのこと気づかえとか、昔のダチに近寄んなとか、むっちゃ無理させたやん。だから……すまん」

今度はおれが頭を下げる。ゆっくりと頭を上げると、さっきのおれと同じように戸惑っている純と目が合った。二人で笑い、お互いを許したことを伝え合う。

「そろそろ頂上だね」

「そやな」

「僕、元カノとは告白されてつきあったんだけど、告白された場所は観覧車だったんだ。てっぺんのところでキスをして、ＯＫ出した」

ギョッと目を剥くおれに向かって、純が不敵な表情を浮かべた。

「上書きしてよ」

上書き。

純が目を閉じ、顎をわずかに上向かせた。ランダム再生にでもしているのか、いつの間にかＢＧＭがスローテンポのバラードに切り替わっている。知らない曲だ。洋楽だから歌詞も聴き取れない。だけどムードだけは、否応なく盛り上がる。

おれはシートから立ち上がった。ゴンドラを揺らしながら、一歩分にも満たない距離を縮める。頬に触れる。滑らかな感触が指先に伝わる。顔を近づける。吐息が薄く鼻先を撫でる。目を閉じる。暗闇が全てを覆い隠す。

唇に、唇を重ねる。

慣性の向きが変わった。ゴンドラが下り始めた気配を察し、目を開けて顔を遠ざける。同じようにまぶたを上げた純が、おれに向かって微笑みを浮かべた。

「ありがとう」

こらえきれずに抱きつく。純もおれの背中に手を回し、抱き返してきた。

「なあ」

おれは純の耳に唇を寄せ、今一番思っていることを、遠回しな表現で囁いた。

「スペシャルサンダーショットしたい……」

「その思い出は上書きしないで」

純がおれの脳天を拳(こぶし)で突いた。おれは「痛っ！」と頭を押さえ、勢い余って転ぶ。揺れるゴンドラの中、純はおれを見下ろし、声を上げて笑った。

*

「頂上だ！」

夜景を見下ろして叫ぶ高岡くんに、わたしは「そうだね」と言葉を返した。頂上とその直前で景色なんて大差ないだろうに、すごいテンションだ。あべのハルカスの時も通天閣の時も同じだったし、高いところが好きなのだろうか。いや、一番ハイテンションだったのは新世界だから関係ないな。常にテンションが高いだけだ。

「ビルの分もあるから、思ってたよりたけーな」

「そうだね。小野くん、大丈夫かな」

「どうでもいいっしょ。小野っちだし。それよりオレは——」

高岡くんが後ろを向き、一つ先のゴンドラを見やった。

「あっちの方が心配だな」

安藤くんと五十嵐くん。わたしは若干の不安を感じつつ、それを隠して応える。

「あれだけ手助けしたんだし、平気だよ」

「そうだな。あんだけやってまだダメなら、もう純くんはオレが貰うわ」

「それ、わたしはどうなるの？」

「大丈夫。第一夫人の方だから」

高岡くんがけらけらと笑った。わたしはほんの少し、顔を伏せて尋ねる。

「怒ってないの？」

降下するゴンドラに合わせ、固い床に言葉を落とす。

「わたし、安藤くんのこと、吹っ切れてなかったのに」

静寂が満ちる。空白が肺を圧し潰す。「何もない」がある、不思議な空間。

「……怒っても、意味ないから」

顔を上げる。決まりが悪そうに、高岡くんがわたしから目を逸らした。

「オレ、三浦とつきあうまで、好きなやつとつきあったことなかったんだ。なんかオレが好きになるやつって、いつもオレのことを好きじゃなくてさ。まあそれは三浦も同じで、最初はまたこのパターンかよって思ったんだけど」

「……ごめん」

「そこは謝るところじゃないっしょ。しょうがないじゃん。そんで、なのにオレってそこそこモテるから、そんな好きでもない子からは告られるし、好きになれるかなと思ってつきあっちゃったりもするの。でもやっぱ上手くいかないんだよね。それで別れて、傷つけてみたいなこと、繰り返してた」

「自分も同じようなことしてたから、他人のこと言えないって言いたいの？」

「それもあるんだけど……これ、言っても引くなよ」

声のトーンが、少し下がった。

「つきあってる子は、そのうちオレに好かれてないの気づくじゃん」

「うん」

「それで『ちゃんとこっちを見ろ』みたいに怒られんの。でも申し訳ないけど心が動かないわけ。むしろ言われれば言われるほど、無理感マシマシっていうか……」

高岡くんが身を引いた。シートに深く腰かけ、中空を見上げる。

「好きになれとかなるなとか、人の気持ちを直接コントロールはできないんだよ。それはズルなんだ。だからオレはそういうことは言わない。三浦が純くんを吹っ切れないのはオレのせい。三浦の未練の問題じゃなくて、オレの魅力の問題だ」

視線が正面に戻った。そしてニッと白い歯を見せる。

「オレの問題なんだから、オレが解決するよ。だから三浦は、黙って見てろ」

身体にかかっていた力の向きが変わる。ゴンドラが三時の位置を過ぎた。視界の端で輝く夜景が、もうゴールが近いぞとその大きさで語りかけてくる。

今、わたしが口にすべき言葉はなんだろう。高岡くんは「自分の問題」「黙って見ていろ」と言った。それなら――

「期待してる」

「任せろ」

頼もしい言葉。高岡くんがわたしに向かって、右の人さし指を一本立てた。

「じゃあそのために、一つ頼みたいことがあるんだけど、いい？」

「なに？」

「名前で呼ばせて」

立てていた指を、高岡くんが自分へと向けた。

「あと、オレのことも名前で呼んで。それは純くんともやってないだろ？」

――やった。でも、言わない。言わなくていい。

「亮平が呼びたいなら、いいよ」

思っていたより気恥ずかしかった。照れるわたしの前で、亮平が口を開く。

「ありがとう、紗枝」

人生で初めて、ではない。

お父さんもお母さんも宮ちゃんも他の友達も、わたしに近しい人はわたしのことをだいたい名前で呼ぶ。むしろ苗字(みょうじ)や愛称で呼ばれる方が珍しい。だけど、初めての響きだった。言葉に込められた意味が、言葉の響きを変えていた。

安藤くんに呼ばれた時も、初めての響きだと感じた。だけど今回はそれともまた違う。新しい、二つ目の初めて。

——そうか。

「わたし、『名前をつけて保存』タイプなんだ」

「え?」

「何でもない。こっちの話」

首を振る。亮平が「なんだよ」と口を尖らせる。わたしたちの問題は、案外すぐ解決するかもしれない。そんな気がした。

*

観覧車を下りた後は、お土産を買うために駅の近くを回った。

名前で呼び合うわたしと亮平に、小野くんは「お前らそうなったの?」と驚きを示した。すると九重くんが小野くんの肩に腕を回して「俺らもこうなったやん、雄介」と乗っかり、小野くんは「なってねえよ!」とそんな九重くんを振り払った。謎に仲良くなっている。観覧車で何があったのだろう。気になる。

もう一組、安藤くんと五十嵐くんについては、あまり変わったところはないように見えた。これはこれで気になる。もし観覧車で何かあったとして、それが進展ならいいけれど、もし後退だったならわたしは戦犯だ。つらい。

やがて、帰りのバスの時間が近づいてきた。停留場に向かって歩くうちに、亮平と小野くん、五十嵐くんと九重くんのペアができ、安藤くんが孤立する。チャンスだ。

「安藤くん」

近寄って、声をかける。安藤くんが「なに？」と振り向いた。

「今日、ありがとう。すごく楽しかった」

「どういたしまして。僕の方こそ、会いに来てくれて嬉しかった」

──本当、逃がした魚にはあっさりと餌をやる。いや、もうそれはいい。重要なのはそれ以上の餌を、釣った魚にやっているかどうかだ。

「安藤くん、観覧車で五十嵐くんとどんな感じだったの？」

ストレートに尋ねる。安藤くんの目線が、わたしから少し逸れた。

「観覧車にスピーカーあったでしょ。あれにプレイヤー繋げて、音楽聴いてた」

「もしかして、クイーン？」

「うん。『ウィー・アー・ザ・チャンピオンズ』流して、なんで『アイ・アム・ア・チャンピオン』じゃないのかなとか話してた。チャンピオンって普通一人だから」

ロックバンドの曲をBGMに雑談。なんて色気のない話だ。まあ、最悪の事態にはなっていなくて良かった。

「せっかくなんだから、もっと恋人らしいことすればいいのに」

「恋人らしいことってなに」

「そうだなー。例えば、キスしちゃうとか」

分かりやすく、安藤くんが黙った。

そして「なんだっていいでしょ」と、前を向く素振りで顔を背ける。よく見ると耳がほんのりと赤い。昔、わたしとも同じことをしたくせに、罪悪感みたいなものはまるでなさそうだ。五十嵐くんとの思い出で頭がいっぱいになっている。

良かった。

今度は、本当に好きなんだ。

「安藤くんって、『上書きして保存』タイプだよね」

わたしはため息を吐いた。そして安藤くんを抜き去りながら、言い残す。

「お幸せに」

前を行く亮平が振り返った。わたしはさらに早足になる。逃げているのではなく、向かっている。そう思えることが、とても心地よかった。

＊

東京行のバスが、バスターミナルに到着した。

大きめの荷物を持っている人たちがトランクルームの傍に集まる。日帰り弾丸ツアーのわたしたちは特に預ける荷物がないので、並んでいる列の流れに合わせて先に進んだ。やがて、わたしたちがバスに乗る順番が回ってくる。

「じゃーな」

「またな！」

小野くんと亮平がバスに入った。最後はわたし。安藤くんの目を見て、告げる。

「それじゃ、またね」

「うん、また」

返事を聞き、バスに入る。スマホで電子チケットを提示して奥に進み、亮平が座っている二人席へ。お土産とコートを天井付近の収納スペースにしまい、窓際の席に座った途端、横の亮平がふわあと大きな口を開けてあくびをした。

「眠いの？」

「めっちゃ眠い。オレ、マラソンしてるし。み……紗枝は眠くないの？」

「眠い。やっぱ0泊3日は無理あるね。次はホテルに泊まろう」

「同感。温泉あるといいよなー。今度、純くんに聞こ」

「地元の人は地元に泊まらないから、そういうのあまり知らないと思うけど」

だらだらと会話を交わす。そのうちバスが発進して、窓から見える景色が動き出した。

少し前、観覧車から見下ろしていた街を眺めながら、物思いに耽る。

亮平が手をお腹の前で組み、両方の目をつむった。どうやら眠るようだ。わたしはスマホにイヤホンをつけて動画サイトを開き、検索バーに文字を打ち込む。

『ウィー・アー・ザ・チャンピオンズ』

オフィシャルのミュージックビデオを再生する。サビしか覚えておらず、力強い骨太な曲というイメージだったので、静かな立ち上がりに驚いた。これなら恋人同士で乗った観覧車でかかっても、そこまで違和感はないかもしれない。

「何聴いてんの？」

亮平が声をかけてきた。すぐには眠れなかったらしい。わたしはイヤホンの片方を亮平に渡し、亮平がそのイヤホンを耳につけたところで、曲がサビに入った。

「これ、クイーンだろ。三浦も聴くんだ」

「普段はそんな聴かないよ。さっき安藤くんとこの曲の話したから、何となく」

「なんでそんな話になったの？」

「観覧車にスピーカーあったでしょ。あれ使って流したんだって」

「ふーん」

亮平がわたしに身体を寄せた。肩が触れる。半分に分け合ったイヤホンを通じて、科学では証明できない、不可思議な熱が伝わってくる。

「この曲、なんで『ウィー』なのかな」

さっき安藤くんが語っていた言葉を、今度はわたしが口にする。亮平が眼球だけでわたしの方を見やった。

「どゆこと？」

「だって、チャンピオンは普通一人でしょ」

「そう？　スポーツとかチームで王者じゃん。この曲もバンドの曲だし」

「じゃあスポーツとかバンドの歌ってこと？」

「んー、そういうわけじゃねえけど……」

亮平の眼球がまた動いた。通路を挟んだ先で寝ている小野くんを見やる。

『オレ』じゃなくて『オレたち』で語りたい時ってあると思うよ。オレたちすげー、オレたち最強、オレたち無敵、みたいな。そういう曲なんじゃないかな」

亮平が中空を見上げ、眩しいものを見るように目を細めた。

「今ちょうど、そんな気分だし」

曲が終わった。亮平がイヤホンを外し、腕を組んで目を閉じる。歌声が地鳴りとなって世界を揺らすみたいに、バスの揺れが、シートを通して身体に伝わる。

「――そうだね」

窓の外を見やる。パラパラ漫画のように目まぐるしく景色が変わる。最強のわたしたちはこれから何を見て、何を感じ、どこにたどり着くのだろう。行き先の決まっているバスの中で、わたしはふと、そんなことを思った。

Interlude #3：小野雄介の成長

どうしてこういうことになるのだろう。

苦手な高所のせいで酩酊(めいてい)する気分の中、俯(うつむ)きながら考える。何が、どうして、俺は今日初めて会った男と二人で観覧車に乗る羽目になっているのだろう。金を貰(もら)っているならまだしも、払って。本当に意味が分からない。

やはり来る前から高いところはイヤだとアピールしておくべきだっただろうか。しかしそれだと、通天閣にもあべのハルカスにも行けない。いや、俺は行かなくてもいいけど、さすがにそれは観光の幅が狭まりすぎる。

なら、最初から来るべきではなかったか。

それが正解だったのかもしれない。亮平の誘いなんか無視すれば良かった。大阪に興味はないし、何より俺は、安藤と仲が良かったわけではない。あっちも「なんで来たの？」と不思議に思っていることだろう。

ただ、俺は——

「しんどいか？」

向かいの九重が声をかけてきた。俺は「別に」と首を横に振る。

「無理せん方がええで。苦手なもんダブルで来とるんやし、辛いやろ」

「ダブル？」

「高いとこと、ゲイ」

顔を上げる。

ぼんやりとした光の中、九重の唇が歪んだ。暗闇と長い前髪が邪魔で、目元はよく見えない。泣いてはいないだろう。泣きそうな顔は、しているかもしれない。

「何年もこうやって生きとるとな、分かるんや」

淡々とした口調。あいつに似ている。東京にいた頃の安藤。

「ゲイっちゅうか、同性愛が苦手って感じやな。関係を意識するとキツいんやろ。明良が純にグイグイいっとるの見て、ガチめに引いとったもんな。分かるで」

九重がベンチシートに深く身を沈めた。距離が遠くなった分、声を張る。

「安心せえ。俺はノンケには手を出さん。小野クンええ男やし、そっちから来るなら大歓迎やけどな。興味あんなら言ってくれや」

冗談を言い放ち、九重がにへらと笑った。俺は笑い返さない。

「しかし、自分も難儀な性格しとるなあ」

軽い声、軽い言葉、軽い雰囲気。

「『ゲイと観覧車は無理』って言えば良かったやろ。女だって興味ない男と二人で観覧車は乗らんし。自意識過剰やなとは思うけど、それで文句言ったりは――」

「言うわけねえだろ」

思っていた以上に、はっきりと声が出た。

九重がまばたきを繰り返す。前髪だけじゃなくて、まつ毛も長い。そんなどうでもいいことが気になるのは、まだ考えがまとまっていないから。俺はいつもそうだ。勢いで始めて、勢いのまま続けて、取り返しのつかないことになる。

「俺、安藤のこと、殺しかけてんだよ」

九重が眉を寄せた。驚きではない。困惑。

「どういうこっちゃ」

「……あいつがゲイだって、クラスとか部活とかの仲間にばら撒きまくって」

「は？」

「そんで孤立させて……どっちかっていうと俺が孤立したんだけど、あいつも他人のこと信じねえから勝手に孤立して、俺が体育前の着替え中に『お前と一緒には着替えられない』とか言ってたら、あいつ、教室から飛び降りたんだ。それで……あとはあいつから直接聞いてくれ」

居心地の悪さに肩をすくめる。九重が息を吐き、ズバッと一言、言い切った。

「引くわ」

「……だよな」

「そのレベルで無理だとは思っとらんかったぞ。マジではよ言え」

「いや、そういうことじゃねえんだよ。あいつとは色々あって、ゲイだって分かる前から揉めてたんだ。誰も味方してくんねえから、俺もついムキになって……」

言葉を止める。前から揉めていた。味方がいないからムキになった。そんなのは言い訳だ。誰かが俺に言うのはいい。だけど俺から誰かに言うのは、違う。

「よう分からんなあ」九重が腕を組み、首を捻った。「そんなことになった相手に、なんでわざわざ会いに来るんや」

来なければ良かった。そうすれば初対面の男と二人きりで金を払って観覧車に乗る羽目にもならなかった。なのに、来てしまった理由。

「安藤がちゃんとやれてるかどうか、気になってたんだよ」

自分でも、偽善だと思う。

何をしてやったわけでもない。ただ気になっていただけだ。俺が追い出したようなものなのに、あっちでイジメられていたりしたら寝覚めが悪い。そんな自分勝手な心配を優しさだと勘違いするほど、俺だって馬鹿じゃない。

「あいつ、人づきあい下手だったから。東京では亮平とばっかつきあってたし」

「そうなん？　そら上手いことはないけど、下手でもないで」

「変わったんだよ。それは今日会ってすぐに分かった。あいつ自身が変わろうとしたのか、お前とか五十嵐とかが変えたのか、その両方なのかは分かんねえけど」

「どうやろ。俺はともかく明良とはむしろギクシャクしとったからな。せっかく変わったのに戻すところやったかもしれんわ。こっちはこっちで、色々あったし」

ほんの一瞬、九重が儚げに視線を流した。だけどすぐ俺に向き直る。

「にしても、純にそんな過去があったとはな。ほんま食えん男や。まあ、食う前に明良に取られたんやけど」

九重が笑った。スナック菓子みたいに軽い笑い。俺は開いた足の間で手を組む。

「お前だって、同じなんだろ」

九重の瞳が、ほんのわずかに揺らいだ。

「そうやって、へらへら笑ってるお前だって、あいつと同じように死にたいと思ったことぐらいあるんだろ。ほんの少し、誰かが背中押したらどっかに飛んでいっちまうような、そういうところに立ってるんだろ」

教室の窓を開け、サッシの上に立っていた安藤を思い返す。あの時に分かった。分かった時には遅かった。だから今度は、間違えない。

「なら俺は、『ゲイと観覧車は無理』とか、絶対に言わねえよ」

話が妙なところに戻った。勢いで始めて、勢いのまま続ける。いつも通りだ。だけど一つ、いつもと違うところがある。

悪い気分ではない。

「なあ」九重が、ずいと顔を近づけてきた。「小野クン、男には全く興味ないんか？」

言葉に詰まった。

返事が思い浮かばなかったわけではない。即座に出てきた。思い浮かんだそれを声にできなかっただけだ。その間も九重は流暢に語り続ける。

「好きの反対は無関心っちゅうやろ。そんならはっきり苦手な小野クンは、実は少し興味あるんちゃうかと思ってな。ちょっと試してみようや」

九重が立ち上がり、俺の方に寄ってきた。俺は慌てて身を引く。

「ノンケには手を出さねえんじゃなかったのかよ！」

「出さんで。だからノンケかどうか試そうとしとるんやろ。ちょっとちんこ揉むだけだから大丈夫やって。ノンケ同士でもやることや」

「やらねえよ！」

「高岡クンはやっとったぞ」

「あいつを参考にするな！」

「じゃ、隣に座るだけ！　先っちょだけ！」

寄ってくる九重を押し返す。動きでゴンドラが揺れる。そうして俺はいつの間にか消えている高所への恐怖に気づくこともなく、地上に降りるまでずっと、やけに楽しそうな九重とドタバタ揉み合い続けた。

了

Bonus Track :

Too Much Love Will Kill You

1

海の見えるカーブを、自転車で勢いよく曲がる。

毛糸のマフラーが風になびき、潮風の匂いが身体いっぱいに満ちる。凍えるような冷たさが心地よくて、うっとりと目を閉じる。僕はほんの一瞬だけ両手をハンドルから、両足をペダルから離し、手足を大の字に広げた。地球を丸ごと抱いているような、そんな錯覚を覚える。

住宅街に着いた。入り組んだ道を進み、ひび割れた漆喰(しっくい)の壁に蔦(つた)が絡みつく、古びた四階建ての集合住宅に辿(たど)り着く。自転車を駐輪場に停めて鍵(かぎ)をかけ、階段で三階へ。一番奥の部屋のインターホンを押し、手袋をつけた手でリュックサックのショルダーベルトを握って、いつものようにドアが開くのを待つ。

開いた。出てきた兄ちゃんが眼鏡の奥の目を丸くする。ぼさぼさの髪と無精ひげ。きっとまたネットとゲームと睡眠だけの休日を過ごしていたのだろう。

「このあいだ来たばっかだろ」

「何回来たっていいじゃん」

「学校の友達と遊べっての」

ぶつくさ言いながら、兄ちゃんがドアを大きく開いた。僕は玄関でスニーカーを脱ぎ、

1Kの居室に直行する。敷きっぱなしの布団。テーブルには起動したノートパソコンと口の開いたポテトチップス。予想通りだ。

「これでよく人の休日にケチつけるよね」

「ほっとけ。ジュースないぞ。ウーロン茶でいいか?」

「うん」

コートを脱ぎ、マフラーと手袋を外し、リュックサックと一緒に床に置く。そして殺風景な部屋の中で一際目立つ、洋楽CDを詰め込んだラックを覗く。リンキン・パーク、フー・ファイターズ、ヴァン・ヘイレン、そして──クイーン。

ウーロン茶を入れたコップを二つ持って、兄ちゃんがリビングに現れた。コップをテーブルに置きながら、ラックを覗く僕に声をかけてくる。

「こないだのやつ、どうだった?」

「最高」

僕はリュックからCDを取り出して、兄ちゃんに渡した。真っ暗な背景に四人の外国人男性の顔が浮かぶ、少し不気味なパッケージデザイン。この前、「ここにあるやつの中でどれが一番好きなの?」と聞いてこれが出てきた時、僕はちょっと兄ちゃんのセンスを疑った。だけど今なら分かる。最高だ。最高。

「最高か」

「うん。魂が震える感じがした」

「中二病だな」

「まだ中一だし」

「そういうことじゃない」

兄ちゃんが苦笑いを浮かべた。優しい、大人びた笑顔。

「どの曲が一番好きだ？」

「このアルバムでそれ決めるの難しい。ミュージックじゃなくてストーリーだから」

「また生意気なこと言いやがって。敢えて言うなら、でいいよ」

「じゃあ、『マーチ・オブ・ザ・ブラック・クイーン』」

「気が合うな。俺もその中ならそれ」

「その中なら？」

「クイーンで一番好きな曲は別にある」

「それって――」

聞きかけて、止める。それはつまらない。そこで終わってしまう。

「じゃあ他のCDも貸してよ。兄ちゃんが一番好きな曲、当てるから」

「いいよ。っていうか、やるよ。お前のものにしていい」

変な提案をしたつもりなのに、もっと変な提案を返された。驚く僕をよそに、兄ちゃんがラックからCDをごっそり抜いてテーブルの上に置く。

「こんだけかな。大切にしてくれ」

「気にするな。俺がやりたくてやってる布教活動だ。一番好きなアーティストの一番好きなアルバムだって言っただろ。気に入ってもらえて本当に嬉しいんだよ」

「なんか悪いよ」

「これ渡しちゃって、兄ちゃんはどうするの？」

「また買う。CDの所有者を増やしたいなら買い増すしかない。なら中学生のお前と社会人の俺、どっちに負担が行くべきか。簡単だろ。お前がクイーンの新しいファンになってくれるなら、これ以上に有意義な買い物はないよ」

兄ちゃんが右手を伸ばし、僕の頭を撫でた。もう中学生だし、頭を撫でられるような歳でもない。でも言って止められたらイヤだから、言わない。

兄ちゃんは僕の父方の伯父さんの子ども、つまり僕の従兄弟だ。僕とはかなり年が離れていて、僕のおしめを替えたこともあるらしい。だから僕にとっては、物心ついた時からの顔見知りになる。

一人っ子の僕は、苗字が同じ兄ちゃんを、本当の兄のように慕った。会えるのをいつも楽しみにしていた。中学生になってからは、兄ちゃんが一人暮らしをしているアパートまで自転車で行って、一緒にゲームをして遊んだりもするようになった。

でも僕はそれを両親には言っていない。僕の父さんも、母さんも、兄ちゃんのことを好きではないから。実の親である伯父さんもそうだ。だから兄ちゃんは近くに実家があるのに一人暮らしをしている。つまり、家を追い出されたということ。

その理由を、大人は誰も僕に説明していない。でも僕は知っている。お祖母ちゃんのお葬式で、親戚の人たちが噂話をしているのを聞いたから。その時は意味が分からなかった。内容が分からないということではなく、それで兄ちゃんが嫌われる理由が分からなかった。今だって、何が悪いんだよとしか思えない。

「この『QUEENⅡ』は、他のバンドからの評価も高い名盤なんだ」

僕のものになったアルバムを掲げ、兄ちゃんが得意げに語り出した。

「ガンズ・アンド・ローゼズって知ってるか？」

「知らない」

「アメリカの有名なロックバンドだ。そのボーカルのアクセル・ローズが、オレが死んだら『QUEENⅡ』のアルバムを棺に入れてくれと言っている」

「へー」

「アクセルの気持ちは分かるよ。俺もこのアルバムと一緒に天に召されたい」

「頼めばいいじゃん」

「誰に」

「僕とか」

兄ちゃんが大きくまばたきをした。僕は胸を張って言い切る。

「あの世に『QUEENⅡ』が届くように、僕がちゃんと手配するよ。任せて」

ふっと、兄ちゃんの口元がゆるんだ。そしてまた僕の頭を優しく撫でる。

「ありがとな」

＊

夕方頃、僕は家に帰った。

二階の自分の部屋でスウェットに着替える。ノートパソコンを立ち上げ、貰ったCDをデータ化しながら、既にデータ化してある『QUEENⅡ』を部屋に流す。椅子の背もたれに身体をあずけ、目をつむり、音から世界を創り出す。

吐く息が白く染まる冷たい冬。乾いた落ち葉の匂いが満ちる枯れた森を、コートの襟を立てながら歩く。霜の立った土を踏み砕き、白の女王に会うために――

コンコン。

ノック音がイメージを吹き飛ばした。すぐに部屋のドアが開き、しかめっ面の父さんが現れる。芸術的なまでに空気の読めない父親だ。『ファザー・トゥ・サン』が流れている間に入ってきたことだけは評価したい。

「洋楽か」

「そうだけど」

「俺がやったクラシックのCDはどうした」

「趣味じゃない。悪いって言ってるわけじゃないよ。僕には合わなかった」

父さんがしかめっ面をさらにしかめた。父さんは世の中に存在する全てのものは善悪で評価でき、その評価を行う能力が自分にあると思っている。だから僕が「善」のクラシックを聴かず、「悪」の洋ロックを聴いていることが気に食わなくて、わざわざ文句を言いに来たのだ。自分もクラシックなんてロクに聴かないくせに。

父さんが僕の机に目をやり、積んであるCDをにらんだ。僕を善きもので支配したくて仕方がない父さんから、険しい声の質問が飛んでくる。

「そのCDはどうした」

「友達から借りた」

「友達って、誰だ」

「誰って……」

「まさか伯父さんのところの、あいつじゃないだろうな」

心臓が跳ねた。思わず反応が遅れ、それが答えになってしまう。

「いつも会っているのか」

「……今日、たまたま会っただけだよ」

「そこに座りなさい」

「なんで」

「いいから座れ！」

床を指さし、父さんが怒鳴った。僕はしぶしぶ椅子から下りて床に正座する。父さんもすぐ僕の前に正座すると、背筋を伸ばし、おもむろに口を開いた。

「大事なことを教える」声が強まる。「あいつは、男が好きな同性愛者だ」

知ってるよ。

それがどうした。父さんも、伯父さんも、他の親戚もみんな気にしているみたいだけど、そんなの大事なことでも何でもない。ただ人と好きになる相手がちょっと違うだけ。それの何がおかしい。何が悪い。

っていうか、あんたこそ知らないだろ。

僕もそうだってことを。

僕が、兄ちゃんのことを、そういう意味で好きだってことを。

「お前が今聴いてる、このバンドのボーカルもそうだ。男が好きな変態だった。お前はこのボーカルの男が、どうやって死んだか知っているか？」

「……知らない」

「エイズだ。変態の病気にかかって、天罰で死んだ。お前もそうなりたくはないだろ。だったらもうあいつには関わるな。手を出されたらどうする」

嬉しくて喜ぶ。そんな返事が頭に浮かんだ。だけど口にはしない。

「分かった」

こくりと頷く。父さんが立ち上がり、僕の頭を上から手で押さえつけて横に振った。兄ちゃんと同じように僕を撫でているはずなのに、まるでそうは思えない。バスケットボールになった気分だ。

「こんな曲も、もう聴くんじゃないぞ」

父さんが吐き捨てるように呟き、部屋から出ていった。僕は立ち上がってパソコンを操作し、流れている音楽を止める。『QUEENⅡ』は物語だ。映画の途中で興を削がれる出来事が起きたら、続きを観る気は失われる。

僕は『QUEENⅡ』のCDケースを手に取った。神に祈りを捧げるように目をつむり、両手を交差させるフレディ・マーキュリーの顔をじっと見つめる。変態の病気にかかって、天罰で死んだ。父さんの言葉が頭の中でぐわんぐわんと鳴り響く。

その時、僕は初めて「気持ち悪い」と思った。

自分の父親を。

2

二年生になれば学校が楽しくなるなんて思っていたわけではないけれど、さすがにより悪くなるとは思っていなかった。

僕の真後ろで騒いでいる男子たちのせいで、読んでいる本に集中できない。新学期初日の朝から次の席替えを望んでしまう。何なら次のクラス替えすら待ち遠しい。

「そんで、そのAVがガチでヤバくて――」

男子たちが春休み中に見たAVについて声高に語る。どうしてこいつらって、こうなんだろう。仲良くしたいと欠片も思えない。それは向こうも同じだろうけど。

「なあ、ところで、うちのクラスに転校生来んの知ってる？」

転校生。僕は文字を追うのを一旦止めて、会話に耳をそばだてた。

「え、知らない。男？　女？」

「女だって。あとは知らない。ダチが職員室で話聞いただけだから」

「そっか。かわいけりゃいいなー」

男子たちがまだ見ぬ転校生を想像して盛り上がる。僕は話がどうでもいい領域に入ったと判断し、意識を本に戻した。十数ページ進んだところでチャイムが鳴り、新担任の若い女の先生が教室に入ってくる。

朝の挨拶。先生自身の自己紹介。そして——

「それと今日は転校生の紹介をします。始まったばかりのクラスですが、皆さん仲良くしてあげてくださいね。細川さーん、入ってー」

先生が廊下に声をかけると、教室前方の扉が開いた。長い三つ編みに、レンズの厚い野暮ったい眼鏡。全体的に地味な印象を受ける女の子だ。

女の子は黒板にチョークで文字を書いた。『細川真尋』。そして教卓の前に所在なげに立ち、ぼそぼそと自己紹介を始める。

「細川真尋です。よろしくお願いします」

細川さんが頭を下げた。パラパラと息の合わない拍手が上がる中、能天気な声が僕のすぐ後ろから響く。

「びみょー」

声がデカいよ、バカ。僕は無駄によく通る男子の声をかき消すため、強めに手を叩いて音の波を起こした。

＊

「じゃあ、学校は相変わらずなんだな」

ゲームをする僕の後ろから、兄ちゃんが声をかける。僕はテレビのゲーム画面を見つめながら「うん」と頷き、そのすぐ後に「あ！」と短い声を上げた。動かしていたロボットがステージギミックに触れて爆散。作戦失敗の文字が画面に浮かぶ。

「もう、声かけないでよ」

「景気よく愚痴ってたのはお前だろ」

「兄ちゃんが『新学期なんだからクラスの友達と遊べ』とか言うからでしょ」

僕はゲーム機のコントローラーを右手に持ち、仰向けに寝転がった。眼球を動かして、すぐ傍であぐらをかいている兄ちゃんを見やる。

「兄ちゃんは僕に遊びに来てほしくないの？」

「来ない方が健全だとは思ってるな」

「健全とか不健全とかどうでもいいよ。くだらない」

吐き捨てる。兄ちゃんが寂しそうに「そうだな」と呟きをこぼした。

「でも友達が多くて困ることはないだろ。気になる子とか、いないのか？」

アプローチが「俺以外を選べ」から「俺以外を増やせ」に変わった。僕は天井に視線を移し、ぼんやりと光るＬＥＤ照明にクラスメイトの顔を思い浮かべる。

「転校生の子がいるんだけど、その子はちょっと気になる」

「転校生？」

「うん。四月からうちの学校に来たんだ。女の子」

「どうして気になるんだ」

「孤立してるから」

細川さんが転校してきてから、まだ半月も経っていない。

なのに、細川さんはもうほとんど一人で行動している。あまり自分から他人に話しかける子じゃないし、他人が話しかけたくなる趣味や特技があるわけでもないから、仕方ない面もある。これから絵が上手いとか、足が速いとか、円周率を一万桁言えるとか出てくるかもしれないけれど、今は地味で大人しいだけの女の子だ。

「孤立してるから、お前がその子を助けたいわけか」

「っていうか、友達がいるやつはわざわざ僕が気にする必要ないから」

「……必要、と来たか」

「なんか気になる？」

「お前にとって友達作りって、本当に仕事みたいなものなんだなと思って」

「だって僕は兄ちゃんがいればそれでいいし」

熱いラブコールを送る。兄ちゃんが僕から視線を外した。そして身体を反らし、僕と同じように天井を見上げる。

「まあ、その子に話しかけてみるのはいいかもな。心細いだろうし」

はぐらかし。そしてさらに、捻じ曲げ。

「もしかしたら、好きになるかもしれないしな」

どうしてそういうことを言うのだろう。

いや、分かっている。僕を遠ざけるためだ。分からないのはその先の、どうして僕を遠ざけようとするのか。さらに言うとそれも何となくは分かっているので、理解はできても納得はできないと言った方が正しい。

結局、兄ちゃんも父さんと根っこの部分は同じなのだ。世の中には分かりやすい善悪があると思っていて、僕を善き方に導こうとしている。違うのは、父さんは自分を善だと、兄ちゃんは自分を悪だと認識しているということだけ。

——くだらない。

「好きになんてなるわけないよ」

「そんなの分からないだろ」

「分かるよ。絶対に、分かる」

僕が好きなのは兄ちゃんだから。もう一歩踏み込んできたら撃ってやろうと、言葉の弾丸を銃に込める。だけど勘のいい兄ちゃんは鋭く危険を察知し、発砲ラインを割ることなく踏みとどまった。

「そうか」

兄ちゃんがトイレに向かった。僕は身体を起こしてコントローラーを両手で持ち直す。リトライを選択した時の音が、やけに大きく部屋に響いた。

*

ゴールデンウィーク前、最後のホームルームが終わった。

鞄を担いで教室を離れる。明らかに学校中がいつもよりうるさい。馬鹿みたいだと思う一方、気持ちは分かる面もある。僕だってしばらく学校に来なくていいのは嬉しい。騒いでいるやつらとは、ポイントがズレているだろうけど。

校舎を出て、空を見上げる。雲の切れ端も存在しない、大海原みたいな空が僕の視界を埋め尽くした。散歩でもしようかな。そんなことを考えながら、家に帰るだけなら通る必要のない、海沿いの道へと足を進める。

輝く海を眺め、潮風を感じながら歩いているうちに、子どもの頃よく遊んだ海浜公園が見えてきた。ふらふらと中に入り、海岸を目指す。

海と公園の境目に着いた。海を望むようにベンチが並んでおり、その一つに僕の学校の制服を着た女の子が座っている。誰だろう。傍に寄り、目が合って、思わずお互いに「あ」と声が漏れた。

「細川さん」

細川さんが「えっと……」としどろもどろになる。三つ編みを触っているのは困った時の癖だろうか。こっちもそれなりに困っているのだけど、細川さんが目に見えて狼狽していのるせいで落ち着いてくる。

「家、こっちなんだ」

「ううん、違う。散歩。天気いいから」

「そっか。じゃあ僕と同じだ」

細川さんが僕を見る。上向かせた首が大変そうだ。僕としても、ずっと見下ろしているのも居心地が悪い。

「隣、いい？」

「え？　あ、いいよ」

許可を貰い、僕は細川さんの隣に座った。身体が触れ合ったわけでもないのに、細川さんが肩をすくめて端に寄る。いいよって言ったくせに。

「もしかして、一人の方が好きなタイプ？」

「そんなことないよ。ただ、一人になっちゃうことが多いだけ」

「仕方ないよ。まだ転校してきたばっかりだし」

「……前の学校でも同じだったから」

余計な地雷を踏んでしまった。押し黙る僕の横で、細川さんがぽつぽつと語る。

「わたし、親が転勤族なんだ。それで転校する度に人間関係がリセットされちゃうから、なんか本気になれないの。どうせすぐ離れるから、友達とかいいかなって。でも友達が要らないわけじゃなくて……なんて言えばいいのかな」

「お腹が空いて、ご飯が近いから我慢するけど、お腹は膨れない、みたいな？」

「あ、そう。そんな風に『ちょっと我慢する』をずっと繰り返してる感じ。転校しても同じ風に我慢するんだから、結局、ずっと我慢してるんだけどね」

細川さんが三つ編みから手を離した。目を細め、ぼんやりと海を見やる。

「この街は、海が綺麗だね」

「それしかないからね」

「地元のこと嫌いなの？」

「嫌いなところの方が多い。ただしそれはほとんど人間の話だから、この街の風土とは言い切れない面もあって、どこに行っても同じかもしれない」

「……ふうん？　なんか、複雑だね」

細川さんが鞄に手を入れ、個別包装された飴玉(あめだま)を取り出した。袋に描かれたギザギザの葉を見て、僕は軽く目を見張る。

「ハッカ？」

「うん。いる？」

「くれるなら欲しい。好きなんだ。サクマドロップスのハッカは当たりだと思ってる」

「分かる。期待してレモンだとガッカリするよね」

細川さんが口に手を当てて笑った。初めて見る上向きな感情を前に、素直な感想が口をついて飛び出す。

「友達が欲しいなら、笑った方がいいと思うよ」

「え？」

「笑った方がかわいいから」

細川さんの目が、大きく泳いだ。

しまった。僕は女の子に、というか兄ちゃん以外の人間に興味がないせいで、時に大胆なことを口にしてしまうのだ。誰かに嫌われることを気にしないから、当然、好かれることも気にしていない。

「ほら、犬とか猫だってかわいい方が人気出るでしょ。そういう意味だよ」

そういう意図はないぞと釘(くぎ)を刺す。細川さんが恥ずかしそうに目を伏せた。それから僕にハッカの飴を渡し、蚊の鳴くような声で囁(ささや)く。

風の音が、いつもより少しだけ、クリアに聞こえた気がした。
僕は包装を破り、飴玉を口に放り込んだ。爽快感が喉から鼻に抜ける。吹きすさぶ海
——大丈夫かな。
「……ありがと」

3

あっという間に、街に夏が訪れた。

この街の夏は色が濃い。空の青も、雲の白も、チューブから出した絵の具をそのまま塗ったようにくっきりとしている。学校、行きたくないな。朝の通学路を歩きながらそう思う。それは一年中変わらないけれど。

シャツの下に薄く汗を掻き始める頃、曲がり角にコンビニがある大きめの交差点にたどり着く。さて、今日はいるだろうか。肩にかけた鞄を持つ手に軽く力をこめ、交差点を直進しながら右側の道を覗く。

こちらに向かって歩いてくる細川さんと、ぱっちり目が合った。

「おはよう」

「おはよう」

細川さんと一緒に学校に向かう。汗を拭いながら「暑くなってきたね」と呟く細川さ

んに、僕は昨日も同じことと言ったよねと思いながら「そうだね」と答えた。細川さんはあまり喋る子ではないから、トークの進行役をやるのは得意ではない。僕が細川さん以上に喋らないから、やらざるを得ないだけ。

ゴールデンウィーク以降、細川さんが僕に話しかけてくるようになった。

最初は話し相手に困っているのだろうと考えていたけれど、他の友達ができても変わらなかった。僕は相変わらず友達を作らなかったので、いつの間にか、ぼっちの僕に細川さんがつきあう形に構図が逆転していた。すると「あの二人は何かあるんじゃないか」という噂が立つ。中学生とはそういうものなのだ。

ぼっちの僕の耳に入ってくる噂が、細川さんの耳に入っていないわけがない。だけど細川さんは僕に話しかけるのを止めず、むしろこうやって通学時間を合わせたりしてくる。その裏にある感情は何なのか。考えるまでもない。

「テスト勉強、してる？」

夏と同時に訪れる期末テストの話。僕は短く質問に答えた。

「してる」

「どんな勉強してるの？　中間テストもすごい成績良かったよね」

「年上の従兄弟が近くに住んでるから、その人に教えてもらってる」

「家庭教師みたいな感じ？」

「そう。出向くのは僕だけど」

細川さんが「ふうん」とつまらなそうに呟いた。僕に勉強を教えて貰おうと考えていたのかもしれない。申し訳ないけれどそれは断る。誰のためであっても、兄ちゃんと過ごす時間は一秒だって削れない。

細川さんが視線を動かし、電信柱に貼ってあるポスターに目をつけた。打ち上げ花火を背景に浴衣(ゆかた)の女性が微笑む、近くの海岸で行われる花火大会の宣伝。

「花火大会なんてやるんだ」

「やるよ。夏休み恒例。子どもの頃は親と一緒に行ってた」

「じゃあ今は行ってないんだ」

「一人で行くようなイベントじゃないし」

「え、じゃあ、一緒に行こうよ」

危うく、足を止めそうになった。

細川さんが恥ずかしそうに顔を伏せる。勢いで言ってしまったのだろう。だけど口にした言葉は取り消せない。できるのは、さらに足すだけ。

「良かったら、でいいけど」

震える声から、振り絞った勇気の量が伝わった。無下に断ることはできない。だけど丁重な断り方も思い浮かばない。

「……来週の月曜まで待ってくれる?」

保留。細川さんが顔を上げた。

「それより前は予定が決まらないんだ。ごめん」

「いいよ。わたしも急だったから」

「ありがとう。じゃあ、よろしく」

細川さんから視線を外す。予定なんて埋まらないに決まってるだろと自嘲する自分を抑え込む。シャツの下ににじむ汗が、じんわりと量を増した。

＊

「はい、満点」

兄ちゃんが採点の終わった小テストを僕に渡し、僕の頭を撫でた。よくできたら撫でる。僕が兄ちゃんに勉強を教わりだした時から続いているこの儀式は、いつまで続くのだろう。僕が止めてと言うまでだろうか。だったら、言わない。

「ドリルが簡単すぎたかな」

「そんなことないと思うよ。中間はそのドリルよりテストの方が簡単だったし」

「そうか。俺も昔は中学生だったけれど、さすがに覚えてないからなあ」

兄ちゃんがドリルを手に取ってめくった。眼鏡の奥の目を細めて中二用数学ドリルをにらむ兄ちゃんは、まるで本物の先生のようだ。

「お前、体育祭とか文化祭とかは嫌がるくせに、テストは嫌がらないよな」

「だって、テストは自分が頑張ればいいだけだし」

「変なやつ」

兄ちゃんがドリルをテーブルに置いた。そして僕と向き合う。

「ところで、学校はどうなんだ？　少しは友達増えたのか？」

「別に。何もない」

嘘をつく。兄ちゃんが納得いかないように首をひねった。

「さすがに、そろそろ真面目に学校の友達を作った方がいいぞ」

「要らないよ。学校のやつなんて、みんなガキだし」

「そりゃガキだからな。お前だって俺から見たらガキだぞ。違いなんて誤差だ」

兄ちゃんがひらひらと手を振った。僕は昨日、買っておいたパンを食べた食べてないで殴り合いの喧嘩をした男子たちを思い出す。あれと僕が誤差。冗談。

「夏休みは友達と遊べよ。いつもの花火大会とか、一緒に行ったらどうだ？」

「兄ちゃんと行きたい」

兄ちゃんがぴたりと口を閉じた。僕はもう一度、繰り返す。

「花火大会、兄ちゃんと行きたい」

クーラーの駆動音が、リビングに響く。冷たい風が身体を撫でる中、僕はまっすぐ兄ちゃんを見つめた。やがて僕の頭に向かって、兄ちゃんの腕が伸びてくる。

硬い手の甲が、僕の額をコンと叩いた。

「そういうのがダメだって言ってんの」

兄ちゃんが笑った。お前ともうこの話をするつもりはないよ。そういう笑顔。僕は叩かれた額を指先で押さえ、手で顔を隠しながら答えた。

「分かった」

次の月曜、僕は細川さんと、一緒に花火大会に行く約束をした。

*

細川さんとの待ち合わせ場所は、登校でよく遇う交差点のコンビニにした。

僕の方が先に着いたので、コンビニの前で待つ。これから花火大会に行く人たちがぞろぞろと、海に向かって交差点を渡っていく。家族連れや女の人だけのグループも多いけれど、やはり一番目立つのは男女のカップルだ。いったいこの小さな街のどこにこれだけのカップルが潜んでいたのだろうと、不思議になってくる。

僕はデニムのポケットに手を入れ、夜空を見上げた。たくさんの星と満月に近い月が輝いている。いつもなら「綺麗だな」でいいだろうけど、今日はどうだろう。天体観測は月のない夜の方が望ましいように、花火も暗い方が映えるのかもしれない。

「お待たせ」

聞き覚えのある声が、右耳に届いた。僕は首をそちらに向かせる。

最初、誰だか分からなかった。浴衣までは想定内。だけど眼鏡を外し、三つ編みをほどいてくるのは予想外だ。学校で会う細川さんの原形が残っていない。もっともそれは僕が学校の人間を髪型とアイテムで判別しているからで、他の人が見れば違うのかもしれない。

「眼鏡、かけなくても大丈夫なの？」

「うん。コンタクトしてるから平気」

「コンタクトなんて持ってたんだ」

「去年、使い捨てのやつを作ったの。合わなくて、使うの止めちゃったけど」

――じゃあ、なんで今日はしてきたの？

質問を胸にとどめる。予想はつくし、その通りなら聞きたくない。代わりに海岸に向かう人の群れを見やり、小さく呟く。

「行こう」

コンビニを離れ、海岸に向かう。やがて集団に合流し、夏の熱気に人の熱気が合わさって、あちこちから汗が噴き出てきた。「暑いね」「そうだね」。いつもと変わらない平凡な会話を交わしながら、いつもより騒がしい夜の街を歩く。

やがて、花火大会の会場に着いた。人の海を泳ぎ、本物の海に近づく。砂は既に踏み固められていて歩きやすかった。やがてこれ以上進むのは難しいというところまで来て止まり、海を挟んだ先の海岸から花火が上がるのを待つ。

「そうだ」ハンドバッグから、細川さんが飴玉の袋を取り出した。「食べる？」

前も貰ったハッカの飴を受け取る。飴を口に入れると、ひんやりとした甘さが舌に広がった。細川さんも飴を舐め、しばらく無言の時間が生まれる。

スピーカーを通して、花火大会開始のアナウンスが流れる。ガヤガヤと騒いでいた人たちが黙り、アナウンスが終わった後は波の音が聞こえるようになった。だけどすぐに大輪の打ち上げ花火が夜空に輝き、ささやかな波音は花火の炸裂音と観客の歓声に呑まれて、全く僕の耳に届かなくなる。

「綺麗だね」

細川さんがうっとりと呟いた。綺麗だけど、こういうのって何を観るかより誰と観るかなんだよな。咲き乱れる花火を眺めながら、僕はそんな失礼なことを考える。

右手の指が、柔らかくて温かなものに包まれた。

反射的に手を引きかけた。どうにか堪えて、右を向く。僕の手をいきなり握った細川さんは僕の方を見ず、顎をくいと上げて夜空を見つめていた。

「好きなの」

細川さんの額から、透明な汗が滴り落ちた。

「絶対に両想いじゃないって分かってるのに、告白を我慢できないぐらい好き。返事はいいの。今は気持ちだけ知ってて。お願い」

細川さんが僕の手を握る力を強めた。横顔が花火に照らされる。無理やり僕の方を見ないようにしている。焦点のぼやけた瞳から、それが伝わる。

――知ってるよ。

君が僕を好きだなんて、とっくに知っている。「好き」とはそういうものだ。ほとんどの場合、告白が伝えるものは好きという想いではなく先に進みたいという意志で、だからこそ「返事はいい」なんて、進まなくてもいいなんて話はありえない。

周囲を見回す。夜空に咲く光の花に見惚れている男女がたくさん目に映る。細川さんの想いを肯定すれば、僕もこの仲間に入る。「普通」の人たちの仲間に。

「少し、考えさせて」

保留。花火大会に誘われた時と同じ選択肢。なら、結末も同じになってしまうのだろうか。正しき方へ、善き方へ、流されてしまうのだろうか。

「夏休み中には、答え出すから」

細川さんの手を握り返す。轟音と共に巨大な花火が上がり、ほんの一瞬だけ昼が返ってきたみたいに、世界が明るく照らされた。

*

高く昇った太陽が、ちりちりと首の裏を焦がす。

駐輪場に停めた自転車に鍵をかける。ひび割れた壁に蝉の抜け殻がくっついているのを見つけ、意味もなく手に取って意味もなく捨てる。灰色のコンクリートにぽてりと落ちた抜け殻は、生き物の外殻ではなく、タバコの吸い殻と同じ類のゴミのように見えた。言ってしまえば最初からゴミなのに、地面に落ちたことで初めてゴミになったような、そんな気がした。

僕はアパートに入り、いつものように階段で三階まで上がった。兄ちゃんの部屋の前に立ち、両手で自分の両頬をぴしゃりと叩く。気合を入れ、インターホンを押してから数秒後、部屋の中から兄ちゃんが現れて呆れたように笑った。

「またか」

兄ちゃんがドアを大きく開いた。「またか」なんて言うぐらいなら、相手をしなければ良いのに。本当にズルい。僕と同じように。

玄関に上がり、リビングに向かう。リビングはクーラーが利いていて寒いぐらいだった。自分の中の熱がしぼんでいくのを感じ、静かな焦りを覚える。

「アイス食べるか？」

「食べる」

兄ちゃんがキッチンに向かい、カップのバニラアイスとスプーンを二つずつ持って戻ってきた。テーブルにアイスを置き、二人並んで食べ始める。

「お前、ちゃんと友達とも遊んでるのか？」

「この間の花火大会は、クラスメイトと行ったよ」

「へえ。そりゃ良かった」

「女の子と二人で行って、告白された」

スプーンを止め、兄ちゃんを見やる。

兄ちゃんの手も止まっていた。動揺している様子に少し嬉しくなる。だけど兄ちゃんはすぐアイスをすくって口に運び、調子よく僕を褒めた。

「やるじゃん」

思わず、感情が爆発しそうになった。アイスを一口食べて頭と心を冷やす。まだ早い。そういうのは、本当にどうしようもなくなってからだ。

「やってないよ。僕はその子のこと、好きじゃないし」

「これから好きになるかもしれないだろ」

「ならない。僕が好きなのは、兄ちゃんだから」

バン。頭の中で銃声を鳴らす。そしていきなり心臓を撃ち抜かれ、呆然としている兄ちゃんに、二発目の弾を撃ち込む。

「兄ちゃんが男の人を好きになるのも、僕は知ってる」

二発目は、効かなかった。変わらない兄ちゃんの表情を見て、僕は「やっぱり」と思う。告白が伝えるものは想いではなく意志。兄ちゃんが驚いているのは僕が明かしたからであって、僕を知ったからではない。

「……そうか」

兄ちゃんがスプーンから手を離した。視線を下げて、寂しそうに呟く。

「それじゃあ、もうここには来ない方がいいな」

分かっていた。

そういう返事が来るのは、聞く前から分かっていた。だから僕は黙っていたのだ。つまり、黙るのを止めたということは、退くつもりはないということ。

「どうして」

「考えてみろ。中学生の女の子が一人暮らしの親戚のおじさんの家に入り浸ってたら周りはどう思う？　間違いがあったらどうするんだ」

「別にいいだろ。僕は兄ちゃんのことが好きなんだから。僕の兄ちゃんへの気持ちが間違いだって言うの？」

「そうだ」

はっきりと断言され、つい怯んでしまった。兄ちゃんが僕を鋭く見据える。

「お前はまだ子どもだ。物事の本質を見極める目が備わってない。お前が好きなのは俺じゃなくて、お前自身が生み出した俺の幻想だ。それに気付け」

僕は両方の手を、ギュッと強く握りしめた。

確かに、僕は子どもだ。だけど好きで子どもなわけじゃない。本当は今すぐ学校なんかやめて、家なんか飛び出して、兄ちゃんと一緒に生きたいのを我慢している。苦しみながら、我慢しているのに。

「もう、十四歳だ」

頭を撫でられるような、自分の気持ちを見誤るような歳じゃない。兄ちゃんをにらみながらそう告げる。だけど兄ちゃんは僕をにらみ返し、力強く言い切った。

「まだ、十四歳だ」

お前が何を言っても意見を変える気はない。声が、視線が、そう語っていた。想いをなかったことにして葬り去る。その覚悟が伝わる。

——そっか。

なら、分かったよ。

「……あっそ」

床に手をつき、ゆっくりと立ち上がる。

兄ちゃんの視線がふっとゆるんだ。僕は兄ちゃんに背を向けて歩き、ベランダに続くガラス扉を開けて外に出る。真夏の熱気がむわっと僕の全身に襲いかかり、クーラーとバニラアイスで引っ込んでいた汗が一気に噴き出した。

「おい」

呼びかけを無視して、ベランダの手すりによじ登る。そして手すりの上に立って反転し、背中に直射日光を感じながら、ベランダのすぐ傍まで来ている兄ちゃんを見下ろす。

兄ちゃんが口を開き、僕に向かって震える声を放った。

「下りてこい」

「下りて欲しいなら、僕を抱け」

兄ちゃんの瞳が、大きく揺れた。

「先延ばしも誤魔化しも許さない。今すぐここで僕を抱け。僕と一緒に、二度と戻れないところまで突き抜けろ。そうすれば僕は、死ぬのを止めてもいい」

「……馬鹿なことを言うな」

「馬鹿なことを言ってるのは、兄ちゃんの方だ」

暑い。熱い。頭が火照る。とろける。

「僕には兄ちゃんが全てなんだ。学校も、家族も、他のものは全部どうでもいい。だからその兄ちゃんが、僕の気持ちを間違いだって言うなら――」

汗とは違う水滴が、僕の頬をつうと伝った。

「僕はもう、死ぬしかないんだよ」

目をつむり、重心を後ろに傾ける。地面に捨てた蝉の抜け殻。僕もああいうゴミになる。兄ちゃんはゴミになった僕のために泣いてくれるだろうか。どうでもいいか、そんなこと。ゴミになった後のことなんて、考えなくても――

腰の後ろに、強い力がかかった。

そのまま前に押され、重心が引き戻される。僕は目を開き、僕の腰に腕を回していた兄ちゃんの胸に、手すりの上から飛び込んだ。兄ちゃんが僕を抱き止め、背中から部屋の中に倒れる。

板張りの床が軋み、部屋が軽く揺れた。兄ちゃんが僕の身体を抱きしめる。そして僕の耳元に口を寄せ、泣きそうな声で囁いた。

「好きだ」

――知ってるよ。

僕が細川さんの想いを知っていたように、兄ちゃんが僕の想いを知っていたように、僕は兄ちゃんの想いを知っている。本当に葬りたかったのは僕の想いではなく、自分自身のそれだということも分かってる。

でも僕は、それを許さない。代わりに「言い訳」をあげるよ。僕の命を救うために仕方なかった。そういう、美しくて汚い言い訳を。

「お前を抱く。一緒に戻れないところまで行く。だから、死なないでくれ」

僕を抱く兄ちゃんの腕に、さらに強い力が込められた。僕は兄ちゃんの胸に顔を埋める。心臓の鼓動。汗の匂い。兄ちゃんがそこにいる証を噛みしめながら、僕は小さく、首を縦に振った。

「うん」

*

細川さんの告白への返事は、初めて話した海浜公園でやることにした。

電話やメールやSNSで返事をする気にはなれなかった。どうせ断るんだからそっちの方がいいかもしれないとも思ったけれど、自分が納得できなかった。一応、電話で呼び出す時に暗めの声を作って、期待を持ちにくいようには仕向けた。

海を望むベンチに座り、細川さんを待つ。短パンから伸びる膝小僧（ひざこぞう）に風が当たり、自分がカジュアルな格好をしていることを意識する。舞台は拘（こだわ）って整えたくせに。我ながら詰めの甘いやつだ。

やがて、細川さんが現れた。服装は白いワンピース。花火大会の時と同じように髪をほどいていたけれど、眼鏡はかけていた。風で散らばる髪を押さえながら、細川さんが僕の隣に座る。

「待った？」

「別に」

「なら良かった」

細川さんが笑った。僕は笑わない。ここは優しくしないのが優しさだ。今さら遅すぎるとしても。

「細川さん」

「待って」

細川さんが僕の言葉を制した。そして海に目をやり、髪を弄（いじ）りながら呟（つぶや）く。

「ダメなんでしょ」

「うん」

即答。あんまりな返事がおかしかったのか、細川さんの口角が上がった。

「好きな人に告白して、付きあうことになった。だから細川さんとは付きあえない」

「わたしの知ってる人？」

「知らない人」

「どんな人か聞いてもいい？」

「聞いてもいいけど、答えられないよ。特殊な事情がたくさんあるんだ。それで、その人に万が一でも迷惑がかかったら嫌だから、何も言えない」

「そっか」

細川さんが海から空に視線を移した。水から、水色へ。

「万が一でも、なんて、本当に好きなんだね」

「大好きだよ。フラれてたら死んでたかも」

「……すごいね。そこまで人を好きになれるのは、素直に羨ましいな」

強い風が吹いた。手で顔を守る僕の横で、細川さんがベンチから立ち上がる。

「わたしはそこまでじゃないなあ。フラれたけど、死にたいとは思わないもん」

遠い目で水平線を見やる細川さんは、蜃気楼のように儚げに見えた。きっかけ一つでふっといなくなってしまいそうな佇まい。死にたいとは思っていないけれど、消えたいとは思っているのだろう。それが伝わる。

細川さんが振り返った。髪が潮風になびく。表情は、逆光でよく見えない。

「幸せになってね」

踵を返し、細川さんが走り出した。その背中が見えなくなってから、僕は細川さんに謝りそびれたことに気づく。でも、謝れば許されるものでもないから、それで良かったのかもしれない。

僕もベンチを離れる。向かう先は駐車場。端に停めてある青い乗用車に近づき、助手席のドアを開けて中に入るなり、運転席の兄ちゃんが声をかけてきた。

「終わったか?」

「うん。ケリつけてきた」

「そうか。頑張ったな」

違う。頑張ったのは細川さんだ。僕はただ、引っかかっていることを片付けてから気持ち良く初めてのデートに赴きたいという、自分の欲望に従ったに過ぎない。

「兄ちゃん」

「ん?」

「幸せになろうね」

兄ちゃんがきょとんと目を丸くした。それから左手を伸ばし、僕の頭を撫でる。

「そうだな」

＊

デートの時間は、あっという間に過ぎていった。

地球の自転速度が何倍にもなったと思えるぐらい、すぐ帰る時間になった。「そろそろ帰るか」と言われた時は「もう!?」と言ってしまった。そして「時間見ろ」と車の時計を指さされた時は、半ば本気で時計がズレている可能性を疑った。

「帰る前に、秘密の場所に連れてってやる」

そう言って兄ちゃんは、兄ちゃんのアパートから少し離れたところにある砂浜に僕を連れていった。車を降りた後もだいぶ歩いてたどり着いたその砂浜には、夏真っ盛りだというのに人が誰もいなかった。波打ち際に肩を並べて座り、夕焼けに染まる海を二人で独占する。

「綺麗だろ」

「うん」

「俺の癒しの場なんだ。疲れた時はここに来て、一人で音楽聴いたりしてる」

兄ちゃんがズボンのポケットに手を入れ、中からワイヤレスのイヤホンを取り出した。片耳分を僕に渡し、スマホを弄りながら尋ねる。

「何か聴きたい曲はあるか？」

「兄ちゃんの一番好きなクイーンの曲」

「それは自力で当てるって言ってただろ」

「あれは話題作りのための口実。もう兄ちゃんは僕のものになったからいいの」

「俺はお前のものか」

兄ちゃんが愉快そうに笑った。そしてスマホをポケットにしまい、同時に僕の左耳のイヤホンから音楽が流れる。イントロのピアノが聴こえた瞬間に分かった。僕も好きで、よく聴く曲だったから。

「『トゥー・マッチ・ラヴ・ウィル・キル・ユー』」

「予想は当たったか？」

「ううん。もっと初期のやつだと思った。これ、『メイド・イン・ヘヴン』収録だから、フレディが亡くなった後に発表された曲だよね」

アルバムのジャケットがふっと脳裏に浮かぶ。夕焼けの湖畔と向き合い、右の拳を高々と突き上げるフレディの背中。あれは湖だし、ジャケットは朝焼け版もあるらしいけれど、どことなく今僕たちが眺めている景色に似ている。

「兄ちゃんは、どうやってここを見つけたの？」

「うーん……そこに、岬があるだろ」

兄ちゃんが砂浜のすぐ傍にある、海に向かって突き出た高台を指さした。

「あるね」

「あそこから飛び降りて死のうとして、見つけた」

曲が終わった。

固まる僕の耳から、兄ちゃんがイヤホンを外した。自分の耳からも外し、両方をポケットにしまう。音楽を聴きながらする話じゃない、ということだろう。

「……どうして？」

「嫌なことがあったんだ。まあ、そんな本気じゃなかったけどな」

「何があったの？」

「ちょっと説明が難しいんだよな」

兄ちゃんが首をひねる。そして近くに落ちていた木の枝を拾い、砂の上に線を引き始めた。横長の長方形を一つ描き終えたところで、僕に尋ねる。

「お前、MECE（ミーシー）って知ってるか？」

「知らない」

「だよな。重複なく、漏れなくっていう、ロジカルシンキングの手法だ。定義から入っても難しいと思うから、具体例で説明するぞ。この四角が『お前の学校に通っている人間』を表現していると思ってくれ。それでこれを――」

兄ちゃんが長方形の真ん中に線を引いた。一つの四角形が二つに分かれる。

「こうやって二つに分ける。そして片方を『先生』、もう片方を『生徒』とする。この分け方は正しいか、正しくないか。どっちだと思う？」

「どういうこと？」

「『お前の学校に通っている人間』は『先生』と『生徒』だけかってこと」

「違う。給食室の人とかいるもん」

「そう。『先生』と『生徒』じゃ足りない。漏れがあるんだ。だからこの分類は重複なく漏れなくというMECEが成立していない。ここまでは分かったか？」

僕はこくりと頷いた。兄ちゃんが「よし」と言って説明を続ける。

「じゃあ次の質問。片方を『学校からお金を貰う人』、もう片方を『学校にお金を払う人』にしたらどうだ。この分け方は正しいか？」

考える。正しいような気はする。だけど、さっき兄ちゃんは「漏れ」の例を説明した。ならば次は「重複」の説明があるはずだ。となると――

「正しくない」

「どうして」

「先生も給食費を払ってるって聞いたよ。だからどっちにも入るよね」

「その通り。学校にお金を払いながら、学校からお金を貰っている人がいる。つまりこの分類には重複があるんだ。だからMECEが成立していない。さて、最後」

兄ちゃんが枝の先で、左の四角形と右の四角形を順番に指した。

「『二十歳以上』と『二十歳未満』。これならどうだ」

「MECEが成立してる」

「早いな」

「だって最後なんでしょ。じゃあ成立してる例が出てくるに決まってるじゃん」

「いやらしい解き方だなあ。まあでも、正解だ。『お前の学校に通っている人間』は一人残らず『二十歳以上』か『二十歳未満』のどちらかになる。だからこれはＭＥＣＥが成立している。以上、分かったか？」

「分かったよ。けど……」

「けど？」

「分かったのはＭＥＣＥで、兄ちゃんが死のうと思った理由は分からない」

はぐらかそうとしてるなら止めてよね。視線でそう訴えかける。兄ちゃんが頬をゆるめ、僕の頭をぽんぽんと叩(たた)いた。

「それは、これからだ」

兄ちゃんが枝を砂に置いた。眠たそうな目で、二つに分かれた四角形を見つめる。

「ＭＥＣＥはマーケティングみたいな、戦略立案でよく使われる考え方なんだ。例えばターゲットをＭＥＣＥで分類して、どこを狙うみたいな話をしていく。要するに大人が仕事で使うってこと。それはなんとなく分かるだろ」

「うん」

「俺も仕事の先輩から教わった。そんで俺は、その先輩のことが好きだった」

好き。

色々なことをぐるぐると考える。だけどまだ聞いてはいけないと、僕は必死に口をつぐんだ。兄ちゃんがほんの少し、自分を嘲るような笑いを口元に浮かべる。

「まあ好きっていうか、尊敬してたって感じかな。それで、その先輩もMECEを教える時、さっきの俺みたいに具体例を使って説明したんだ。ただ先輩は俺と違って最初に『これがMECEだ』って例を出した。どういう例か想像つくか？」

僕は首を横に振った。兄ちゃんが四角形から目を離して、海を見やる。

「男と女」

夕焼けが、ほんの少し、濃くなったような気がした。

「仕事で使う分にはそれでもいいんだけどな。ただ、現実は違うだろ。男とも女とも言い切れない人がいる。俺は自分を男だと思ってるから、世界を男と女で二つにされても困らないけれど、そうじゃない人がいることぐらいは知ってる」

兄ちゃんが後ろに手をつき、身体をのけぞらせた。茜色の空を見上げながら、天上の神さまに向かって言葉を吐く。

「そんで、ここからは俺の被害妄想だけど、そうやって世界を真っ二つにすることに抵抗がない人なんだから、『男は女が好き。女は男が好き』って世界観で生きてるんだろうなと思ってさ。そう考えたら、色々どうでもよくなったんだ。投げやりな気持ちになってそこの岬に行って、砂浜が見えたから何となく下りてみて、あまりにも静かで綺麗だったから俺の大切な場所になった。そういう流れ」

兄ちゃんが僕の方を向いた。何か感想を求めているようにも、何も言わないでくれと訴えているようにも見える。嬉しいのか悲しいのかすら分からない。口元は穏やかにゆるんでいて、目元は寂しげに垂れさがっている。

兄ちゃんの言うことは、分からなくもない。

たぶん兄ちゃんにとってその先輩は、僕にとっての兄ちゃんと同じなのだ。僕が兄ちゃんからひどい言葉を、例えば、いつか父さんがいじめで自殺した子のニュースを見て言った「こういうのはいじめられる方にも問題があるんだよな」みたいな言葉を聞いたら、僕はしばらく立ち直れなくなる。そういう気持ちは理解できる。

でも――

「兄ちゃんって、頭いいのに、頭悪いよね」

僕はやれやれと、大げさに肩を竦めてみせた。そして兄ちゃんが置いた木の枝を持って立ちあがり、きょとんとする兄ちゃんに告げる。

「誰かが引いた線なんて、どうでもいいじゃん。せっかく面白い考え方があるんだから、自分の好きなように線を引き直せばいいんだよ。こんな風に」

僕は枝の先を砂に当て、兄ちゃんの周りをぐるりと回った。よれよれの楕円が描かれ、兄ちゃんがその右側にすっぽりと収まる。そして僕は楕円の左側、兄ちゃんの隣に座って小さく囁いた。

「分かる？」

兄ちゃんが「いや」と首を振った。僕は勝ち誇ったように言い放つ。

「『僕たち』と『それ以外』だよ」

全く新しい、世界を二つに分ける線。兄ちゃんが口元を柔らかくほころばせた。そして僕の肩に手を回して抱き寄せ、暗くなりかけている海を見やりながら語る。

「いつか一緒に、あの海の向こうに行こう」

海の向こう。ここではないどこか。

「お前が大人になったら、海の向こうで結婚しよう。俺たちを認めてくれる国に行って、二人で幸せに暮らそう。そのためにどうすればいいか、調べておくよ」

分かってないなあ、と少し思ってしまった。まだ他人が引いた線に拘っている。国が同性婚を認めているとか認めていないとか、そんなのはどうでもいいのだ。だから僕は、僕たちだけの線を引き直したのに。

「どこに行くの？」

湿っぽく尋ねる。兄ちゃんは僕の肩を抱く手に力を込め、はっきりと答えた。

「お前と一緒なら、どこでもいいよ」

――そう、それが正解。

目をつむり、顔を上向かせる。唇に唇が当たる。まるで天国にいるみたいに、満ち足りた気分だった。

4

目を開けると、兄ちゃんの顔がすぐそこにあった。

兄ちゃんが「起きたか」と呟く。僕は身体を起こして大きく伸びをした。そして部屋の壁掛け時計を見やり、短針が「5」を過ぎていることを確認する。

「もうこんな時間？」

「そうだよ。早く帰れ。夕飯だろ」

「はーい」

布団から出て、帰宅の準備を整える。靴下が見つからないので兄ちゃんに「靴下どこ？」と尋ねたら、拾って放り投げてくれた。靴下に足を通してリュックを背負い、玄関でスニーカーを履いて兄ちゃんと向き合う。

「来週は文化祭だから来ない、ってことでいいんだよな」

「うん。だから兄ちゃんが文化祭に来てね」

「行かないって言ってるだろ」

「えー」

大げさに拗ねてみせる。兄ちゃんが僕の学校の文化祭に来て、それを僕の親や親戚の誰かに見られたりしたら面倒だから、来られないのは分かっている。それでも拗ねるのは、そうすれば対価を引き出せるから。

「悪いな」

兄ちゃんが僕の頭を撫(な)でた。ダメ。足りない。僕は顎(あご)を上げて目をつむる。しばらく後、柔らかなものが僕の唇に触れて離れた。僕はまぶたを開き、悪戯(いたずら)っぽく笑いながら手を振る。

「じゃあね」

部屋を出て駐輪場に向かい、自転車に乗って家へ。海沿いの道から水平線を覆う夕焼けを眺め、前より橙色(だいだいいろ)が濃くなっていることに気づく。夏はもうとっくに終わり、続けて始まった秋も、いつの間にかだいぶ深まっている。

時間が経つのが早いというのは、充実しているということだ。悪いことではない。僕は早く大人にならなくてはいけないのだ。この期に及んでまだ自分からはキスの一つもしてこない兄ちゃんに、はっきりとした態度を示させるために。

――頑張ろう。

僕は右手をハンドルから離し、拳(こぶし)を高々と掲げた。『メイド・イン・ヘヴン』のフレディの真似をして、伝説のロッカーの力を身体に宿す。やがて風に煽(あお)られて車体が揺れ、僕はハンドルを慌てて握り直し、見えない力は秋の空に散っていった。

中一の時に体験した学校行事で一番苦痛だったものは何かと聞かれたら、僕は迷うことなく「文化祭」と答える。

体育祭も嫌いだけど、あっちはまだやることがスポーツだからマシだ。「いったい何をやっているのだろう」という気分にはならない。でも文化祭はなる。少なくとも一年生の僕は、クラスの出し物に決まったクイズ大会の司会をやっている間、一言喋るたびに「僕はいったい何をやっているのだろう」と考えていた。

＊

今年のクラスの出し物はカフェ。クイズ大会よりはマシだけど、やっぱり準備のモチベーションは上がらない。人手は足りているので上げる必要もない。のらりくらりと仕事をするふりをして、準備期間をやりすごす。

文化祭前日。

クラスのテンションについていけず、僕は教室を出て屋上へと続く階段を上った。屋上に出る扉は開かないけれど、一人になれればそれでいい。扉の前の床に座ってスマホを取り出し、兄ちゃんからメッセージが届いているのを見つける。

『話がある。学校が終わったら電話してくれ』

迷わず電話をかける。電話に出た兄ちゃんは、開口一番に僕をたしなめた。

「お前、まだ学校だろ」

「大丈夫。文化祭の準備期間だから、みんなふらふらしてるし」

「それは電話していい理由にはならない」

「そうだけど……それより話って何？」

会話を強引に断ち切る。兄ちゃんが少し黙った後、声のトーンを大きく下げた。

「実は……今、入院してるんだ」

「入院⁉　怪我したの？」

「違う。病気の方だ」

「大丈夫？　お見舞いに――」

「来なくていい」

今まで聞いたことのない、冷たくて硬い声が、心臓をきゅうと縮こまらせた。

「退院したら連絡する。そうしたら会おう。話したいことがある」

「分かった。でも、言われなくても会うよ」

「ああ……そうか。そうだな。どうせ同じなんだから、連絡しても無駄に不安になるだけだよな。何焦ってんだ、俺は。馬鹿か」

悔しそうな声。自分の世界に入っている。こんな兄ちゃん、見たことない。

「とにかく今は退院の連絡を待ってくれ。文化祭、頑張れよ。じゃあな」

通話が切れた。一体、何だったんだろう。ちゃんと考えたいのに、考えるための材料がない。これなら確かに、連絡しないでくれた方が良かったかもしれない。

「彼女さん？」

顔を上げる。

僕を見下ろす細川さんと、視線が中空でぶつかった。いつからいて、どこまで聞かれてしまったのだろう。とりあえず「彼女さん？」と聞いてきたということは、兄ちゃんの声は聞こえていなかったはずだ。

「大変そうだったけど、何かあったの？」

「ちょっとね」

はぐらかす。そして、話の矛先を変える。

「何か用？」

「そういうわけじゃないけど……ふらっと教室から出ていったから、気になって」

「うるさいからイヤになっただけだよ」

細川さんが「そっか」と呟き、三つ編みを撫でた。

「なら、いいや。落ち着いたら戻ってきてね」

細川さんが階段を下りていく。フラれたんだから、僕のことなんて気にしなくていいのに。そう簡単にはいかないのも分かるけど。

スマホに視線を落とし、いつもと違う兄ちゃんの様子を思い出す。何があったのだろうと心配を募らせ、何もできなくて焦燥感を募らせる。

「……兄ちゃん」

スマホを胸に当て、祈るようにまぶたを閉じる。階段の下から、文化祭を楽しみにする女子生徒たちの能天気な会話が、僕の耳に届いた。

＊

兄ちゃんが退院した後の日曜、僕はお昼を食べてすぐに家を出た。

パーカーをはおり、歩いて海浜公園へ向かう。公園にはイチョウの黄色い葉が積もっていて、枝に残っている葉の方が少ないぐらいだった。いよいよ、冬が近い。

駐車場に着いた。青い車に駆け寄り、助手席から中に乗り込む。運転席のシートを倒して寝転んでいた兄ちゃんが、シートベルトを締める僕に声をかけてきた。

「元気だったか？」

「……ギャグなら面白くないよ」

「ごめん」

兄ちゃんが笑い、シートごと身体を起こした。とりあえず見た目はあまり変わっていない。前より痩せた気はするけれど、気のせいかもしれない程度だ。

「なんで入院してたの？」

兄ちゃんが僕から顔を逸らした。夢の中にいるみたいに、ぼんやりとフロントガラスを眺める。やがて唇が開き、狭い車内に短い言葉が放たれた。

「エイズ」

乾いた声が、肌をざらりと擦った。

エイズ。フレディを殺した病気。名前も、重い病気なのも知っている。だけど詳しくは知らない。空想上のモンスターのように、不安ばかりが掻き立てられる存在。

「知ってるか？」

「……名前だけなら」

「HIVは」

「それも、名前だけ」

「そうか。じゃあ説明するぞ。人の免疫力を下げるヒト免疫不全ウィルス、HIVに感染して、免疫力が大きく下がった状態で、特定の疾患を発症した状態がエイズだ。つまりエイズと診断された俺は、HIVに感染しているということになる」

兄ちゃんが自分の胸に手を乗せた。ここにウィルスがいると示すように。

「HIVに感染しても免疫力はすぐには下がらない。早期に発見できれば、今の医学なら十分に寿命を全うすることが可能だ。俺みたいにエイズを発症してから感染に気づく『いきなりエイズ』と呼ばれるパターンが最悪。だから感染リスクのある行為をした後は、感染しているかどうか検査することが重要になる」

病気の話が、検査の話にすり替わっている。理由は分かる。名前だけ知っているなんて嘘だ。僕はＨＩＶについてもう一つ、大事なことを知っている。

「そしてＨＩＶは、性行為によって人から人へと感染するケースが多い」

僕は唾を呑んだ。兄ちゃんは神妙な雰囲気で説明を続ける。

「正確にはＨＩＶの感染源となるもの、血液や精液が、粘液や傷口に触れると感染の可能性が出てくる。だからコンドームをして接触を防げば問題ない。ただ――」

兄ちゃんが目を伏せた。唇を噛み、言葉を絞り出す。

「最初、しなかっただろ」

ゴムがない。

兄ちゃんにそう言われた時、僕は「要らない」と切り捨てた。ここまで来てはぐらかすつもりなら今度こそ死ぬと脅した。だから、僕のせいだ。気にしなくていい。そんな辛そうな顔、しなくていいのに。

「今からお前を、ＨＩＶ検査をやってくれる病院に連れていく。その日のうちに結果が出るやつだ。これからの話は、その結果が出てからにしよう」

「分かった。でも一つだけ、聞かせて」

「なんだ」

「兄ちゃんは大丈夫なの？」

「俺のことはどうでもいい」

これを聞かれたらこう答えよう。そう準備していた言葉なのが伝わる強い口調。今度は命を使った脅迫も通用しないだろう。それに屈してしまったことを、今は心の底から後悔しているはずだから。

「今は自分のことだけを考えろ。分かったな？」

考えてるよ。考えてるから、聞いてる。僕が元気でも兄ちゃんがダメなら僕は平気じゃない。どうでもいいわけないだろ。どうして分かってくれないんだよ。

「……うん」

小さく頷く。兄ちゃんが僕の頭を撫で、車を発進させる。助手席の窓から空を見上げると、仄暗い色をしたうろこ雲が、空一面をびっしりと埋め尽くしていた。

*

大きな街の屋外駐車場に車を停め、僕たちは外に出た。

何の看板も出ていない古びたビルに入り、エレベーターで四階に向かう。エレベーターを降りるとすぐに「性病専門」と記された病院の扉が現れた。秘密結社のアジトを見つけたような気分だ。

兄ちゃんが扉を開けて、僕が続く。中は病院とは思えないぐらいに薄暗く、小さな受付カウンターに立っている職員のお姉さんもどこか陰鬱な気配を帯びていた。かなり失礼だけど、ここにいた方が病気になってしまいそうだ。

「お二人様でしょうか」

「いえ、自分は付き添いです。検査したいのはこの子」

兄ちゃんが僕を指さした。受付のお姉さんがちらりと僕を見て、淡々と告げる。

「分かりました。ではまず、あちらの部屋で問診票にご記入ください」

お姉さんが兄ちゃんに問診票を渡した。兄ちゃんは「分かりました」と言って、僕と一緒にカーテンで仕切られた小部屋に入る。部屋の長椅子に並んで座るなり、兄ちゃんが僕に問診票を渡した。

「書いてくれ。名前とか住所とかは、ぜんぶでたらめでいいから」

「いいの？」

「いいんだよ。どうせ検査は保険適用外なんだから」

「じゃあ、高いんじゃないの？」

「そんなこと気にしてる場合じゃないだろ」

ぴしゃりと言われ、僕は黙った。今日の兄ちゃんは僕が兄ちゃんのことを気にすると怒る。その事実を再確認し、問診票に記入する。

受付のお姉さんが問診票を取りにきた。それから採血を行い、またカーテンで仕切られた小部屋に入って待機。落ち着かない。そわそわする。

「なんでこんな風に隔離されるのかな」

「性病検査だからだろ。知り合いと鉢合わせしたらどうする」

「あ、そっか」

「きっとこういうことで困ってる人はそこらじゅうにいるんだ。お前みたいな子どもに動じないのもそうなんだろうな。俺みたいにどうしようもないバカが子どもに手を出して、検査に連れてくる。そんなことがきっとたくさんあるんだよ」

兄ちゃんが唇を歪めた。僕は反論をグッと堪える。兄ちゃんは悪くない。迫ったのは僕だ。それに僕はあの出来事について、何も後悔はしていない。

僕は、僕自身のことなんてどうでもいい。

大事なのは兄ちゃんだ。兄ちゃんは僕の全て。僕と兄ちゃんは一蓮托生。なら守るべきはまだ何も起きていない僕ではない。エイズを発症した兄ちゃんなのだ。

僕を抱いても抱かなくても、兄ちゃんがエイズを発症するのは同じだ。だからあの出来事は僕にとって、兄ちゃんが僕を認めてくれた大切な思い出でしかない。でも兄ちゃんが後悔するとそれが変わる。兄ちゃんが後悔しているなら、それは兄ちゃんを苦しめる悪い思い出になってしまう。

だから——僕のことなんて考えなくていい。

考えなくていいのに。

カーテンが開いた。職員のお姉さんが僕たちを別の部屋に案内する。部屋に入ると白衣を着た父さんぐらいの歳の男のお医者さんが、椅子に座って僕たちを待っていた。僕は先生の前の椅子に座り、兄ちゃんは僕の後ろに立つ。

「では、検査結果を説明します。血液をこの紙に浸透させて検査を行いました」

　小さな台の上に、先生が細長い紙切れを置いた。中央付近に他と比べて色の薄いエリアが二箇所あって、それぞれに赤い横線が入っている。先生が自分に近い側の、色の薄いエリアを指さした。

「まずこの部分が、検査がきちんとできたかどうかを示しています。できていればこのように線が入ります。そして」

　先生の指先が、僕に近い側の、色の薄いエリアに動いた。

「この部分が、ＨＩＶに感染しているかどうかを示しています。もし感染していると判定された場合は」

　ほんの一瞬だけ、先生の視線が紙切れから僕に移った。

「線が入ります」

　感染していたら、線が入る。

　紙切れには間違いなく、二つのエリアに赤い線が一本ずつ入っている。検査は成功。検出も成功。二本の線が告げるメッセージが、僕の脳髄に突き刺さる。

「つまり、検査結果は陽性ということになります。つきましては――」

　紙切れから顔を上げ、先生が言葉を止めた。大きく開かれた目の焦点は、僕より奥に合っている。僕は首を曲げ、後ろに立つ兄ちゃんを見やった。

　虚ろな目をした兄ちゃんが、大粒の涙をこぼしながら呟いた。

「なんで……」

僕のためではない、僕のせいで流れた涙。僕は兄ちゃんを泣かせてしまった。

「なんで、俺は……」

兄ちゃんが両手で顔を覆った。僕は腿の上で手を強く握る。お医者さんが兄ちゃんと僕を交互に見やり、淡々と説明の続きを始めた。

*

病院を出た後、僕たちは喫茶店に入った。

兄ちゃんはホットコーヒーを、僕はミルクレープと紅茶のセットを頼んだ。飲み物だけで良かったけれど、兄ちゃんが遠慮するなとしつこいので折れた。僕からの迷惑を欲しているのだ。とんでもない迷惑を僕にかけてしまったと思っているから。

「ケーキ、美味いか？」

ぎこちなく笑い、兄ちゃんがケーキを食べる僕に声をかけた。僕は頷き、甘いクリームを舌で転がしながら、苦い言葉を喉奥にしたためる。こんなやりとりをしたいわけじゃないのに。いっそ、僕から言ってしまおうか。

「これからの話だけどな」

ケーキを半分ほど食べ進めたところで、兄ちゃんが本題を切り出した。僕はフォークを皿の上に置き、話を聞く態勢を整える。

「まず、ちゃんとしたところでもう一回検査を受けなくちゃならない。さっきの病院で言われた話は覚えてるな」

僕は「うん」と答えた。さっきの病院では治療はもちろん、診断書を出すこともできないそうだ。だからまず別の病院で、改めて検査を行う必要がある。

「そしてそのために、俺たちはお前のご両親と話をしなくちゃならない」

——やっぱり、そうなるか。

仕方ないけれど、想像して気が滅入る。病気のことを話すというのはつまり、兄ちゃんのことを話すということだ。あのフレディ・マーキュリーすら「変態の病気にかかって天罰で死んだ」と切り捨てる、あの父さんに。

「僕の家の話だから、僕が話をするよ」

「ダメだ。そうしたらお前は、俺のことを隠すだろ」

「だってそうしないと僕たち引き離されるよ。兄ちゃんなんて捕まるかもしれない」

「そうなったらそうなったで、仕方ないさ」

仕方なくない。確かに、世の中の仕組みはそうなっているのかもしれない。でも僕にとっては仕方のないことではない。

「俺は許されないことをしたんだ。罪を問われたら、償わなくちゃならない」

止めろ。罪とか、償いとか、僕を抱いたことが間違いだったみたいに言うな。それは兄ちゃんが納得するための言葉だ。僕のための言葉じゃない。

「でも僕は、こうなってちょっと嬉しいよ」

口を開く。慰めだと誤解されないよう、声に芯を通す。

「兄ちゃんと同じになれて嬉しい。本当の意味で兄ちゃんと繋がれた気がする」

兄ちゃんのまぶたが大きく上がった。僕はさらに言葉を付け足す。

「それに、フレディも一緒だし」

フレディの名前を聞き、兄ちゃんがふっと視線を横に流した。テーブルにひじをつき、組んだ手の後ろに表情を隠す。

「フレディは、天国にいるんだろうな」

天国。死を意識させる物騒な言葉。肩にのしかかる空気が重たくなる。

「フレディもたぶん、他の人間にＨＩＶを感染させている。最後のパートナーのジム・ハットンが感染者だったのは有名な話だ。でも音楽でそれ以上の人を救っている。だからきっと、天国に行けるんだろうな」

兄ちゃんがコーヒーを一口飲み、カップをソーサーに置いた。その先は言わないで欲しい。コーヒーと一緒に飲み込んで欲しい。僕の願いを、兄ちゃんが裏切る。

「俺は、地獄に行くよ」

コーヒーの苦い匂いが、少し濃くなった気がした。

「お前を感染させた罪を背負って、地獄に行く。だからお前は天国でフレディに会えたら、俺の代わりにライブを聴いてくれ。お前が寿命を全うして死ぬ頃には、フレディはもう生まれ変わってるかもしれないけどな」

兄ちゃんが死んだら、僕も死ぬよ。

そう、即答してしまいたい。はっきりとNOをつきつけてやりたい。でもそれをしたら兄ちゃんがどうするか分からないほど、僕だって愚かな人間ではない。

兄ちゃんの免疫力がどこまで落ちているか、僕は知らない。だけど兄ちゃんが「自分はいつ死んでもおかしくない」と思っていることは間違いない。そう思っているからこそ、今から亡くなった後の話をしているのだ。

そんな中、自分の死と僕の死が直結していると聞かされたら、兄ちゃんはその繋がりを断ち切ろうとする。間違いなく「お前は俺なんかいなくても生きていける」と説得してくる。

そんなの——耐えられない。

「……分かった」

僕は首を縦に振った。兄ちゃんが微笑み、優しい声色で告げる。

「頼んだぞ」

今度は頷(うなず)かない。カップを手に取り、紅茶を喉に送る。まだ届いたばかりなのに温(ぬる)く感じるのは、舌が麻痺(まひ)しているからだろう。心も麻痺してしまえばいいのに。紅色の水面に映る自分の顔を眺めながら、僕はそんなことを考えた。

＊

週が明けた。

通学路を歩きながら、呑気に登校する自分に違和感を覚える。両親には今週末、兄ちゃんと一緒に話をすると決めている。早急に済ませてしまいたい気持ちと、永遠にやりたくない気持ちが混ざりあって、とにかく落ち着かない。

教室に着き、自分の席で本を読む。五感が受け取る刺激全てに、ほんのりと不快感が乗っている。雑音をいつもより鬱陶しく感じるのは、僕に余裕がないからだろう。

「その本、つまらないの？」

顔を上げる。声で細川さんだと分かっていたのに、つい威嚇するように目を細めてしまった。本当に余裕がない。

「どうして？」

「そういう顔してるから」

——そこまでか。さすがに少し、自分で自分が不安になる。

「もしかして、何か悩み事とか？」

「別に、何ともないよ」

突き放す。細川さんが「ならいいけど」と小声で呟き、自分の席に戻った。僕は読書を再開しつつ、雰囲気が暗くなりすぎないよう表情に少し意識を割く。

やがて、下校時間になった。家に向かう僕の気分は朝と似たようなもの。学校も家も僕の居場所ではない。そんな当たり前のことを、改めて思い知らされる。

家が見えてきた。僕の足が鈍る。アスファルトにローファーを擦りつける時間が長くなり、そして玄関までほんのわずかというところで、僕はピタリと足を止めた。

車。

家の駐車スペースに、父さんが出社する時に乗っていく車が停まっている。今日も乗っていったはずだ。つまり、父さんが帰ってきているということ。考えたくないけれど、瞬く間に、僕の脳内でシナリオが組みあがった。考えたくない。考えたくないけれど、あり得る。あの人はそういうことをする。

「ただいま」

家に入る。リビングから威圧感のある低い声が届いた。

「こっちに来なさい」

リビングのドアをゆっくりと開く。そしてソファに父さんと母さんが横並びで座っているのを見て、僕は苦々しく唇を噛んだ。予想通りだ。

「そこに座れ」

父さんがソファの前の絨毯を指さした。自分たちはソファで僕は床。同じ目線で話をする気はさらさらないようだ。最初から期待していないけれど。

絨毯の上で正座をする。父さんが腕を組み、ふんぞり返りながら声を放った。

「あいつから聞いたぞ」

名前を口にするのも汚らわしいという言い方。本当に、下らない。

「何を聞いたの」

「全てだ」

「だから、何」

「全てだと言っている」

ああ、言いたくないのか。じゃあ僕が言ってやるよ。

「兄ちゃんと生セックスをして、ＨＩＶに感染したこと？」

母さんが「そんな言い方……」と怒りかけ、父さんに「いい」と制された。寛容ぶられて少し腹が立ったけれど、こんなものは我慢できる。期待していない人間には失望もしない。我慢できないのは――

――兄ちゃん。

二人で話をしようって、分かって貰えるよう頑張ろうって決めただろ。確かにどうせ無理だとは思ってたよ。でもそれは、僕を裏切っていい理由にはならない。

「明日、お前を検査に連れていく」

「学校は？」

「休ませる。それどころじゃないのが分からないのか？」

「それどころかもよ。今はもうＨＩＶなんて、大した病気じゃないから」

「それは知っている」

　意外な言葉に、僕は目を丸くした。エイズで亡くなったフレディをあんなに馬鹿にした父さんだ。ＨＩＶの知識は皆無で、偏見にまみれていると思っていた。

「早期に見つけて治療を続ければ、死ぬような病ではないらしいな。もちろん感染しないのが一番だが、仕方がない。こうなった以上は前向きに対処すべきだ」

　父さんがまともなことを言っている。信じられない。兄ちゃんはいったいどんな風に話をしたのだろう。どういう心変わりがあって、こんな――

「今はＨＩＶに感染しても、ＨＩＶ非感染の子どもを作ることすら可能らしい」

　子ども。

　精子と卵子が結合してできるもの。男と女の間に生まれる新しい命。男の人が、兄ちゃんが好きな僕には、ほとんど縁のないもの。

「だから今からでも真っ当な生き方はできる。諦めるな。お前がこれからちゃんと生き直すなら、父さんも母さんもお前を支えてやる」

　この人は何を言っているのだろう。まるで分からない。宇宙人の言葉を聞かされている気分だ。

「お前を変えたやつのことなんか、忘れろ」

　変えた。僕は兄ちゃんに変えられた。兄ちゃんさえいなければ、真っ当で、ちゃんとした生き方ができたのに、兄ちゃんが僕の人生を台なしにした。

僕は、叫んだ。

「変えられてない！」

ふざけるな。認めない。そんなイカれた世界観、認めてたまるか。

「僕の方から兄ちゃんに告白したんだ！　兄ちゃんはそれを断ろうとしたのに、僕が強引に押し切ったんだ！　何も知らないくせに勝手なこと言うな！」

「それを変えられたと言っている！」

「はあ？　ワケ分かんねえよ！」

「親に向かってなんだその口の利き方は！」

「親だろうが何だろうが、ワケ分かんねえやつはワケ分かんねえんだよ！」

「いい加減にしろ！」

父さんが僕の頰を張った。僕は背中から倒れ込み、床に後頭部をぶつける。チカチカと点滅する視界の中、母さんが両手で顔を覆った。

「どうしてこうなるの」

泣いている。ただひたすら、自分のためだけに。

「お願いだから、父さんの言うことを聞いて」

理屈なんて欠片もない、ただ腹を見せて服従しろと求める言葉。僕は床に手をついて上体を起こし、聞くわけねえだろと罵声を浴びせようとする。

だけど、父さんの方が早かった。

「あいつがそう言ってたんだ！」

野太い叫び声が、僕の動きを止めた。

「お前を変えた、変えてしまったと、あいつ自身が言っていたんだ！　自分がお前を歪めてしまった！　全て自分のせいだ！　後悔してもしきれないと！」

兄ちゃんが父さんに言った。僕を変えた。僕は兄ちゃんに変えられたと。

「だから——」

跳ねるように、床から起き上がる。

そのままリビングを飛び出す。父さんの「待て！」という声を振り切り、ローファーを履いて外に出る。自転車の鍵を外し、たった一つの激情をひたすらリフレインしながら、制服姿でがむしゃらにペダルを漕ぐ。

——許さない。

海沿いの道に出る。横殴りの風に揺れる車体をスピードで抑える。皮膚を撫でる海風は冷たく、だけど凍えるような寒さは、なぜだか少しも感じなかった。

＊

自転車を駐輪場に停め、アパートの階段を駆け上がる。兄ちゃんの部屋の前まで走り、ドアノブを回して引く。もちろん開かないので、ドアを叩きながら叫ぶ。

「兄ちゃん！」

冷たい手がドアにぶつかり、骨がじんと痺れた。氷になった拳が砕けるイメージが脳裏に走る。構わない。こんなドア一つ開けられない拳なんて砕けてしまえ。

「兄ちゃん！　開けてよ！　いるんでしょ！　開けて！　兄ちゃ――」

「帰れ」

ドアの向こうから、外気より冷たい声が響いた。

「俺はお前ともう会わない。会ってはいけないんだ。だから、帰れ」

「僕が望んだんだ。兄ちゃんの責任じゃない」

「お前が望んでも、俺の責任なんだ」

「そんな法律の話はどうでもいい。僕は――」

「違う。俺自身の、認識の話だ」

僕はグッと怯んだ。そう言われると反論が続かない。僕は僕の責任だと認識する。兄ちゃんは兄ちゃんの責任だと認識する。平行線だ。

「親御さんを呼ぶぞ」

「呼びなよ。あんなやつらに無理やり連れ戻されても、すぐまたここに来る」

「自分の親をあんなやつらなんて呼んじゃダメだ。お前のためにならない」

「僕のことを考えてるふりをするな！」

金切り声が、自分の耳にキンと響いた。

「兄ちゃんは自分のことしか考えてない！　自分が一番落ち着く、気持ちいい形を、僕に押し付けてるだけだ！　僕の気持ちなんて何も考えてないだろ！」

同じだ。父さんと兄ちゃんは同じ。僕の人生を勝手に決めて悦に入っている。僕の自我を、僕が一人の人間であることを認めていない。

「帰らないよ」

大きく息を吸う。肺を目いっぱいに膨らませ、一気に吐き出す。

「兄ちゃんが中に入れてくれるまで、絶対に帰らないから！」

ドア横の壁に背中をつけ、コンクリートの床に座り込む。寒空の下、自転車で走って冷えきった体温を、今になって身体が自覚し始めた。ブレザーのボタンを留め、両手を顔の前にもってきて息を吐き、小刻みな震えを止めようと試みる。

ギィ。

ドアの開く音が聞こえ、僕は振り返った。そしてわずかに開けたドアの隙間から僕を見下ろす兄ちゃんを見て、ギョッとまぶたを上げる。

「目、どうしたの」

兄ちゃんの左目が大きく腫(は)れている。目の周りには青あざが広がっており、一目で殴られたのだと分かった。誰に殴られたのかも、同時に。

「すごい痣(あざ)になってるよ。早く病院に――」

「俺のことを心配するなら、帰れ」

さっきはドア越しに聞こえた冷たい声が、今度はダイレクトに鼓膜を揺らした。

「俺が親御さんに連絡する前に、あっちから連絡が来てる。お前が来ても追い返せってな。お前を中に入れたら次はこんなものじゃ済まない。だから、帰れ」

僕のことを想うなら中に入れろ。僕が兄ちゃんに言ったことを、そっくりそのまま返された。兄ちゃんのことを想うなら、僕は帰らなくてはならない。

「――イヤだ」

声が震える。視界がぼやける。涙が、こぼれる。

「帰るもんか。兄ちゃんは僕から離れようとしてるんだろ。それが僕のためだと思ってるんだろ。でもそんなことされても僕は嬉しくない。嬉しくないんだ」

泣くな。泣くなよ。こういうところで泣くから、僕は子ども扱いされるんだ。

「僕のこと、好きだって言っただろ！　責任取れよ！」

制服の袖で涙を拭い、僕は兄ちゃんをにらんだ。カメラのレンズみたいに無機質な右目と、うっ血した皮膚に埋もれた左目に、強く焦点を合わせる。

はあ。

兄ちゃんの口から、ため息が漏れた。そして僕に背中を向け、扉を大きく開く。兄ちゃんが首だけで振り返り、呆ける僕に向かって言葉を吐いた。

「入れ」

＊

部屋に入った僕に、兄ちゃんはココアを淹れてくれた。

兄ちゃんが自分に淹れたのはブラックのコーヒー。甘くて温かい飲み物はやっぱり子どもっぽいけれど、凍える身体に優しく染みて悪い気分ではなかった。頃合いを見て、テーブルを挟んで向かいあう兄ちゃんが喋り出す。

「落ち着いたか？」

「今は。でも兄ちゃんがまた変なこと言い始めたら暴れる」

兄ちゃんがやれやれと肩をすくめた。コーヒーを飲み、喉を温めてから語る。

「俺が引っ越すつもりだって話は、『変なこと』に入るか？」

舌に残っていたココアの甘みが、あっという間にむなしく消え去った。

「仕事と職場は変えられないから、とんでもなく遠くに行くわけじゃない。ただ、今みたいにお前が自転車で来られるような場所じゃない」

「それは、僕から離れるため？」

「そうだな」

「父さんにそうしろって言われたの？」

「それもあるし、俺の判断でもある」

「そんなの……」

「住所は教える」

抗議が遮られた。兄ちゃんがまたコーヒーを一口飲んでから語る。

「教える気はなかった。それが責任の取り方だと思った。だけど――」

兄ちゃんが自分のコーヒーカップに視線を落とし、口元をわずかに緩めた。

「お前のこと、好きって言っちまったからな」

後悔を感じさせる言い回し。だけど声は穏やかで、落ち着いている。

「俺はお前の親御さんに責任を取るように、お前にも責任を取らなくちゃならない。その折衷案だ。俺からは距離を置く。でも繋がりは切らない。どうだ？」

僕は口ごもった。本当は父さんの希望も兄ちゃんの希望だ。それにこの案を受け入れないと、きっと兄ちゃんは父さんの希望を全て呑むように動く。最初の考え通りに。

父さんの希望ではなく、兄ちゃんの希望なんか何一つ呑んで欲しくない。だけどこれは

「……分かった」

「よし。じゃあ、決まりだな」

兄ちゃんが手を伸ばし、僕の頭を撫でた。また子ども扱い。でもやっぱり心地よくて、どうしても振り払う気になれない。

「ところでお前、ブログやる気ないか？」

ブログ。突然の提案に、僕は「ブログ？」と聞き返した。

「少し前、エイズ患者支援団体の人に闘病ブログを勧められたんだ。病気を表に出すことで、雑な言い方をするとそれが『ネタ』になる。ブログのネタにするための闘病生活だって考えると、少し気が楽になるんだってさ」

「じゃあ兄ちゃんが書けばいいじゃん」

「そんな暇も文才もない。でもお前は両方あるだろ。作文が県の文集に載ったとか、読書感想文で賞を取ったとか、色々自慢してたじゃないか」

「そう言われても、どうやればいいか分からないし」

「その辺は今から教えてやる。ちょっと待ってろ」

兄ちゃんが立ち上がり、ノートパソコンをテーブルに置いて僕の隣に座った。やたらと積極的だ。自分が距離を置いて生まれる穴を、ブログ運営で埋めさせたいという意図が読めてくる。

「いいか、まずは——」

兄ちゃんの指示通りにパソコンを操作する。まずはフリーメールのアドレスを取得し、次にそれを使ってフリーブログのアカウントを作成。続けて、アカウントのプロフィール画面を開く。

「ここは、どこまで書いていい？」

「特定されない範囲で好きに書けばいいよ。年齢は誤魔化した方がいいと思うぞ。十四歳でＨＩＶの闘病ブログは、ちょっと大変だからな」

「うん。そうする」

キーボードに手を乗せる。最初に入力するのはニックネームだ。どんな名前にしようか考えながら、どこかにヒントが転がっていないかと部屋を見渡す。

洋楽CDがぎっしり詰め込まれたラックが、僕の視界に入った。

頭にパッとワードが浮かんだ。すぐにスマホで綴（つづ）りを調べ、ニックネーム欄に打ち込む。横から画面を覗（のぞ）いていた兄ちゃんが、感心したように呟（つぶや）きをこぼした。

「いい名前だな」

説明なしで分かる言葉ではない。だけど兄ちゃんには通じた。兄ちゃんと深いところで繋がれた気がして、僕は得意げに笑いながら言葉を返した。

「でしょ？」

ニックネーム――

『Mr. Fahrenheit』

5

凍てつく風が、白い吐息を散らした。

コートのポケットに手を入れ、鉛色の空を見上げる。頭の中にブログに書く文章を思い浮かべ、薄く広がる雲の上に投影させる。最近は暇があればこればかり。どうやら僕が思っていた以上に、僕は文章を書くのが好きだったらしい。

早くアウトプットしたい。その気持ちが下校の足を急がせる。家に着いたらまっすぐ自分の部屋へ。机の上のノートパソコンの電源を入れ、カリカリとハードディスクが動く音をBGMに部屋着に着替える。

ノートパソコンが立ち上がった。テキストファイルを起動させて文章をタイプしながら、ブログで紹介する予定のクイーンの曲をヘッドホンで聴く。闘病ブログとして始めたブログだけど、今やすっかり音楽紹介ブログだ。そうなった理由は、兄ちゃんが読んで感想をくれるから。

兄ちゃんとはしばらく会っていない。スマホに何から何まで管理できる行動監視用のアプリを入れられてしまったから、会うどころか連絡を取ることも困難だ。今はノートパソコンでメッセンジャーを使って会話をしているが、これもバレたら対策を取られるだろう。この状態がいつまで続くのか。考えるとため息が出る。

テキストが書き上がった。投稿前にフリーメールを確認すると、新着メールが一通届いていた。どうせ宣伝だろうと、何の注意も払わずにメールボックスを覗く。

『はじめまして』

宣伝らしからぬタイトルに気を引かれた。とりあえず開いて中身を読む。読んでいくうちに、真顔になる。間違いない。これは――

――ファンメールだ。

相手は高校生の男子。僕と同じように同性愛者で、僕と同じように年の離れた男の人と付き合っていて、僕と同じようにクイーンが好きらしい。僕のブログに共感を覚えてメールしたと書いてある。僕の書く文章が格好良くて好きだ、とも。

椅子から離れ、部屋をぐるりと一周する。そしてまた椅子に座って、モニターをじっと眺める。無意味な行為で感情を発散させようとして、発散しきれず、自分の髪の毛をくしゃくしゃとかき乱す。

どうしよう。

嬉（うれ）しい。

テキストファイルにメールの返信を下書きする。メールを読み返しながら、書いて消してを繰り返す。そして僕は久しぶりに、本当に久しぶりに、兄ちゃん以外のことを考えて笑っている自分に気づいた。

*

『良かったじゃないか』

夕方、メッセンジャーのチャットが始まるや否や打ち込んだファンメールの話に、兄ちゃんから淡白な返信がきた。少し不満だ。そんなものだろうか。まあ文字でテンションを上げるのも難しいだろうけど。

『それで、返信したのか？』

『まだ。どうすればいいか分からないんだ。年齢、嘘ついてるし』

『嬉しかった気持ちを伝えるだけだろ。簡単なことだ』

『それはそうだけど、「嬉しいです。ありがとう」だけじゃつまらないでしょ』

『なら「嬉しい」を深掘りすればいい。感情の解像度を上げて、言語化するんだ』

解像度を上げて言語化。目をつむり、最初にメールを読んだ時の気持ちを思い出そうと試みる。嬉しかったのは文章を褒められたこと。それから――

『嬉しかった理由、二つあるかも』

『言ってみ』

『一つは、文章の書き方を格好いいって言ってくれたこと』

『なるほど。もう一つは？』

『僕と同じような人間が、この世にいたこと』

兄ちゃんの返事が止まった。僕は構わず文章を打ち込み続ける。

『ペガサスとかユニコーンみたいな、空想上の生き物に出会った気分だったんだ。僕みたいな人間がこの世界に生きてるって実感できて、それがなんか嬉しかった』

もう少し解像度を上げた方がいいだろうかと、自分の中にダイブする。だけど兄ちゃんから返信が来て、そのダイブは一時中断された。

『分かるよ。俺にもそういう経験はある』

『兄ちゃんも？』

『ああ。きっとお前にメールを送ってくれた高校生の子も同じだよ』

あっちも同じ。そう言えば、メールには「共感した」と書いてあった。僕に共感するのだから、僕が共感するのも、確かにおかしくはない。

『学校じゃあ、なかなかそういう感覚は味わえないからな』

『あそこは動物園だからね』

『お前な、そういうの、本当に良くないぞ』

説教の気配。僕は強引に話題を変える。

『それより、身体の調子はどうなの？　平気？』

返信が今までより、ほんの少しだけ遅れた。

『平気だよ』

――本当に？

文字にはしない。聞いても仕方ないから。本当だと返ってくるに決まっているし、僕がそれを信じ切れないのも、やるまでもなく分かる。

ＨＩＶがもう死に直結する病ではないのと同様に、エイズ治療の技術も進んでいるのは知っている。だけど知識は感情に勝てない。もう何ヶ月も兄ちゃんの姿を目にしていないという現実が、不安をいたずらにかき立てる。

『そういえば、そろそろバレンタインだね』

会いたい。その想いが、指を動かす。

『チョコ渡したいんだけど、どこかで会えないかな』

スマホの監視アプリがある以上、こちらから会いに行くのは不可能だ。どう誤魔化しても不自然になる。だから会うなら、兄ちゃんに来てもらうしかない。兄ちゃんもそれは分かっている。

チャットのウインドウが、一行分だけ動いた。

『無理だな』

難しいではなく、無理。僕は『そっか』と返信を打つ。兄ちゃんはすぐ、僕が説教を避けて話題を変えたように、『お前こそ体調はどうなんだ』と話を変えた。

*

前は、バレンタインに思うところはなかった。参加できるわけがないので疎外感はあったけれど、仲間に入れて欲しくもないのでどうでもよかった。自分とは関係のない世界の、自分とは関係のないお祭り。ただそれだけ。

だけど、今は違う。イベントが近づくに連れて盛り上がる同級生たちを見て、どうしても「気楽でいいよな」と思ってしまう。要するに嫉妬だ。それが理不尽であることも、ダサいことも分かるので、そう感じてしまう自分にもイラつく。

二月十四日。

昼休みに本を読んでいたら、近くの男子たちがバレンタインの話で盛り上がり出した。閉じた本をブレザーのポケットに入れ、屋上に続く扉の前へ。壁に背中を、床に尻をつけて、読書を再開する。

階段の下から、足音が聞こえた。

屋上に向かう階段は、踊り場を挟んで折り返している。その踊り場に細川さんが姿を現した。ぎこちなく笑いながら、残りの階段を上って近寄ってくる。

「前もここ、来てたよね」細川さんが僕の隣に座った。「あの時、彼女さんと大変そうだったけど、もう大丈夫なの？」

大丈夫。そう答えるのが正解なのは分かった。だけど、兄ちゃんに会えなくなってから今日まで続いている鬱屈とした感情が、僕から愚痴を引き出す。

「大丈夫じゃないよ。親に引き離されて、監視されてるから」

細川さんのまぶたが大きく上がった。僕はスマホを掲げる。

「これに監視アプリが入ってるんだ。どこにいるか調べれば分かるし、通信記録も覗ける。おかげでもう何ヶ月も会えてない」

「どうしてそんなことになったの？」

「色々あるんだよ。一番大きいのは、僕の親がバカだからかな」

「……そっか。だから最近イライラしてる感じだったんだ」

鋭い指摘に、僕の肩が上がった。細川さんが視線を落とす。

「フラれてたら死んじゃってたぐらい好きな人なんでしょ。それは、辛いよね」

埃っぽい床を見つめていた細川さんが、ふと顔を上げてこっちを向いた。

「そうだ」自分の胸に手を乗せる。「わたしが協力して、監視を誤魔化せないかな」

監視を誤魔化す。唐突な提案に驚く僕に、細川さんが身体を寄せてきた。

「わたしと一緒に遊びに行くフリをして、スマホだけをわたしに渡すの。そうやってわたしが囮になってる間、彼女さんに会いに行く。どう？」

——可能だ。父さんや母さんが電話をかけてきたりしたら少し困るけれど、そこまではしないだろう。仮に怪しまれたとしても、兄ちゃんのことを隠したい父さんたちからしたら、細川さんに探りを入れるのは難しい。

「いいの？」

色々な意味を込めて、単刀直入に尋ねる。細川さんが強く首を縦に振った。

「いいよ。力になりたいの。好きだから」

好き。細川さんはその言葉を強く言い切った。僕の気持ちは関係ないと宣言しているのだ。僕も兄ちゃんに同じことをするから、それが分かる。

「これ渡したくて、ここまで追いかけてきたんだ」

細川さんが、チェック模様の包装紙でラッピングされた箱を僕に差し出した。中身は何なのか。聞くまでもない。

「義理にしてはちゃんとしてるし、朝から渡す言い訳考えてたの。でも、言い訳しないことにする。ホワイトデーのお返しは要らないから安心して」

箱を僕の手に押し付け、細川さんが立ち上がった。悲しいのか、嬉しいのか分からない、複雑な表情を見せる。

「作戦、やる気になったら相談してね。それじゃ」

飛ぶような勢いで、細川さんが階段を駆け下りていった。僕は渡された箱を床に置いて読書を再開する。だけど結局、そこから一ページも読み進めることなく、昼休みは終わってしまった。

*

家に帰って、ノートパソコンと向き合い、貰ったチョコを食べながら、細川さんから提案された作戦のことを考える。

チョコは考え事に効果的と聞いたことがあるけれど、一向に結論は出ない。僕がどうしたいかは決まっている。だけど僕が好きな人に会うために、僕を好きな子を利用していいのか、その決断に踏み切れない。

細川さんは「好きだから力になりたい」と言っていた。この場合、好意を突っぱねるのと好意に甘えるの、どちらが失礼に値するのだろう。僕が兄ちゃんに僕の意志を尊重しろと迫ったのと、同じように考えていいのだろうか。

ポン。

ジュンがオンラインになったというメッセンジャーからの通知が、電子音と共にモニターに浮かんだ。ファンメールに返事をして、メッセンジャーで繋がることになった、顔も知らない友人。僕の方が年上ということになっているから、彼に相談を持ちかけるのは難しい。だけど――

『やあ。今日は早いね』

我慢できず、メッセージを打つ。返信はすぐに届いた。

『あまり学校に残りたい気分じゃなくて』

『どうして』

『バレンタインだから。苦手なんだ、あの雰囲気』

あっちから話題に出してくれた。好都合だ。

『どういうところが？』

『のけ者にされてる感じがするんだ。恋愛といえば男と女、みたいな』

『君にも恋人はいるんだから、参加すればいいじゃないか』

『そんな大胆なことできないよ。君とは事情が違う』

同じだよ。知らないだけだ。むしろ君より――

『あ、でも、メッセージは貰った』

指が止まった。

というより、脳が止まった。そして指を動かしているのは脳だから、結果的に指が止まった。どうにか脳を再稼働させ、キーボードをタイプする。

『それは素敵だね。どんなメッセージを貰ったんだ？』

『大したやつじゃないよ。デコレーションメールのテンプレートに一言足しただけ。クリスマスも同じ感じだったから、喜ぶより先に笑っちゃった』

僕は貰っていない。クリスマスはチャットをしたけれど、話しかけたのは僕から。ジュンの恋人は既婚者で、兄ちゃんよりもずっと動きは制限されるはずなのに。

『それは酷いな。忙しい中、君のために送ったメッセージだろうに』

『分かってるよ。ありがたいとは思ってるってば』

もし今、『君はどうだった？』と聞かれたら、僕は全てを打ち明けてしまうかもしれない。何もかも明かして、ジュンに理解を求めてしまうかもしれない。そういう衝動が、皮膚の裏側に張り付いている。

モニターを凝視する。次の一言を待つ。チャットウインドウが、小さく動いた。

『それより、昨日のブログ読んだよ』

全身を駆け巡っていた衝動が、嘘のように消え去った。そのまま会話はブログで取り上げたクイーンの話題に移行する。やがてチャットはお開きになり、ジュンは『じゃあね』という言葉を残し、メッセンジャーからログアウトした。

椅子の背もたれに身体を預け、天井を仰ぎながら目と目の間をギュッとつまむ。疲れ目をリセットして再びパソコンと向き合うと、視界の端にまだ何粒か残っているチョコレートの箱が映った。細川さんからの贈り物。

――やる気になったら相談してね。

ハート形のチョコレートをつまんで口に入れる。甘い香りが鼻に抜ける。その甘みの残滓が跡形もなく消え去った頃、僕はもう自分の取るべき道を、たった一つに絞り込んでいた。

＊

二月最後の土曜日は、朝から父さんと母さんが上機嫌だった。

朝食中はしつこいぐらい細川さんのことを聞かれた。家を出る時は父さんが小遣いまでくれた。僕が女の子と遊びに行くことがよほど嬉しいようだ。「この金は兄ちゃんに会いに行くための交通費になるよ」と言ってやりたくなった。

花火大会に行った時と同じコンビニで、細川さんと合流する。細川さんは赤色のダッフルコートを着ていて、いつもの制服と比べて明るい印象を受けた。そしてその印象通り、バス停に向かって歩きながら、テンション高く僕に話しかけてくる。

「そういえば、お父さんとお母さんには怪しまれなかったの？」

「大丈夫だった。全く警戒されてない」

「よかった。気合入れてメッセージ捏造した甲斐があったね」

父さんたちを騙すために細川さんがでっち上げた、僕を遊びに誘うメッセージを思い出す。ハートの絵文字まで使っていて、僕は正直やりすぎだと思った。でも結果的には見事に騙されている。あの二人が単純なのか。それとも「普通」の人は見たいものしか見ないで生きているのか。何となく、後者な気がする。

バス停に着いた。ここから僕はバスに乗り、細川さんは僕のスマホを持って動く。僕がスマホを取り出して渡すと、細川さんはその表面をまじまじと眺めながら、僕に質問を投げてきた。

「電話かかってきたりしたらどうすればいい？」

「出なくていいよ。気づかなかったことにするから」

「分かった」

細川さんがスマホをコートのポケットにしまった。そして僕を見る。口元がマフラーで隠れていて、表情はよく分からない。

「ねえ。不安にならないの？」

「どういうこと？」

「わたしが裏切ったら、彼女さんとはもう別れるしかないよね」

笑っている。目尻の下がり具合から、そう感じた。でも楽しいわけではない。どうしようもなくなった時、自分を誤魔化すように出す笑顔。

「――不安だったら、頼まないよ」

でも、そんな思わせぶりな質問を我慢できないほど、君が内心ぐちゃぐちゃなのは分かってる。そういう君をこうやって利用するのが、どれほど罪深いことかも。

それでも僕は、兄ちゃんに会いたい。

バスが近づいてくる。細川さんがエンジン音に反応して、視線をバスに向けた。そして僕と向き合わないまま、白い吐息に言葉を乗せる。

「楽しんできてね」

バスが停まった。僕は「うん」と頷き、バスに乗り込んで席に座る。気を紛らわせるためのスマホを持っていないことが、やたらと心細く思えた。

＊

バスと電車を乗り継いでたどり着いた街は、決して栄えているとは言えない僕の住んでいる街よりも、さらに閑散とした雰囲気をまとっていた。

駅前からバスに乗り、兄ちゃんに教えてもらった住所に向かう。どんなボロアパートが出てくるんだろうと戦々恐々としていたけれど、実際に現れたのは前に住んでいた集合住宅よりもだいぶ綺麗なマンションだった。中に入って、兄ちゃんの部屋の前まで行き、ドアの前で数回深呼吸する。

今日ここに来ることを、僕は兄ちゃんに言っていない。前もって説明したら止められる気がしたから。だからもし兄ちゃんが夜まで出かけていたりしたら空振りだ。祈りながら、ドア傍のインターホンを押す。

スピーカーから、ノイズ交じりの声が届いた。

「はい」

いた。一つ呼吸して、声の調子を整える。

「兄ちゃん？」

返事なし。代わりにドアの向こうから、バタバタと派手な足音が聞こえた。勢いよくドアが開き、無精ひげを生やした兄ちゃんが僕を見て目を丸くする。

「来ちゃった」

呆ける兄ちゃんに向かって、僕は悪戯っぽく笑ってみせた。そして部屋の中を指さして尋ねる。

「入っていい？」

「……ああ」

「ありがと。お邪魔しまーす」

玄関で靴を脱ぎ、奥に進む。部屋は前と同じ1Kだった。居室の床には布団が敷きっぱなしで、背の低いテーブルの上に電源のついたノートパソコンが置いてあるのも、相変わらず。

「引っ越しても、休みの過ごし方は変わらないんだね」

「何しに来た」

――やはり、そこまで変化なしとはいかない。僕は振り返り、背負っているリュックのショルダーベルトを握りしめながら、強気に答えた。

「兄ちゃんに会いに来た」

「親御さんの許可は貰ってるのか」

「まさか。監視はスマホを友達に渡して誤魔化してる」

「それは――」

開きかけた口を、僕の唇でふさぐ。

ほとんど反射的に、兄ちゃんが僕を突き飛ばした。僕は背中のリュックをクッションにして仰向けに倒れる。小さく部屋が揺れる中、兄ちゃんがハッと目を見開き、焦ったように声をかけてきた。

「悪い！　大丈夫か？」

「謝らなくていい」

僕は上体を起こした。立ちすくむ兄ちゃんを、キッと見返す。

「こうなるのは分かってた。分かってるけど、会いに来たんだ。だから謝らなくていい」

暖房の風音が狭い部屋に響く。兄ちゃんが手の甲で唇を拭った。そして僕に背を向け、居室から出ていく。

「……飲み物持ってくる」

居室のドアが閉まる。僕はリュックとコートを床に置き、部屋をぐるりと見渡した。衣装ケース、本棚、CDラック。懐かしい家具が、次々と目に入る。

テレビ台の上に置いてある冊子に、焦点がぴったりと合わさった。

見覚えはない。だけど表紙から内容は容易に想像できる。僕は心臓が早鐘を打つのを感じながら、冊子を手に取って開いた。思った通り、カタログだ。

お墓の。

「勝手に見るなよ」

振り返る。両手にマグカップを持った兄ちゃんと目が合った。マグカップをテーブルに置いて腰を下ろす兄ちゃんに合わせ、僕もテーブルに近寄る。

「お前はこっちのココアな。コーヒーの方がいいならそれでもいいけど」

「あれ、なに?」

直球を投げる。兄ちゃんがコーヒーに口をつけた。

「お墓のカタログだよね。買うの?」

兄ちゃんの唇が、コーヒーカップから離れた。温かくて優しい香りがふわりと僕の鼻に届く。だけど耳に届いたのは、冷たい言葉。

「買ったんだよ」

硬質な音と共に、コーヒーのマグカップがテーブルの上に置かれた。

「何があるか分からないからな。買っておいて損はないだろ」

「……家のお墓は？」

「入れない。そうじゃなきゃ墓なんて買わないさ」

――それは、僕のせい？

言わない。違うと答えるに決まっているから。でも、きっとそうだ。ただ同性愛者なだけだったら、そこまでの仕打ちは受けていない。

他人が引いた線なんて、無視していいと思っていた。「僕たち」と「それ以外」。世界の捉え方はそれでいいんだと。なのに、兄ちゃんにはもう本当に僕しかいないのだという事実が重たくて、思わず顔を伏せてしまう。

ポン。

「俺は気にしてないから、気にするなよ」

兄ちゃんの大きな手が、僕の頭の上をゆっくりと行き来する。髪の毛ごしに温もりが伝わる。兄ちゃんがそこにいる。チャットのやりとりでは絶対に感じられない、理屈抜きの存在感が、つむじから爪先にかけてずっしりとのしかかる。

——ズルい。

バレンタインのメッセージ一つ送ることすらしなかったくせに、キスしたら突き飛ばすぐらい拒絶するくせに、落ち込んでいるところを見せれば頭を撫でてくる。そんなことをされたらおしまいだ。会いに来てよかった。全て忘れて、そう思ってしまう。

兄ちゃんの手が、僕の頭から離れた。僕は顔を上げて兄ちゃんを見る。無精ひげに覆われた顎のラインが、記憶よりも少し尖っている。

「兄ちゃん」

一つ、聞かせて欲しい。

ちゃんと——

「——これ、バレンタインのチョコってことにするね」

マグカップを持ち上げる。兄ちゃんは「勝手にしろよ」と言い、愉快そうに唇をほころばせながら、自分のコーヒーに手を伸ばした。

*

あっという間に、帰る時間になった。

やっぱり兄ちゃんといると、時が経つのが早い。名残惜しいけれど、夕飯は家で食べることにしているし、さすがに帰らざるを得ない。外に出ると兄ちゃんが「バス停まで送っていくよ」とついてきてくれて、兄ちゃんも名残惜しさを感じているのかなと嬉しくなった。

「ねえ。春になったら、桜を見に行こうよ」

「予定が合えばな」

「そこは合わせてよ」

「俺だって忙しいんだよ」

「今日だって僕が来るまで、髭も剃ってなかったくせに」

話しながら歩いているうちに、バス停に着いた。すぐにバスが到着し、いよいよ別れの時間になる。バスに乗り込む僕に向かって、兄ちゃんが片手を上げた。

「またな」

「うん、また」

バスに乗る。一人がけの席に座り、背もたれに身体を預けて目をつむる。これからあの街に帰るのは本当に憂鬱だけど、それ以上の充足感が全身に満ちている。僕をこうしてくれるのは兄ちゃんだけ。僕は兄ちゃんに生かされている。

じゃあ、兄ちゃんがいなくなったら、僕はどうなってしまうのだろう。

——止めよう。そんなことは起きない。「あり得る未来」として考えたら、引き寄せてしまう。そんな気がする。

バスが駅前に着く頃には、もう日が沈みかけていた。そこから電車に乗って駅を移動し、またバスに乗って慣れ親しんだ街で降りると、外はほとんど夕闇。もう少し早めに動く予定を立てれば良かった。軽く後悔しつつ、細川さんと合流するため、朝も待ち合わせに使ったコンビニに向かおうとする。

「早かったね」

背中から声が聞こえた。振り返ると、朝と同じ服装の細川さん。朝は明るく見えていたコートの赤が、夕闇の暗さに溶けて、今度は重たさを感じる。

「……時間通りのバスに乗ってきたはずだけど」

「うん。だから早かったなって。絶対に遅れてくると思ったから」

「そんなことしないよ。細川さんが待ってるんだから」

「そうかな。命をかけてもいいぐらい好きな人に、数ヶ月ぶりに会えるんだから、わたしのことなんて忘れちゃってもおかしくないと思うけど」

語りながら、細川さんがコートのポケットから僕のスマホを取り出した。そして僕にずいと差し出す。

「はい。とりあえず、電話は来なかったよ。安心して」

手を伸ばす。スマホを受け取る時、僕の指が細川さんの指に軽く触れ、その冷たさに驚いた。ずっとバス停で待っていたのか。いや――

「もしかして細川さん、今日ずっと外にいたの?」

「よく移動はしてたかな。本当に一緒に遊ぶならどこ行くか、考えて動いてた。位置検索された時、自然に見えないと困るから」

「そっか……そうだよね。ごめん」

「いいよ。わたしが協力するって言ったんだし」

細川さんが笑った。僕は笑い返せない。申し訳ないのだ。今日一日のことと——この先の言葉を我慢できないことが。

「じゃあ、次も頼んでいい？」

僕は顔を伏せた。細川さんの表情が、視界から外れる。

「今日、今度は桜を見ようって話をしたんだ。だからそれぐらいの時期にまた協力して欲しい。向こうの都合が合えばの話だけど」

恥知らずめ。良識ある僕が身勝手な僕をそう罵る。だけど罵られた僕の方がずっと強い。恥なんてものを抱えていて、あの人の隣にいられるか。そう怒鳴り返し、まともな方の僕はあっさりと引っ込んでしまう。

穏やかな声が、僕の首筋に降りそそいだ。

「いいよ」

ありがとう。顔を上げずにそう答える。足元のアスファルトはいつの間にか、僕たちの影も映らないくらい、真っ暗な闇に染まっていた。

＊

家の夕食は、カレーライスだった。

朝と同じように、父さんも母さんも気持ち悪いぐらい機嫌が良かった。何をしてきたのかしつこく聞かれ、僕は細川さんから聞いた今日一日の行動を参考に出まかせを吐いた。本当に鬱陶しくて、何度も「お前たちが大嫌いな人に会いに行ってたよ」と言ってやりたくなる衝動に駆られた。

「その子は、お前のことが好きなのか？」

残りのカレーが一口になったところで、父さんから踏み込んだ質問が飛んできた。最後の一口を飲み込み、淡々と答える。

「知らない。ごちそうさま」

立ち上がり、リビングから自分の部屋へ向かう。部屋に入った途端、どっと疲れが出て、僕は勢いよくベッドに飛び込んだ。せっかく英気を養ってきたのに、もうこれだ。また兄ちゃんと話したくなっている。

ベッドから起き上がり、机の上のノートパソコンを起動させる。パソコンが立ち上がってすぐにメッセンジャーを開くと、兄ちゃんはオフラインだった。だけどリストに出ているもう一人のフレンド——ジュンはオンラインになっている。

ジュンと友達になり、言葉を交わして、分かったことがある。ジュンは僕に似ているけれど、違うところはかなり違う。僕よりも兄ちゃんに似ているのだ。他人の引いた線に沿って、生きようとしている節がある。

本当の姿ではない、年上のお兄さんとしてジュンと知り合えたのは、むしろ良かったのかもしれない。もし十四歳の少年として接していたら、ジュンは僕の恋愛を受け入れなかった気がする。「君は子どもだから分かってないんだよ」と、かつて兄ちゃんが僕に言ったような台詞(せりふ)を、そっくりそのまま投げてきたかもしれない。

でも、二十歳の成人男性だと思っていれば何も言ってこない。そんなものだ。あとった六年早く生まれてきていれば、きっと僕は今頃、家を捨てて兄ちゃんと一緒に人生を過ごすことができた。

ジュンと話すのは楽しい。偽りの姿を作っていることも苦にならない。むしろジュンと話している時の僕こそが、本当の僕なのだろう。僕に必要なものだけを残して生まれた、僕よりも僕らしい僕。それが「ミスター・ファーレンハイト」だ。

ジュンの名前をクリックして、チャットウインドウにメッセージを打ち込む。小気味の良いタイピング音が、ぶちぶちと鎖を断ち切る音みたいに、僕の耳に届く。

『やあ』

会話が始まる。十四歳の人生に迷う少年は、二十歳の頼れるお兄さんに成長する。これぐらい簡単に大人になれればいいのに。僕を年上と信じ込んでいるジュンと話しながら、僕はふとそんなことを考えた。

6

春休み最終日、兄ちゃんと桜を観に行った。

兄ちゃんは僕を車に乗せて、日本のさくら名所百選に選ばれている公園に連れていってくれた。動物園に遊園地に市民プールまである公園はとんでもなく広く、そしてとんでもなく人が多かった。これだけ混んでいると風情なんてあったものじゃない。それでも兄ちゃんと並んで見る桜は綺麗で、そして何より、楽しかった。

そしてやっぱり、楽しい時間はすぐに終わる。帰りは車で僕の街の海浜公園まで送ってもらった。そこで細川さんと待ち合わせをしているから。駐車場に着き、車から降りようとする僕に、兄ちゃんが声をかけてくる。

「じゃあな」

「うん。次に会うのは僕の誕生日辺りでいい？」

去り際、一番断りづらいタイミングで次の予定を告げる。兄ちゃんがハンドルを握る手に視線を逃がし、小さな呟きをこぼした。

「そうだな」

煮え切らない返事が来た。でも、十分だ。僕は「楽しみにしてるね」と言い切って車を降りた。そして車が駐車場から出ていくのを見送ってから、細川さんとの待ち合わせ場所にした海を望む広場に向かう。

広場にはまだ細川さんは来ていなかった。ベンチに座り、夕暮れに輝く大海原を眺める。海は好きだ。スケールが大きくて、自分の悩みが相対的に小さく思えてくる。死ぬ時は海で死にたい。たまに、そんなことを考えたりする。

「お待たせ」

声の聞こえた方を見やる。細川さんと視線がぶつかる。細川さんがカーディガンのポケットに手を入れ、僕のスマホを取り出した。

「はい、これ。今回も電話とかはなかったよ」

「ありがとう。本当に助かる」

「どういたしまして」

細川さんが僕の隣に座った。海を眺めながら、潮風に声を乗せる。

「今日は、どうだった？」

「楽しかったよ。だいぶ痩せてたけど」

「痩せてた？」

「病気なんだ。文化祭の時、電話で話してたのがそれ」

「そっか……それは心配だね」

肝心なことを話さず、情報を小出しにする。ただ利用しているだけではなく、誠実に向き合っているような素振りを見せる。ちっともそんなことないのに。

「早く、普通に会えるようになるといいね」

――本気でそう思ってる？

聞かない。この緊張を解消して困るのは僕の方だ。代わりに、さらに無理をさせるような言葉を吐く。

「しばらくは難しいよ。少なくとも、僕の誕生日までには無理だと思う」

「誕生日？　近いんだっけ？」

「五月五日。だから、その頃また協力を頼みたい。いいかな」

「分かった。任せて」

細川さんが胸を張った。僕は小さな声でお礼を言う。こんなことを続けていたら、いつかバチが当たるぞ。夕闇に乗じてやってきた悪い僕が囁く言葉を、もっと悪い僕が「そんな非科学的なことが起こるかよ」と鼻で笑う。

だけどそれは、現実になる。

＊

『入院？』

自分で打った言葉がチャットに現れ、自分自身で動揺する。確かに最近メッセンジャーに現れなかったから、変には思っていた。そろそろ誕生日も近いし、次に会う予定を立てたいのにどうしたんだろうと。

『いつぐらいに退院するの？』

『分からない。身体の調子次第』

つまり、今は入院が必要な状態ということだ。大丈夫なのだろうか。誕生日のことなんてすっかり忘れて不安を募らせる僕に、新しいメッセージが届く。

『だから、誕生日をお祝いするのは難しそうだ。悪いな』

――兄ちゃん。

言葉が脳内に溢れる。だけどまとまらないまま散らばって、何と言えばいいか分からなくなる。今一番に伝えたい想い。それは――

『仕方ないよ。残念だけど、気にしないで』

分かりのいいところを見せる。それから、とびきりのわがまま。

『これからも、何回だってチャンスはあるし』

一秒、二秒、三秒――

こういう時にすぐ返事をできないのが、兄ちゃんのいいところであり、悪いところでもある。適当なことを言ってごまかしてくれれば、こっちもモヤモヤしないで済むのに。でもそんな兄ちゃんだったら、好きになっていないかもしれない。

『そうだな』

十五秒。届いたメッセージに比べてかかりすぎだけど、指摘せず話を進める。それからチャットが終わるまで、入院生活の話はあっても兄ちゃんの体調の話は出てこなかった。兄ちゃんがオフラインになり、僕は机に頬杖をついてモニターをにらむ。

病院の名前は聞いた。だからお見舞いに行くことはできるし、行くならなるべく早く行きたい。だけどそのためにはまた細川さんの力を借りなくてはならない。どっちみち協力を頼むつもりだったけれど、こっちの事情で前倒しにするのはやはり気が引ける。

――ジュンだったら、どうするんだろう。

チャットウインドウを眺め、この間ジュンと交わした会話を思い返す。ジュンはクラスメイトの女子に好意を寄せられて困っていた。同じ状況で僕は断ったけれど、ジュンはどうするのだろう。もし断って、それでも好きだから想わせてくれと言われたら、ジュンはどう動くのだろう。

想像してみる。だけど、ジュンが告白を断るイメージが湧かなくて、そこで止まってしまう。他人の引いた線を気にしているジュンは、きっと「普通」に擬態しようとするだろう。それが上手くいくかどうかは分からない。でも、そうする。

それが、大人になるということなのだろうか。

自分の想いを抑えてでも、波風を立てない選択肢を取れるようになることが、大人になるということなのだろうか。

そんなの――イヤだ。

メッセンジャーを閉じ、ミュージックプレイヤーを開く。ノートパソコンにイヤホンを挿して、次のブログの題材にしようと思っていたクイーンの曲を聴く。フレディにとっては晩年の曲なのに、その声は心臓に直接語りかけてくるように力強くて、それが逆に怖くて、僕はすぐに曲を止めてしまった。

＊

予定の前倒しを、細川さんは二つ返事で受け入れてくれた。

恋人が入院したから、お見舞いに行きたい。それ以上の情報は何も要求されなかった。聞かないでいてくれたのか。あるいは、知りたくなかったのか。どちらでも構わないので、深掘りはしなかった。

当日は少し曇っていた。いつものように細川さんにスマホを預け、バスと電車を使って兄ちゃんの入院している病院へと向かう。病院に着くなり、デパートの紙袋を提げた女の人を見かけて、自分が何も持ってきていないことに気後れを感じた。とはいえ病状も何も分からないのだから仕方がない。受付で貰った面会バッチをジャケットの胸ポケットにつけ、割り切って病室へと歩く。

病室は六つもベッドが置いてある大部屋だった。入口の案内板によると窓際のベッドに兄ちゃんが寝ているらしく、そのベッドは三方をベージュのカーテンに覆われていた。

父親の見舞いに来たらしい家族が話し込む隣のベッドを通り過ぎ、カーテン越しに声をかける。

「兄ちゃん」

返事なし。おそるおそるカーテンを開けると、無人のベッドが姿を現した。ベッドサイドのネームプレートには兄ちゃんの名前が書いてあるから、間違えているわけではない。トイレか何かだろう。

ベッドサイドに置いてある丸椅子に腰かけ、めくれた掛け布団の内側に手を伸ばす。温かい。ついさっきまで兄ちゃんがそこにいた証。ベージュのカーテン越しに隣の家族の会話を聞きながら、ゆっくりと身体を倒し、上半身をベッドに預ける。

カーテンが開いた。

顔を上げる。入院着を着た兄ちゃんが、僕を見下ろして呆然と固まっていた。僕は身体を起こし、平然と言ってみせる。

「来ちゃった」

「来ちゃったって、お前……」

戸惑いながら、兄ちゃんがベッドの中に入った。声が細い。見た目も前に会った時より、だいぶやつれている。

「お見舞いに来て悪いの？」

「来るなら事前に言っておけよ」

「だって言ったら、来なくていいって言うでしょ」

「言わないよ」

意外な返事に、今度は僕が戸惑った。兄ちゃんが掛け布団の上で手を組み、やけに優しい眼差しを僕に向ける。

「誕生日おめでとう」

かすれた声が、やけに重たく、僕の鼓膜を圧した。

「誕生日のお祝いは、したかったんだ。でもさすがに、俺からお前に来てくれとは言えないだろ。だからずっと気がかりだったんだけど、今日来てくれたから、今のうちに言っておくよ」

兄ちゃんの手が僕の頭に触れた。埃を拭きとるようにさっと髪を撫でて、すぐに離れてしまう。

「一年に一回の記念日なのに、こんなことになるとは思ってなかった。本当に悪いと思ってる。遅くなるけど、退院したらパッと祝ってやるよ。生まれて来て良かったーって思えるような誕生日にする。だから、許してくれ」

痩せこけた頬を引きつらせて、兄ちゃんが朗らかに笑った。僕は腿の上に乗せた手を強く握る。いいよ。そんなに気にしないでいい。言っただろ。これからも何回だってチャンスはある。あるんだ。

「兄ちゃん」顎を、グッと上げる。「キスしたい」

おしっこ行ってくるー。

カーテン越しに子どもの声が聞こえた。こっちから聞こえると言うことは、あっちにも聞こえているのだろうか。聞こえているならば、今の言葉を聞いてどう思っただろうか。お見舞いに来た方はともかく、お見舞いされている方は、ここにいるのが大人の男だと知っているはずだ。

「……分かった」

兄ちゃんの身体が、大きく動いた。ベッドの縁に腰かけて、椅子に座る僕と向かい合う。随分と細くなってしまったけれど、僕よりはまだ大きい。大人と子ども。そういう差が、ちゃんと残っている。

兄ちゃんの顔が近づいてくる。視界のほとんどが兄ちゃんで埋まる。僕は目を閉じて暗闇に逃げ込む。

乾燥した皮膚の感触が、唇を撫でた。

兄ちゃんとのキスって、こんなに湿り気のないものだっただろうか。喜びがない。この先に素晴らしい未来が待っている。そういう予感が、欠片も感じられない。

兄ちゃんの唇が離れた。僕は兄ちゃんの胸に頭を寄せる。兄ちゃんの心臓の鼓動と、僕の頭を撫でる兄ちゃんの声が、左右の耳から入って脳で合流する。

「一緒に検査に行った時、お前、俺と同じ病気になれて嬉しいって言っただろ」

独り言だ。そう思った。だから僕は口をつぐむ。

「あの時、怖かったんだ。お前の存在が、俺のやったことが全部怖くなって、逃げ出したくなった。いつかお前に言われた通りだよ。俺はお前のことなんか考えてない。いつだって考えてるのは、俺のことだけだ」

いいよ。兄ちゃんが全てから逃げようとしていたことは分かってる。だから僕は冬に部屋まで押しかけた時、こう聞こうとした。

兄ちゃん。

ちゃんと、治療してる？

分かってるよ。見つかった時にはもうとんでもないところまで病状が進んでいたのも、治療にすごくお金がかかるのも分かってる。だけどやっぱり、早すぎる気がするんだ。痩せるのも、入院するのも、お墓を買うのも。

生きようとしてくれてない。

そんな気がする。

「どうして俺たちみたいな人間が、この世に生まれてくるんだろうな」

兄ちゃんの心臓の鼓動が、ほんの少しだけ、大きくなった気がした。

「せっかく進化して雄と雌に分かれたのに、こんなのが残ってたら台無しだろ。でも人間だけじゃなくて、他の生き物でも残ってるんだよな。なんでなんだろう。なにか、意味があるのかな」

そんなの、どうだっていいよ。兄ちゃんは僕のために生まれてきたんだよ。そして僕は兄ちゃんのために生まれてきた。それでいいんだ。それで何も困らない。

「兄ちゃん」

顔を上げる。兄ちゃんの手が止まった。言いたいことが山のようにあったはずなのに、今にも泣きそうな顔の兄ちゃんが目に映って、それを全て忘れる。

「――なんか、薬くさい」

兄ちゃんがきょとんと目を丸くした。そして浮かせていた手をまた僕の頭に乗せ、幸せそうに唇をほころばせる。

「ごめんな」

*

小学生の頃、僕の誕生日が休日でかわいそうだと言うクラスメイトがいた。

人当たりのいい、友達のたくさんいる女の子。嫌味ではないと思う。休日は学校がなくて、友達に祝ってもらえない僕のことを、本当にかわいそうだと思ったのだ。

「土日になったらどうせ一緒だよ」

「毎年休みなのと、たまに休みなのは違うでしょ」

どれだけ否定しても、その子はしつこく食い下がってきた。めんどくさくなった僕は「かわいそうな自分」を認め、それで話は終わった。だけど本心は違う。仲良くないやつに祝われても困るから休日の方がいい。それぐらいに考えていた。

だけど、今年は思う。

平日が良かった。

平日なら昼間は学校だから、誕生日のプレゼントとケーキを買いに、親とデパートに出かけるなんてことはなかったのに。

「どれがいい？」

デパートの地下にあるケーキ屋のショーケースの前で、母さんがにこにこと笑う。父さんは我関せずといった仏頂面。僕はあまり飾り気のない、粉砂糖のかかったガトーショコラを指さした。

「これ」

「分かった。すいませーん」

母さんが店員を呼んだ。「誕生日なのでロウソクをお願いします」と声を弾ませる母さんの顔色は明るくて、今日という日を楽しんでいるのが分かる。父さんは何を考えているか分からないけど、少なくともついてきてはいるし、誕生日プレゼントも買ってくれた。二人とも僕の誕生日を祝う気があって、僕を大事に想っている。

なのに、僕のことを認めようとしない。

自分の望むように育つ子しか愛さない親は、子を愛していると言えるのだろうか。確かなのは、祝われているのに喜べない僕は、父さんも母さんも愛していないということだけだ。愛せないのに愛されている気まずさが、心の中に充満している。

「はい」

ケーキの箱が入ったファンシーな柄のビニール袋を、母さんが僕に渡した。そして目尻（めじり）に小さなしわを作って笑う。

「お誕生日おめでとう」

ありがとう。俯（うつむ）きながらビニール袋を握りしめる。箱にはたった三つしかケーキが入っていないのに、ビニールが指に食い込んで、やたらと重く感じた。

＊

夕食は、母さんがステーキを焼いた。

料理が豪華な以外は、いつも通りの食卓だった。あえて言うなら、母さんの口数が多かった。やたらと話を振られるので、食べ終わるのが遅くなってしまった。

食後、火のついたロウソクの挿さったガトーショコラが出てきた。ロウソクは赤青黄の信号機カラーが一本ずつ。一本が五歳分なのだろう。十四歳の時はどういう構成だったっけ。思い出せない。

息を吸って、強く吐く。ふっと火がかき消え、うっすらと漂っていた蝋（ろう）の燃える臭いが消えた。テーブルの向こうで、母さんが大きく手を叩（たた）き合わせる。

「お誕生日おめでとう」

昼間も聞いた言葉。僕はガトーショコラからロウソクを抜き、フォークで切り取って口に運んだ。チョークを黒板にこすりつけるみたいに、チョコレートの濃い甘みがべたべたと舌の上に広がる。

「お前ももう、十五歳か」

母さんの隣で、父さんが自分のモンブランを食べながら話し始めた。

「お前、『元服』って知ってるか？」

「知らない」

「昔の成人式みたいなものだ。江戸時代ぐらいまでは十五歳で大人だったんだよ。お前もそういう歳になったってことだ」

父さんがちらりと横目で母さんを見た。合図めいた動き。何が来るのだろうと身構える僕の前で、父さんが背筋を伸ばす。

「それでな、いい節目だから、提案なんだが……」

一目で作りものだと分かる、ぎこちない笑顔が、父さんの顔に貼りついた。

「今日から、普通に女の子を好きになってみないか？」

ごくん。

口の中に残っていたチョコを飲み込む。押し潰された固体が喉を下る。不思議と、味は感じない。

「最近、女の子とよく一緒に遊んでるだろう。その子はどうなんだ？」

「……興味ない」

「付き合ってみないと分からないだろう、そんなの」

「そうねえ。良くも悪くも、付き合ってみないと分からないよねえ」

何度も、何度も、僕たちは似たようなやり取りを交わしてきた。僕はずっと粗雑な受け答えしかしていないのに、父さんも母さんも一向に諦める気配がなかった。お前のためだ。そう言って、僕じゃない僕を僕に押し付けようとしてきた。

愛してるフリをするな。生まれてきたことに感謝するフリをするな。

僕は――しない。

「僕の人生最大の悲劇は」吐き捨てる。「お前たちから生まれたことだ」

父さんと母さんから笑みが消えた。僕は二人をにらみ、敵意を剝き出しにする。

「同性を好きになったことじゃない。好きになった人が従兄弟だったことでも、うんと年上だったことでも、病気だったことでも、それが僕に伝染ったことでもない。お前たちから生まれたことだ！　お前たちさえまともなら、僕は――」

視界が、真っ暗になった。

テーブルに身を乗り出した父さんが、握りこぶしを僕の眉間に突き立てる。頭蓋骨が飛んでいきそうなほどの衝撃が駆け抜け、僕は椅子ごと後ろに倒れた。床板に後頭部をぶつけ、前後から加わった力が脳で弾けて、目の奥に火花を生む。

「親に向かってその口の利き方はなんだ！」

うるさい。だったら子どもをグーで殴るお前は何なんだ。自分ばっかり棚に上げやがって。元はと言えば、お前が——

「私だって……」

か細い声が、僕の思考を止めた。声の主は、父さんの傍で泣く母さん。ポロポロと涙をこぼす目を両手で覆い隠し、絞り出すように言葉を吐く。

「私だって、『普通』の子が良かった……！」

——よく言えました。

そう思っているのは分かっていたよ。だから驚きはない。あるのは諦観だけだ。何があってもあなたたちは「普通」を貫くということが、今日、改めて分かった。

泣きじゃくる母さんを、父さんが優しく慰める。世界一くだらない茶番劇をしり目に、僕はリビングを出た。部屋のベッドにうつ伏せに飛び込み、枕に顔を埋め、まぶたの裏に湿り気を感じて自分が泣いていることに気づく。

どうして泣いているんだろう。

僕が望んだことなのに。

愛してるフリを止めろって、願っていたはずなのに。

「……うー」

唸り声を上げる。兄ちゃんに会いたい。僕が本当に愛している、僕を本当に愛してくれている人に会いたい。もう僕の生きる理由は、あそこにしかない。

*

ジュンが、クラスメイトの女の子と付き合い始めた。

予想通り。だけど僕は驚いたフリをした。「同じ立場なら同じ選択をした」と、実際は違う選択をしたのに嘘をついた。罪悪感なんて、言われるまでもなく抱えている。それが分かるから、少しでも気持ちを楽にしてあげたいと思った。

『そういえば、誕生日はどうだった？』

そのメッセージを目にした時、全身がほんの一瞬硬直した。打ち明けるか、打ち明けないか。悩んだ末に後者を選んだ。ジュンのためではない。今の状況を文字にして打ち出すことで、それが確かなものになってしまうことが怖かった。

『別に。何もなかったよ』

『そうなの？　彼とのお祝いは？』

『急な事情があって、なくなった』

間が空く。気軽に良くないことを聞いてしまったと後悔しているのだろう。ジュンのそういうところは好きだ。だけど、それじゃあ嘘ついて女の子と付き合うなんて無理だぞと、心配にもなってくる。

『ジュン』

呼びかけてから、何と言おうか考える。兄ちゃん以外に僕がこうやって接する相手はジュンだけだ。目的がないのに話しかける。話しかけることそのものが目的となっている。そんな相手は、ジュン一人だけ。

『じゃあね』

メッセンジャーを退席する。オフラインになっている兄ちゃんの名前にカーソルを合わせ、無意味にクリックを繰り返す。当たり前だけど、何度マウスをカチカチと鳴らしても、兄ちゃんがオンラインになることはなかった。

*

いつも通りの朝だった。

いつも通り学校に行くのが億劫で、それでもいつも通り出ていった。学校でも特に変わったことはなかった。いつも休まないやつが欠席したとか、校庭に野良犬が入ってきたとか、その程度の変化もなかった。

定期テストが近いので、図書室で勉強してから帰った。テストが近くなるとみんな早く帰るようになるから、通学路は空いていて気持ちが良かった。このまま散歩にでも出かけようか。そう思いながらも実行はせず、やがて家が見えてきた。

そこで初めて、いつもと違うことが起こった。

家の駐車スペースに、朝はなかった車が停まっている。つまり、父さんが帰ってきている。僕が遅れて下校しているとはいえ、さすがにまだ早い。

同じようなことが前にもあった。去年の秋だ。そしてその時は、兄ちゃんから話を聞いた父さんが説教のために待ち構えていた。

――バレた？

深呼吸をしてから、玄関のドアをゆっくりと開ける。「ただいま」と呟き、中に足を踏み入れる。

玄関口にいた父さんと母さんが、驚いたように僕を見やった。

「おかえり」

母さんがしどろもどろに言葉を返した。僕は無視して父さんの姿を凝視する。提げているビジネスバッグは、いつも会社に行く時に持っていくもの。だけど服装はいつもと違う。上から下まで真っ黒なスーツ、同じ色のネクタイ。

喪服。

「……お葬式？」

探るように尋ねる。父さんは、答えない。

「誰のお葬式に行くの？」

嘘だ。そんなこと、あるわけがない。だって、退院したら誕生日を祝ってくれると言っていた。遠い未来の話はできなかったけれど、近い未来の約束はちゃんとしてきたんだ。だから――

「お前は知らなくていい」

頭の中で、何かが大きく弾けた。

「誰の葬式だって聞いてんだよ！」

父さんに摑みかかる。父さんの上体が後ろに傾き、二人とも倒れそうになった。だけど父さんはどうにか持ち直し、両腕を僕の肩に突き立てる。

「いい加減に……しろ！」

身体を押される。尻もちをついた僕を見下ろし、父さんが喪服の襟を正した。

「話は帰ってからだ。お前は家で待ってなさい」

父さんが僕に背を向け、革靴を履き始めた。行ってしまう。行ってしまったらもう後を追う術はない。僕の知らないところで、全てが終わってしまう。

ほとんど無意識に、身体が動いた。

「待ってください！」

革靴の擦れる音が聞こえ、父さんが振り返ったのが分かった。だけど額を床に擦りつけているから、その姿は見えない。いきなり土下座を始めた僕を見て、どういう表情をしているかも分からない。分からないまま、必死に言葉を繫ぐ。

「お願いします。僕も連れていって下さい。今まで色々あったのは認めます。父さんが僕を連れていきたくない気持ちも分かります。でも全部忘れて、僕も連れていって下さい。最後ぐらい、いいじゃないですか。お願いします。お願いします。お願いします……」

懇願を繰り返す。繰り返すうちに、声と涙が合わせて床に落ちるようになる。気持ちの整理どころか、まだ現実を受け止めることすらできていない。なのに、悲しいという結果だけが、次から次へと胸に溢れて止まらない。

「お願いします。お願いします。お願いします……」

無機質な音が、僕の震える声を上から踏みつぶした。

「諦めなさい」

涙が止まった。

今までとは違う震えが全身を覆う。開いている手が自然と握り拳を形づくる。諦めなさい。その一言が頭蓋骨の中で反響を重ね、際限なく大きくなっていく。

これ以上――

これ以上、何を諦めろって言うんだ。

「……ああああああああああ!!」

雄叫びと共に、父さんに飛びかかる。今度は父さんも耐え切れず、僕たちは玄関に二人揃って倒れ込んだ。母さんがもみくちゃになる僕と父さんに駆け寄り、僕を後ろから羽交い締めにして動きを押さえる。

「放せ!」

暴れる僕の目の前で、父さんがゆっくりと立ち上がった。そしてビジネスバッグを拾い上げ、スーツについた埃（ほこり）をパンパンと払いながら口を開く。

「母さん。今日はこいつを、絶対に外に出すなよ」

父さんが背を向けた。そしてこちらを一瞥（いちべつ）もすることなく、外に出ていく。

「絶対だぞ！」

バタン。派手な音を立ててドアが閉まる。僕はもう自分でも何を言っているのか分からないような罵声（ばせい）を、しばらくの間、めちゃくちゃに叫び続けた。

*

父さんが去った後、母さんは僕の財布を没収した。

そして僕に、父さんが帰ってくるまで部屋から出ないようにと命じた。部屋から出られず、強引に出ても移動手段がなく、父さんがどこに行ったかも分からない。念の入れように辟易（へきえき）しつつ、哀れにも思う。その程度で僕を止められると思っているなんて。

「じゃあ、大人しくしてなさいよ」

僕を部屋に押し込み、母さんが一階に下りる。階段を下る音が聞こえなくなってからすぐ、僕は椅子に座って机の上のノートパソコンを開いた。そしてブックマークから目的のサイトを開き、ログインしてほくそ笑む。

——よし。

青い点が地図上を動いている。これが見えるということは、僕がさっき父さんのバッグに忍ばせたスマホは発見されていないということだ。だからこうやって、父さんが僕を監視していたのと同じように、僕も父さんの行き先を把握できる。

どうにか監視を騙(だま)せないかと、連携サイトを調べておいた甲斐(かい)があった。これで行き先の問題は解決。次は脱出だ。母さんを強引に振り切ることができたとしても、それをやって警察を呼ばれたりしたら対応が難しい。

部屋の窓を開け、地上を見下ろす。手をかけて下りられそうなものはない。とはいえ、飛び降りるのはさすがに難しい。窓から垂らせる縄梯子(なわばしご)のようなものがあればいいのだけど、もちろんそんな都合のいいものを持っているはずがない。

だったら、作るしかない。

衣装タンスを開き、生地の厚い衣服を片っ端から取り出す。そして袖(そで)同士を結んで繋ぎ、衣服のロープを作る。出来上がったロープの端をベッドに括(くく)り付け、反対側の端を窓から垂らすと、先端が地上から一メートル程度のところまで達した。そこまで行ければ、下りるには十分だ。

ノートパソコンのモニターを覗(のぞ)くと、青い点は葬儀場で止まっていた。葬儀場の名前と住所を紙にメモし、制服のズボンのポケットに入れる。そして靴の代わりに靴下を何枚か重ねて履いて準備完了。衣服のロープを垂らした窓へと向かう。

ロープを握り、壁に足をつけながら下に降りる。服の繊維がぶちぶちと切れる音が聞こえる中、自分の身長と同じぐらいの高さまできたところで、僕はロープを手放して地面に飛び降りた。着地した瞬間、足の裏から頭のてっぺんまで走った痺れを振り払い、そそくさと家を離れる。

脱出も成功。最後に必要な移動手段の確保は、あれしか思い浮かばない。日の落ちかけている街を走り、交通量の多い大通りに出て、道路の奥をじっと見やる。

向かいから、空車表示のタクシーが向かってくるのが見えた。

手を上げると、タクシーはちゃんと停まってくれた。後部座席に乗り込み、運転手のおじさんに葬儀場の名前を告げる。おじさんはすぐにタクシーを発進させ、僕はほっと一息ついてシートに背中を深く預けた。

「お葬式かい？」

おじさんが話しかけてきた。予想の範囲内だ。ここで不自然に見えないよう、制服から着替えないで外に出た。

「はい」

「そうか、大変だね。親御さんは？」

「先に行ってます。事情があって僕だけ遅くなっちゃって」

「ふうん」

バックミラー越しに僕を見ながら、おじさんが意味深に鼻を鳴らした。

「靴を履いてないのは、どうしてかな」

土踏まずが、ずきりと痛んだ。

足元まで見られるとは思っていなかった。どうしよう。早く答えないと、どんどん怪しくなってしまう。どんな理由があるだろうか。どんな――

「ごめん。いいよ」

ミラーに映るおじさんの頬が、柔らかく緩んだ。

「事情があるんだろう。話さなくていい。おじさんは君をお客さんとして尊重する」

僕を子どもではなく、人間として扱ってくれている。今まで僕とそうやって向き合ってくれた大人はいない。父さんも、母さんも、先生も、兄ちゃんですら。

「――あの」

「いや、だからいいって」

「いえ、そうじゃなくて……実は僕、お金持ってないんです」

おじさんの眉が、ぴくりと動いた。

「それで、着いたら家族に払ってもらうつもりなんですけど……いいですか?」

ダメだと言われ、事情を聞かれるかもしれない。葬儀場に辿り着けないかもしれない。なのに、わざわざ聞いてしまった。どうしてだろう。自分でも分からない。

赤信号にさしかかり、タクシーが停まった。僕は肩をすくめる。おじさんが首を回して僕の方を向き、ふっと力を抜いて笑った。

「いいよ」

＊

タクシーが停まった時、外はすっかり暗くなっていた。

車から降りて、曲がり角を一つ曲がる。葬儀場の前に着くと、僕の——兄ちゃんの苗字が書かれた案内板が出ていた。分かっていたのに、だから来たのに、息が大きく乱れる。僕は胸に手を乗せて呼吸を整え、闇に浮かぶ四角い建物を見上げた。

靴下の向こうから、小石が足の裏を刺す。鈍い痛みが身体を巡る。行かなきゃ。両手を強く握りしめ、右足のふくらはぎに力を込める。

「君」

肩に置かれた手が、歩き出そうとする僕を止めた。

喪服を着た男の人が、しぶい顔をして僕をにらみつけていた。年齢は僕の父さんと同じぐらい。硬い印象を抱かせる角張った輪郭が父さんによく似ている。——当たり前だ。数回しか会ったことはないけれど、ちゃんと覚えている。

父さんのお兄さん。僕の伯父さん。

兄ちゃんの、父親だ。

「俺のことが分かるか？」

首を縦に振る。伯父さんが面倒そうにため息を吐いた。

「何しに来た」

「……兄ちゃんを、見送りたくて」

「ダメだ」

有無を言わせず希望を奪う。こういうやり口も、父さんに似ている。

「君には、本当に申し訳ないことをしたと思っている」

父さんによく似た太い眉が、内側に強く寄った。

「うちのバカのせいで、君の人生をめちゃくちゃにしてしまった。あいつが居なくなったからと言って、それをなかったことにするつもりはない。この罪は一生をかけて償わせてもらうつもりだ。だから、あいつのことはもう忘れてくれ。頼む」

兄ちゃんの父親が、僕に向かって深く頭を下げた。真摯な言葉と態度。だけどこの人はタクシー運転手のおじさんのように、僕を人間として認めて尊重してくれているわけではない。父さんと同じで、自分の思うように僕を動かしたいだけだ。

きっと、兄ちゃんにもそうだったのだろう。兄ちゃんを自分の思うように動かそうとして、失敗して、捨てた。兄弟揃ってこうなのだから、さらに上の親が悪いのかもしれない。僕に物心がついた頃には亡くなってしまっていたから分からないけれど、そういえば父さんから自分の親の話を聞いたことがない。あまり語りたくない思い出なのかもしれない。

――それがどうした。

「バカはお前だろ」

関係ない。お前の過去なんて、父さんの過去なんて、知ったことか。

「お前が兄ちゃんを認めていれば、こうはならなかった」

伯父さんの顔が、ぐにゃぐにゃに崩れる。福笑いみたいにパーツが動く。動いて、混ざって、固まって、父さんの顔が出来上がる。

「お前が兄ちゃんを認めていれば、こうはならなかった。僕のことだってもっと慎重になったし、そもそも、HIVに感染するようなことをしなかったかもしれない。全部お前だ。お前がこうしたんだ」

言葉はきっと届かない。だってこの男はこの結果を「それでいい」と思っている。そうでなければお葬式の当日に「うちのバカ」なんて呼び方はしない。

きっと本当はお葬式だって開きたくなかったのだろう。開いたのは、世間体に負けたからだ。そういうところも、本当に、本当に腹が立つ。

「お前だ！　お前が兄ちゃんを殺したんだ！　お前が――」

こめかみに衝撃が走り、言葉が途切れた。

頭蓋骨（ずがいこつ）の中で脳みそが揺れ、コンクリートの地面に倒れ込む。手をついて上体を起こすと、よく似た顔が二つ並んでいた。兄ちゃんの父親と――父さん。誕生日の時も思ったけれど、どうしてこの人、いきなり殴るんだろう。獣を躾（しつ）けるように、僕と接するんだろう。

「どうしてここにいる」

答えない。代わりに、言わなくても分かるだろと視線で伝える。

「お前がここにいることで、周りがどう思うか、分からないのか」

分かってるさ。でも関係ない。関係ないんだ、そんなこと。

「お前は自分が何をしたのか、分かってるのか！」

「人を好きになった！」

叫び声に、叫び声をぶつける。父さんがわずかに顎を引いた。

「それだけだ！」

「――この！」

父さんが一歩、僕に向かって近寄ってきた。僕は起き上がり、父さんたちに背を向けて駆け出す。来た道を戻り、曲がり角を曲がってすぐ、ハザードランプを点滅させて停まっているタクシーが目に入った。

運転手のおじさんが窓を開け、タクシーの中から顔を出した。僕は足を止める。どう説明すればいいのだろう。考えているうちに、おじさんの方が先に動く。

「どうした」おじさんが、僕の頬に手を伸ばした。「泣いてるぞ」

おじさんの指が僕の頬を拭った。優しい手つきに、また涙があふれる。きっとこうしてくれる人が一人でも傍にいれば、僕の人生も兄ちゃんの人生も全く違ったのだろう。

でもこの人は、僕の人生とは交わらない人だ。

「すいません」

革靴がアスファルトを叩く音が、葬儀場の方から聞こえてきた。

「お金、払えません。これから僕を追って人が来ると思うので、その人に払って貰って下さい。お願いします」

頭を下げ、来た道を見やる。父さんと目が合う。僕は踵を返し、父さんの「待て！」という声を背中に受けながら、行く当てもなく夜の街を駆け出した。

＊

進む先から、波の音が聞こえた。

そのまま足を進めると、小さな砂浜が姿を現した。道路から浜辺に下り、真っ黒な海に向かって歩く。ボロボロになった靴下を脱ぎ、足首まで海に浸して佇むと、ホットミルクに沈めた角砂糖みたいに、爪先から溶けてしまえそうな気分になった。

足の冷えが背中まで伝わる。僕は水辺から離れ、砂浜に腰を下ろした。今と同じように波音を聞き、今と違う夕焼けの海を眺めながら語られた言葉を思い返す。

——お前と一緒なら、どこでもいいよ。

一緒にいる。それだけで良かった。他のことなんて何も求めていなかった。それが望み過ぎなら、僕はどうすればいいのだろう。兄ちゃんと出会ったところから人生をやり直せるとして、僕が幸せに生きる道はあったのだろうか。

兄ちゃんが僕にHIVを伝染さなくても、兄ちゃんはエイズを発症する。そうなった時、兄ちゃんは間違いなく僕から離れようとするだろう。感染の自覚がない頃から僕を遠ざけようとしていたのだ。受け入れてくれるわけがない。

なら、僕が兄ちゃんに告白していなかったら。

それなら兄ちゃんは、エイズを発症しても僕を拒絶しない。でも、僕が告白した時にそれを受けてくれるかというと、そんなことはあり得ない。命を武器にしてようやく通した想いなのだ。発症した後に通るわけがない。

——詰んでたんだなあ。

僕のこの想いは、望み半ばで砕け散ることが運命づけられていた。そしてきっとそれは、僕だけに課せられた試練ではない。僕が男だったとか、生まれてくるのが遅かったとか、そういうこととは無関係に、叶わず散っていく運命の想いがあちこちにある。細川さんから僕への想いのように。

人を好きにならなければいいのだ。期待しなければ裏切られることもない。でも兄ちゃんを好きじゃない僕なんて、僕じゃない。兄ちゃんが僕を僕にしてくれた。

明日には、灰になってしまうけれど。

「……う」

仰向けに倒れる。夜空を眺めながら、両腕を横に伸ばす。風で飛んだ砂が顔に当たり、そのうちの何粒かが、頰を伝う涙に吸いついて皮膚をざらつかせる。

綺麗だ。

どうしてこんな日に、こんな時に、こんなにも美しい星空が見えるのだろう。曇っていて欲しかった。星なんて一つも見えなければ良かった。煌めきに、大切な人と過ごした大切な思い出を呼び起こされてしまう。

――どうして俺たちみたいな人間が、この世に生まれてくるんだろうな。

分からない。分からないよ。どうして僕がこんな想いをしなくちゃならないのか、僕には全く分からない。

――俺は、地獄に行くよ。

僕も行く。天国のフレディより地獄の兄ちゃんを選ぶ。それでいいんだ。兄ちゃんと一緒に居られれば、どこだって――

――あの世に『QUEENⅡ』が届くように、僕がちゃんと手配するよ。

強い風が、僕の身体を撫でた。

背中を起こす。漆黒の海を見つめ、気持ちを落ち着かせる。潮風が涙を乾かすにつれて、少しずつ、少しずつ、ついさっきまで考えることすらできていなかった未来の姿が、輪郭を得て形になっていく。

そうだ。

まだ、やることがあった。

二本の足で、砂浜に立つ。冴えた頭が波音をクリアに捉える。全てが終わったら還っておいで。そう言ってくれているように、僕には聞こえた。

＊

海辺を離れてすぐ、見回りの警官に声をかけられた。

靴も履かずに夜の街をさまよう制服姿の学生だ。スルーする方がおかしい。警官は僕に「何をしてるんだ？」「どこから来た？」「家は？」と次々に質問を投げ、僕は何も答えずに黙った。唯一、「身元の分かるものは持ってるか？」という質問には、ポケットに入っていた生徒手帳を渡した。

僕は交番に連れていかれ、そのうちに母さんが迎えにきた。すぐ傍の葬儀場にいる父さんではなく、家からわざわざ母さんが。僕は母さんとタクシーで家に帰り、お風呂に入って寝た。帰り道、母さんは色々話しかけてきたけれど、僕はちっとも相手にしなかった。

翌日、僕は学校を休んだ。

次の日も、その次の日も休んだ。僕の奇行に母さんはオロオロしていて、父さんは何も言わなかった。学校を休み始めて二日目の夜、下の階から「子育てはお前の仕事だろう！」という怒鳴り声が聞こえた。本当にどうしようもない男だ。それから、兄ちゃんのところ兄ちゃんに『QUEENⅡ』を届けなくてはならない。寝て起きたら全てが終わっているに行かなくてはならない。だけど何もする気になれない。兄ちゃんのところいる。そんな都合のいい展開を期待するように、ひたすらベッドの上で横になって目をつむる。

コンコン。

部屋のドアがノックされた。僕は頭から布団をかぶって無視を決め込む。布団の向こうからドアの開く音が聞こえ、そのすぐ後、声が聞こえた。

「起きてる？」

布団をめくる。

声から予想できていたのに、驚きに固まってしまう。逆に向こう——細川さんは、落ち着いた様子で静かに微笑んだ。

「ごめんね、いきなり。心配になって」

細川さんが三つ編みを撫で、ほんの少し顔を僕に近づけた。

「何か、あったの？」

君には関係ない。そんな言葉が頭に浮かび、だけど口にせず止める。細川さんは、僕に触れる権利がある。

「恋人が死んだ」

細川さんの両目が、眼鏡のレンズの向こうで大きく見開かれた。

「それで今は何もする気が起きないんだ。だから——ごめん」

頭を下げる。空気を読んで去ってくれることを期待して、降伏の意志を示す。だけど
細川さんは、退かなかった。

「お葬式には出られたの？」

「……出てない」

「お墓参りは？」

「……行ってない」

「お墓の場所は分かってる？」

「……墓地は知ってる。生きてるうちに、お墓買った話聞いてたから」

「じゃあ次の休み、一緒にお墓参りに行こう」

珍しい、強い口調で言い切り、細川さんが僕の顔を指さした。

「鏡、見てないでしょ。今すごい顔してるよ。そんな顔してたら——」

細川さんが目を伏せる。まつ毛の裏に感情を隠し、絞り出すように呟く。

「引っ張られちゃう」

——そうか。

この子は本当に、僕のことが好きなのだ。僕が兄ちゃんを好きだったのと同じように。

だから僕が兄ちゃんから生きる意志のなさを読み取ったように、僕に生きる意志がない

ことに気づいた。そして引き止めようとしている。生かそうとしている。

「……分かった」

笑ってみせる。不自然にならない程度に、弱々しく。

「一緒に行こう。僕も行きたいとは思ってた。だから、ちょうどいいよ」

残りの一ピースを嵌(は)める手伝いを、君にしてもらう。

僕はもう一人では動けない。だから兄ちゃんに『QUEENⅡ』を届けるため、君に力を貸してもらう。そして旅立つ。君から離れて、兄ちゃんに会いに行く。

最後の最後まで、僕は君を利用する。君の好意を踏みにじる。だから全てが終わったら僕を罵(ののし)って欲しい。それができない子なのは、知っているけれど。

「じゃあ、約束ね」

細川さんが右の小指を立てた。僕は自分の右の小指をそれに絡める。絶望的なまでにすれ違いながら繋(つな)がっているのが滑稽(こっけい)で、残酷で、繋がりが解けた後、僕は指の横腹をこっそりと布団で拭(ぬぐ)った。

＊

墓参りの日は、快晴になった。

空の青がくっきりとしていて、梅雨を通り越して夏になってしまったようだった。いつものコンビニで細川さんと合流し、バスに乗って並んで座る頃には、二人とも額に汗をかいていた。細川さんがハンドバッグに手を入れ、小さな袋に包まれた飴玉(あめだま)を僕に差し出す。

「食べる？」

ハッカの飴。そういえば、好きだって言ったっけ。よく覚えてる。

「ありがとう」

飴を受け取り、中身を口に放り込む。清涼な香りが口から鼻に抜ける。今日の天気に相応(ふさわ)しい爽(さわ)やかな匂いが、今の気分には全く似つかわしくない。何もかもがちぐはぐで、居心地が悪い。

「ねえ」細川さんが口を開く。「今日、家の人にはなんて言って出てきたの？」

ごくん。飴玉を飲み込み、横を向く。細川さんは自分の腿(もも)辺りを見つめ、僕の方を向いていなかった。僕も前に向き直り、独り言みたいに呟く。

「なんにも言ってない。黙って出てきた」

だから後で問題になるよ。そこまでは言わない。どうでもいいから。だけど細川さんにとっては、そうではないのだろう。だから質問してきた。

今日のことは、父さんと母さんにバレる。外出は気づかれなかったけれど、不在に気づかれないうちに帰れる距離ではない。スマホも持ったままだ。置いてこようかとも考えたけれど、今さらそんなことを気にするのもバカらしいので止めた。

今までのようにスマホを細川さんに預けて、僕一人で墓参りに行けば、あるいは誤魔化すこともできたかもしれない。でも、やらなかった。細川さんが提案しなかったから。その理由は、何となく分かる。

「ごめんね」

車内アナウンスが、次の停留所の名前を告げた。

「どうしても、一人で行かせる気になれなかったの。家の人に何か言われたら、わたしのせいにしていいから」

気にしないでいい。僕は気にしていないし、何より、君の予感は正解だ。一人で出かけていたら、僕はきっと戻らない。二人で行ったところで、ただ引き延ばされるだけで、結末は一緒だけど。

「僕の選択を、細川さんのせいになんてしないよ」

僕の選んだ道だ。今日のことも、これからのことも。だから君に責任はない。責任なんて、感じてはいけない。

バスが停まった。赤ちゃんの乗ったベビーカーを押して、若い女の人が乗り込んでくる。陽の光を浴びて輝くベビーカーがやたらと眩しくて、僕は身体を深く椅子にあずけ、目をつむって暗闇に逃げ込んだ。

＊

墓地は、海のすぐ傍にあった。

兄ちゃんのお墓がある場所を、墓地の管理者に聞く。線香を買い、木桶に水を汲み、雑巾を持って墓地を歩く。やがて僕と同じ苗字の刻まれた墓石が、僕たちの前に姿を現した。

「同じ苗字なの？」

細川さんが不思議そうに呟く。僕は「うん」とだけ答えた。もう少し聞かれたら血縁者であることを言ってもいいと思ったけれど、細川さんは水に濡らした雑巾で墓石を拭き始め、話を広げることはなかった。

墓石を拭き終わり、線香を供える。手を合わせ、目を瞑っても、まぶたの裏には何も浮かばない。死の衝撃が去った後に残る悲しみは、大切な人を失った世界で生きなくてはならないことへの嘆きだ。僕には関係ない。生きないから。

目を開く。背負っているリュックから『QUEENⅡ』を取り出そうと、右のショルダーベルトを肩から外す。だけど僕がリュックを開けるより早く、細川さんが声をかけてきた。

「聞いてもいい？」

「なに？」

「この人、どういう人だったの？」

強い視線が、僕の眉間を射貫く。

今まで細川さんは正体不明の僕の恋人について、何も尋ねてこなかった。行動を起こさないことによって、踏み込む意志がないということを示してきた。つまり行動を起こしたということは、違う意志を示しているということ。

「――頭のいい人だったよ」

「好きなものとか、趣味とかは？」

「洋楽をよく聞いてた。クイーンとか」

「クイーン？」

「昔のバンドだよ。僕も影響されて、よく聴いてる」

「ふうん。なんかそういうの、いいね」

「そうかな。恋人の趣味で服装が変わるのと同じで、ダサい気がするけど」

「そんなことない」

間髪を容れず、細川さんが否定を返した。風が線香の匂いを散らす。

「この人をきっかけに触れて、いい音楽だと思って、だから聴いてるんでしょ。この人が好きなものを、自分も好きになれたんでしょ。それはすごくいいことだよ」

細川さんがちらりと横目で墓石を見た。そしていつものように、手持ちぶさたに三つ編み(な)を撫でる。

「そういう、この人が遺してくれたものは、大切にした方がいいと思う」

遺してくれたもの。

リュックの中の『QUEENⅡ』を意識する。僕はこれを墓に供えにきた。兄ちゃんから受け継いだものを、兄ちゃんに返しにきた。それで全てが終わる。終えることができる。

終わってしまう。

兄ちゃんの生きた証が、この世界からなくなってしまう。

「行こう」

来た道を見やり、細川さんが呟く。待って。まだやることがあるんだ。そう言わなくちゃならないはずの唇が、全く別の言葉を返した。

「うん」

*

バスを降りる。

つい数時間前に使ったバス停が、反対車線の向こうに見えた。帰ってきたという実感が湧き、同時に違和感を覚える。元から今日は帰ってくるつもりだったのに。お墓に

『QUEEN II』を供えていないこと以外は、ちゃんと予定通りなのに。

「帰る前に、いつもの公園行かない？」

細川さんが海浜公園の方を指さす。僕が誘いを受け入れると、細川さんは僕の気が変わるのを避けるように、すぐさま公園に向かって歩き出した。歩調はいつもより早足で、僕を先導しているようにも、僕から逃げようとしているようにも見えた。

家族連れで賑わう公園の中を歩き、海の見える広場に着く。僕たちがベンチに座るや否や、目の前を小さな子どもたちが奇声を上げながら駆け抜けた。細川さんが苦笑いを浮かべながら、僕に話を振る。

「子どもって、元気だよね」

どう答えればいいか分からず、僕は黙った。細川さんも少し黙り、だけどすぐにまた話しかけてくる。

「ずっとここに住んでるんだよね」

「うん」

「じゃあ、小さい頃、家族とこの公園に来たこともあるの？」

「あるよ」

遠い過去を思い返す。母さんの作ったお弁当を三人で食べて、父さんとあちこち駆けずり回った、僕の一番が家族だった頃の思い出。だけど兄ちゃんを好きになって、兄ちゃんが一番になって、全てが変わった。

兄ちゃんがいなくなれば、それもひっくり返るのだろうか。何もかもが過去になって、一からやり直すことになるのだろうか。思えば僕が今まで好きになったのは兄ちゃんだけだ。もしかしたら僕は同性愛者ではないかもしれない。たまたま兄ちゃんが男だっただけで、今度は女の人を好きになる可能性だって――

「どうしたの？」

横を向く。

細川さんが僕を見ている。よほどおかしな様子だったのだろう。落ち着きなく揺れる視線に戸惑いが表れている。だけど戸惑っているのは、僕だって同じだ。

――今、僕は何を考えた？

「昔のこと、思い出した？」

違う。逆だ。僕は未来のことを考えていた。もう捨てたはずの、考えなくてもいい未来のことを。

「いい思い出なら、たくさん思い出した方がいいよ。辛いこともあったと思うけど、それだけじゃないでしょ。忘れない方がいい」

生きる。僕は生きたいのだろうか。生きるためにはそういうの、だから兄ちゃんの墓に『QUEENⅡ』を供えることができなかったのだろうか。

「大丈夫だよ。わたしもいるから。失くしたもの、全部埋めるのは無理だけど、できる限り力になる。だから――」

細川さんが身体を寄せてきた。潤んだ瞳で、僕を見据える。

「生きよう」

風と波の音が、僕たちを覆う。空間に満ち、隙間を埋め尽くし、逆に何も聞こえなくなる。海の底に放り込まれたみたいに、世界からノイズが消える。

頭の後ろから、僕の名を呼ぶ叫び声が届いた。

＊

振り向く前から、どんな顔をしているかは分かっていた。

眉を吊り上げ、唇を引き絞り、頬を赤くして僕をにらみつける。本当にいつも通りで芸がない。分かりやすくて、むしろ安心するけれど。

「どこに行っていた」

そんなの分かってるだろ。僕はスマホを持ってるんだから。ここにだって、それを頼りにしてきたくせに。

「言う必要ある？」

獣が毛を逆立てて外敵を威嚇するように、父さんの両肩が大きく上がった。そしてそのままずんずんと大股で僕に近づいてくる。来いよ。僕はポケットに両手を入れてふんぞり返り、不遜な態度で父さんを待ち構えた。

「止めてください！」

細川さんが、僕と父さんの間に割って入った。こちらに背中を向け、通せんぼをするように両腕を軽く開いて、僕を守るような素振りを見せる。僕は気勢を削がれ、だけど父さんは、止まらない。

「どきなさい」

「イヤです！　今日はわたしが誘ったんです！　文句はわたしに言ってください！」

言い争いが、風に乗って広がる。走り回っていた子どもたちが僕たちを見て、怯えた顔をして離れていった。

「お父さんは、間違ってます」

声を震わせながら、細川さんが、父さんに毅然と立ち向かう。

「もっと子どものことを信じてあげても、いいじゃないですか。フラれたら死んでいたかもしれないって言ってたぐらい、彼女さんが本気で好きだったんですよ。それを無理やり引き離して、お葬式にも、お墓参りにも行かせないで……」

細川さんの背中が上下した。大きく息を吸い、吐き出す。

「そんなの酷すぎます！　お父さんは――」

「男だぞ！」

巨大な声が、言葉の続きを吹き飛ばした。

顔一面を真っ赤にして、感情を剝き出しにした父さんが、細川さん越しに僕をにらむ。

細川さんの表情はわからない。とりあえず、しっかりと伸びていた背骨は、自分を守るように少し丸まっている。

「男で、大人で、従兄だぞ！　ＨＩＶの感染者で、それを伝染させたんだぞ！　そんなやつを認められるか！　君こそ何も分かっていない！」

恥ずべき、隠したいはずの情報を、父さんが次々と暴露する。よほど頭に血が上っているのだろう。僕への怒りで脳みそが埋め尽くされている。

「どけ！」

父さんが細川さんの肩に手をかけた。僕はその手に摑みかかる。

「止めろよ！」

細川さんを押しのけて前に出る。父さんが「放せ！」と叫び、腕を大きくブンと振り払った。払った腕が鼻先に当たり、僕はぐらりと地面に倒れ込む。

右手で鼻を拭うと、手の甲に真っ赤な血がべったりとついてきた。鉄の臭いが闘争心に火をつける。殺してやる。そういう気概で父さんをにらみつけようとする。

目。

他人との距離を測ろうとする冷たい目が、僕についた火を嘘みたいに消し去った。近寄って欲しくない。この距離を保ってほしい。そういう願いが伝わる、翅の生えた気持ち悪い昆虫を警戒するような表情。父さんからも、母さんからも、他の誰からも向けられたことのない視線。

失望するより先に驚いた。この光景は予想していなかった。

細川さんは、そういう顔をできない子だと思っていた。

「……細川さん」

か細い声で呼びかける。細川さんが、びくりと身体を上下させた。

「本当だよ。父さんの言ったことは、全部本当だ。僕の恋人は、男で、大人で、従兄で、HIVの感染者で、僕もHIVに感染している」

立ち上がり、細川さんに歩み寄る。細川さんの怯えが分かりやすく濃くなる。来ないで。そういう心の叫びが、視線を通して伝わってくる。

——そうか。

兄ちゃんが他人の引いた線に拘る理由が、自分を好きになれない理由が、ようやく分かった。この視線だ。本当に近しい人以外に知られていない僕と違って、兄ちゃんのそれは、親戚の間で噂になるぐらいには有名だったから。

「この中に、ウィルスがいるんだ」

腕を伸ばす。血の付いた手の甲を、細川さんに向かって差し出す。

パン。

右手に痺れが走った。細川さんが後ずさり、僕の手を叩いた自分の左手を押さえながら、ふるふると首を振る。

「違うの」

違わないよ。違うもんか。これが僕で、それが君だ。

「そうじゃない。本当に、そうじゃなくて――」

見開かれた細川さんの両目から、大粒の涙がこぼれ落ちた。

「――ごめんなさい！」

僕に背を向けて、細川さんが走り出した。僕は両腕を力なく下げ、その後ろ姿を見送る。姿が消え、気配が消え、後に残ったぽっかりとした空白に、父さんの野太い声が響いた。

「帰るぞ」

父さんが僕の腕を掴み、グイと引っ張った。僕はされるがまま、父さんについて歩く。自分の意思を失くした人形を装い、その内心で、ただ一つの言葉を繰り返し唱え続ける。

要らない。

要らない。要らない。要らない。こんな世界は、こんな現実は、もう要らない。心の底からそう思えるようになった。これで僕は兄ちゃんに会いに行ける。一緒にいられればどこだっていい。あの約束を果たすことができる。

父さんに引きずられながら、海の方を向く。果てなく続く大海原が視界を埋め尽くす。すぐに行くよ。だから、もう少しだけ待ってて。そう語りかけるように僕は唇を綻（ほころ）ばせ、波の音に微笑みを返した。

＊

家に戻り、父さんと母さんの説教から解放された後、僕は部屋でノートパソコンのデータ整理を始めた。

自分がいなくなった後に見られたくないものを消しているうちに、ジュンからメッセンジャーで話しかけられた。彼女とセックスしようとして、できなくて、自己嫌悪に襲われているジュンを、僕は優しく慰めた。そして兄ちゃんとの結末を、少し脚色を交えながら話した。僕も後を追うことを決めているからか、辛い出来事を語っているはずなのに、不思議と気分は悪くなかった。

やりとりの中で僕は、兄ちゃんに『QUEENⅡ』を届ける役目をジュンに託すことにした。それが一番美しいと思ったから。チャットの後はメールで遺書を書き、自動的にジュンに届くよう予約投稿をセット。次は、ジュンのために話を通しておかなくてはならないので、両親に宛てる遺書の文面を考える。

音楽を聴こうと、僕はパソコンのプレイヤーを起動させた。選ぶアーティストはクイーン。選ぶ曲は、兄ちゃんが一番好きだと言っていた『トゥー・マッチ・ラヴ・ウィル・キル・ユー』。

過剰な愛は、君を殺す。

この結末を予言していたかのようなタイトルだ。やっぱり全ては、神さまの決めた運命なのかもしれない。兄ちゃんは、どうして自分たちのような人間が生まれてくるのだろうと悩んでいたけれど、シンプルに、神さまがそう決めたというだけの話なのかもしれない。

じゃあ、何で神さまはそう決めたのだろう。

どうして神さまは、僕をこう創ったのだろう。

曲が終わる。ランダムに選ばれた次の曲を聴きながら、僕はジュンへの遺書をもう一度開いた。頭から読み直し、文章を付け足す。

『僕たちのような人間は、どうして生まれてくると思う?』

ジュンはどんな答えを出すだろう。少しだけ考えて、すぐに止める。遺していくものに想いを馳せてはいけない。僕はただ、僕の望むように、この命を完結させることだけを考えていればいい。

＊

自転車の鍵だけを持って、玄関を出る。

久しぶりに漕ぐペダルは重たくて、スピードが思うように上がらなかった。子どもは学校、大人は仕事の時間だから、道にはほとんど人がいない。天気は快晴。抜けるような青空から降り注ぐ日差しが、シャツ越しに背中を焼く。

　海沿いの道に出た。両手をハンドルから離し、腕を広げて風を受ける。このまま飛んでいってしまえればいいのに。そんなことを考えていたはずなのに、バランスを崩して反射的にハンドルに手を戻してしまい、自分の覚悟のなさに苦笑する。

　前に進むたびに、時間が戻っていく気がする。

　カラカラと車輪の回る音が、ツンと鼻の奥をつく潮の匂いが、幸せだった頃の僕を思い出から引き出す。ノスタルジーは輪郭を得て形になり、今の僕にオーバーラップする。このまま壁に蔦の這った安アパートに向かって、埃っぽい階段を三階まで駆け上がって、色あせたインターホンを押して、ドアが開くのを待つ。そういう空想を、めいっぱい頭の中に繰り広げる。

　左に曲がれば兄ちゃんの家。真っ直ぐ進む。ろうそくの火を消したみたいに、空想がふっと掻き消えた。

　知らない道と、知らない景色が広がる。正確には、兄ちゃんの車に乗って通ったことはあるけれど、自転車で走るそれはやはり感覚が違った。ちゃんとたどり着けるか不安になってきた頃、海に突き出た高台を見つけ、肩の強張りが取れる。

　高台に向かう林道の入口に、自転車を停める。林道は勾配のきつい坂道になっていた。スニーカーが柔らかな土をえぐるたび、自然の匂いが濃厚になる。やがて前方から木漏れ日とは違う光が差し込み、僕は我慢できず駆け出して、林道の出口から勢いよく飛び出す。

激しい向かい風が、僕の頬を殴った。

顔の前に手を掲げ、ギュッと目を閉じる。びゅうびゅうと吹く風を受け、僕は林道の木々が防風林の役割を果たしていたことに気づいた。ゆっくりとまぶたを開きながら手をどけて、歪む視界がクリアになるのを待つ。

見上げていた時は今にも崩れ落ちそうで頼りなかった高台は、いざ登ってみると思っていた以上に広かった。そして、何もない。なぜここに来るための道を設けたのか不思議になるぐらい、潮風にやられて乾燥した大地が広がっているだけだ。

崖に向かって歩く。身体を押し返す風が強くなる。「来るな」。そう言っているのかもしれない。だけど、もう遅い。

崖の縁にたどり着いた。もう前には光り輝く昼下がりの海しかない。ちらりと横を見ると遥か下の方に、いつか兄ちゃんと訪れた砂浜が見えた。あそこに描いた「僕たちとそれ以外」を分ける線は消えてしまった。だから僕はここにいる。

――どこに行くの？

僕の問い。そして、兄ちゃんの答え。

――お前と一緒なら、どこでもいいよ。

海に背を向け、来た道を戻る。

林道の入口近くまで歩いて、また高台の方を向く。スニーカーの先でとんとんと地面を叩き、固さを確かめる。右足を一歩踏み出し、靴底で大地を踏みしめ、肩を内側に入れ込んで身体を屈める。

僕も。

僕も、どこでもいい。

「……ああああああああああああああああ！」

走り出す。

海風が声を後ろに押し流す。自分の咆哮が背中に聞こえる。何もかも置き去りにするつもりで、脇目も振らずがむしゃらに走る。

「ああああああああああああああああ！」

頬が濡れている。風が巻き上げた海水。あるいは、涙。どちらでもいい。僕が海に還れば、一緒になる。

「ああああああああああああああああああ！」

高台の切れ目が近づく。水面の反射する光が網膜を貫き、視界がにわかに白く染まる。その真っ白な世界の真ん中に、小さな蟻が集まるように黒点が並び、やがて点は線となって、優しく微笑む男性の顔を描く。

ああ。

やっぱり、そこにいたんだ。

「兄ちゃん！」

両手を伸ばし、崖から飛び出す。身体が重力以外の全てから解き放たれ、内臓が全てふわりと浮き上がる。背中から魂が抜ける。自分を取り巻く全ての情報が、剝き出しの命に向かって嵐のように流れ込み、嘘のように消え去っていく。

風が消える。空が消える。海が消える。光が消える。

僕が。

ここはどこだろうとは、思わなかった。

なぜここにいるのだろうとも、どうすればいいのだろうとも思わなかった。全て分かっていたし、迷わなかった。風に舞う木の葉のように浮き上がり、傍にある大きな四角い建物の三階、一つだけ開いている窓に向かって飛んでいく。

窓から部屋に入る時、カーテンが僕をよけるようにふわりとなびいた。たくさんの机と椅子。そして人。部屋の前方には、ブレザーの制服を着た真面目そうな男の子が腕を後ろに組み、分かりやすく緊張した面持ちで立っている。

男の子が、大きく口を開いた。

「僕は――」

部屋の空気が、がらりと変わった。窓のすぐ傍で眠たそうにしていた男の子が途端に目を覚まし、まぶたを大きく上げて前方を見やる。空気を変えた方の男の子は満足げに胸を張り、どこか悪戯っぽい笑みを口元に浮かべている。

そうか。

そういう顔をしていたんだね。

大丈夫だよ。君は、大丈夫だ。

君は――

Postlude：細川真尋の後悔

バスを降りるなり、真正面から強烈な日差しを浴びてしまい、わたしは反射的にまぶたをギュッと閉じた。

額の上に掲げた右手をブラインドにして、おそるおそる目を開ける。ぼんやりとした視界が徐々に鮮明になっていく。あまり背の高くない、古びた一軒家が立ち並ぶ住宅街。時代に取り残されたようだ。一年前もそう思って、そう口にしたのを、よく覚えている。

「取り残されたっていうより、ついていくのを止めたんじゃないかな」

彼はそう言った。わたしの方を向かず、独り言のように。

「周りに合わせたくないなら、合わせなくてもいいんだよ」

どんな気持ちで、あの言葉を口にしていたのだろう。彼のことを思い出すと、いつもそんなことを考える。どんな風に世界を見ていたのか。その視点を想像して、分からなくて、止めてしまう。

蟬の鳴き声を聞きながら、人気(ひとけ)のない道を一人歩く。墓地に着く頃には全身にうっすらと汗をかいていた。お盆なのに人があまりいなくて、元から楽しい場所ではないけれど、やけに物悲しい雰囲気を感じる。

墓地の管理所に行き、お線香と花を買う。それから水場で木桶に水を満たし、その縁に雑巾をかける。たくさんの荷物を抱えながら、おぼろげな記憶を頼りに墓石を探し、他のどのお墓よりも周囲に雑草が茂っているそれを見つける。

——誰も来てない、か。

分かってはいた。わたしだって、彼がここにいるかもしれないと思うから来ているだけで、ここに弔われている人に会いに来たわけではない。お盆に誰かが参拝に来てくれるような人だったら、そもそもこのお墓はこの世に存在しなかっただろう。そうじゃないからこうなった。この人も、彼も。

雑草をむしり、墓石を磨き、花を生ける。隣のお墓と遜色ないぐらい綺麗に仕上げるまで、かなり時間がかかった。ふうと息を吐き、ハンドバッグから買ったばかりのお線香と、家から持ってきたライターを取り出す。

お線香に火をつける。強い匂いが周囲に漂う。香炉にお線香を供え、両手を合わせて目をつむり、これだけは言わなくてはならないと思っていた言葉を、一度も会ったことのない彼の恋人に投げかける。

——ごめんなさい。

彼を救えなくてごめんなさい。彼の生きる意味になれなくてごめんなさい。最後の最後に彼を追い詰めてしまったのは、貴方の存在に戸惑ってしまったわたしです。本当に、ごめんなさい。

　わたしは彼を分かっていなかった。わたしには黒く見えているものが、彼には白く見えているぐらい、わたしたちの視界は違ったのだ。どうしてもっと早く気づけなかったのだろう。見えている世界が違うことに気づいてさえいれば、違う世界を少しずつ擦り合わせて、きっと別の結末を迎えることができたのに。

「ごめんなさい」

　心の中で唱えた言葉を口に出し、わたしはゆっくりとまぶたを開いた。会ったことのない人間のお墓を掃除して線香を供えるという、かなり異常なことをやらかしたはずなのに、墓石に彼と同じ苗字が刻まれているおかげで違和感を覚えない。

　いや——

「個人のお墓なのに苗字しか入れてないの、ワザとだったりします？」

　墓石に語りかける。当たり前のように返事はない。わたしは苦笑いを浮かべ、さらに言葉を付け足した。

「貴方のそういうところ、ちょっと、嫌いかもしれません」

　恋敵に本音を吐き出して、少しスッキリした。ハンドバッグからハッカの飴が入った小袋を二つ取り出し、一つをお墓に供える。そしてもう一つの袋を開けて、飴玉を口の中へ。海を望むベンチに二人で腰かけ、潮風を浴びながら交わした言葉が、脳内から引っ張り出される。

——ハッカ？

——うん。いる？

——くれるなら欲しい。好きなんだ。

「わたしも」

声がくぐもった。言葉を切り、もう一度、はっきりと言い直す。

「わたしも、好きだよ」

お墓に背を向ける。振り返ることなく歩き続ける。口の中の飴玉はいつの間にか、甘く爽やかな香りだけを残し、跡形もなく溶けてなくなっていた。

了

本書は、「カクヨム」で発表された「続・彼女が好きなものは
ホモであって僕ではない」を加筆修正し、文庫化したものです。

彼女が好きなものはホモであって僕ではない　再会

浅原ナオト

令和3年 11月25日　初版発行
令和4年 7月30日　再版発行

発行者●堀内大示

発行●株式会社KADOKAWA
〒102-8177　東京都千代田区富士見2-13-3
電話　0570-002-301(ナビダイヤル)

角川文庫 22861

印刷所●株式会社KADOKAWA
製本所●株式会社KADOKAWA

表紙画●和田三造

●お問い合わせ
https://www.kadokawa.co.jp/ (「お問い合わせ」へお進みください)
※内容によっては、お答えできない場合があります。
※サポートは日本国内のみとさせていただきます。
※Japanese text only

ISBN 978-4-04-074245-8　C0193

◆◆◆

角川文庫発刊に際して

角 川 源 義

第二次世界大戦の敗北は、軍事力の敗北であった以上に、私たちの若い文化力の敗退であった。私たちの文化が戦争に対して如何に無力であり、単なるあだ花に過ぎなかったかを、私たちは身を以て体験し痛感した。西洋近代文化の摂取にとって、明治以後八十年の歳月は決して短かすぎたとは言えない。にもかかわらず、近代文化の伝統を確立し、自由な批判と柔軟な良識に富む文化層として自らを形成することに私たちは失敗して来た。そしてこれは、各層への文化の普及滲透を任務とする出版人の責任でもあった。

一九四五年以来、私たちは再び振出しに戻り、第一歩から踏み出すことを余儀なくされた。これは大きな不幸ではあるが、反面、これまでの混沌・未熟・歪曲の中にあった我が国の文化に秩序と確たる基礎を齎らすためには絶好の機会でもある。角川書店は、このような祖国の文化的危機にあたり、微力をも顧みず再建の礎石たるべき抱負と決意とをもって出発したが、ここに創立以来の念願を果すべく角川文庫を発刊する。これまで刊行されたあらゆる全集叢書文庫類の長所と短所とを検討し、古今東西の不朽の典籍を、良心的編集のもとに、廉価に、そして書架にふさわしい美本として、多くのひとびとに提供しようとする。しかし私たちは徒らに百科全書的な知識のジレッタントを作ることを目的とせず、あくまで祖国の文化に秩序と再建への道を示し、この文庫を角川書店の栄ある事業として、今後永久に継続発展せしめ、学芸と教養との殿堂として大成せんことを期したい。多くの読書子の愛情ある忠言と支持とによって、この希望と抱負とを完遂せしめられんことを願う。

一九四九年五月三日